BONS BAISERS D’EUROPE

DU MÊME AUTEUR

LE COMPLOT GUTENBERG, Gaïa, 2008.
LA PLACE AUX AUTRES (prix Une autre Terre 2012), Gaïa, 2011.
32 PHOTOS DE VALENTINA KALLENBACH, Gaïa, 2015.

ISBN 978-2-330-17769-0

Philippe Mouche

Bons baisers d'Europe

•••

roman

Gaïa

Le directeur adjoint déteste attendre. Ça a pour effet d'aggraver sa mélancolie chronique. Or il attend déjà depuis une demi-heure quand le Premier délégué entre enfin dans la pièce.

Sans le saluer ni s'excuser, celui-ci s'assoit à la table, se penche en avant et promène tranquillement son regard sur le visage de l'adjoint, tel un peintre qui serait venu faire son portrait. Puis le Délégué repousse son fauteuil et se met à tourner autour de la table à pas lents, obligeant son subordonné à de pénibles contorsions.

— Vous avez compris qu'il s'agit d'une opération de type H.

Il a lancé ça en passant derrière le fauteuil de l'adjoint, qui traduit mentalement *H* par *homicide*. Revenu à son point de départ, le Délégué semble hésiter un instant, sort de sa poche une feuille de papier pliée en quatre, la pose sur la table et recommence à tourner. L'adjoint déplie la feuille, qui ne porte que trois informations écrites à la main : le nom d'une personne célèbre, celui d'une ville italienne et une date.

— Une opé H à l'étranger, se risque-t-il à commenter. Une cible mondialement connue, un délai très court. Ça va être compliqué sur le plan administratif.

— Ce sera très simple au contraire, fait la voix dans son dos. Vous ne rendrez compte qu'à moi, sans passer par votre hiérarchie.

L'adjoint désapprouve ce genre de procédures, mais il sent que ce n'est pas le moment d'émettre une objection. Ayant bouclé son deuxième tour en un temps légèrement plus court que le premier, le Délégué sort un stylo et ajoute quelque chose au bas de la feuille, avant de la mettre sous le nez de l'adjoint.

— C'est à cet homme que vous ferez appel, et à personne d'autre. Je vous expliquerai pourquoi en temps voulu.

Il allume un briquet, met le feu à la feuille de papier et la regarde se consumer dans le cendrier en inclinant pensivement la tête, comme si la conversation ne l'intéressait plus.

— Il a bonne réputation, fait l'adjoint pour briser le silence. Mais il est cher. Très cher.

— Nous sommes au service du peuple, souffle le Délégué d'une voix lointaine. Ça veut dire que c'est le peuple qui paie.

L'autodérision n'étant pas le genre de la maison, la phrase est probablement à prendre au premier degré. Du coin de l'œil, l'adjoint cherche une confirmation sur la face du Premier délégué, mais celui-ci est repassé derrière son dos. Ça devient exaspérant.

— En cas de succès, je me chargerai personnellement de vous obtenir une promotion à la mesure de vos talents. Nous nous reverrons dans quelques jours pour les détails techniques.

L'homme tarde à réapparaître, l'adjoint se retourne sur son fauteuil et se rend compte qu'il est maintenant seul dans la pièce. Une pièce sinistre et sans fenêtre, généralement utilisée pour les interrogatoires des traîtres. Il doit lutter contre un nouvel accès de déprime. Pas d'ordre de mission, pas le moindre document papier, pas davantage de trace numérique. Ce qui signifie que si les choses tournent mal, il sera tenu pour unique responsable et renvoyé en bas de l'échelle. Ou pire.

Arrêtons-nous un instant sur lui. Il s'agit d'un homme massif à qui ses petits yeux et ses sourcils broussailleux donnent l'air perpétuellement contrarié, et il faut avouer que sa situation n'a rien pour inspirer l'euphorie. Jusqu'ici, il avait réussi à progresser dans la hiérarchie sans faire de vagues. Compte tenu des activités du service, c'est un résultat appréciable. Mais voilà qu'il a été désigné par le Premier délégué pour une de ces missions à hauts risques que les dirigeants lancent à intervalles réguliers et dont le taux de réussite, tenu secret, serait pitoyable.

À ce stade, l'adjoint a encore une chance d'échapper à son destin. Par exemple, il pourrait refuser la mission en prétendant qu'une première analyse a donné de mauvais résultats. Ou bien que l'exécutant désigné s'est révélé indisponible. Le Délégué piquerait une colère pour la forme mais se contenterait de l'envoyer au placard pour un an ou deux.

Pourtant l'adjoint ne peut pas refuser, et c'est pourquoi le Délégué l'a choisi. Ce qui le contraint n'est ni la peur, ni l'absence d'imagination, ni même le conformisme ordinaire qui sévit à tous les étages de ce service comme des autres.

C'est la patrie.

Ce sentiment-là n'a rien de romantique. On n'a jamais vu l'adjoint manifester un amour passionné pour son pays. On sait seulement qu'il y est né et qu'il y a grandi, qu'il s'est retrouvé physiquement lié à un endroit du monde doté d'une langue aux sonorités métalliques, d'une histoire alternant le sanglant et le grotesque, d'un drapeau à la laideur audacieuse et de frontières dont le tracé irrégulier fait penser à un oiseau en train de se défendre contre l'attaque d'un prédateur.

Pour autant, se figurer l'adjoint comme un imbécile serait une erreur. Ses goûts témoignent d'un indéniable éclectisme et d'un certain raffinement, surtout quand il est question de pêche à la mouche, de cinéma coréen, de basket-ball professionnel ou de sous-vêtements féminins. Mais pour lui, l'idée d'être considéré un jour comme un traître à la patrie n'est pas supportable, de sorte qu'elle ne peut pas être formulée. S'il n'envisage pas une seconde de rejeter une mission qu'il sait dangereuse pour lui-même, ce n'est pas par défaut d'intelligence, c'est par manque de vocabulaire.

Le revoici dans la sinistre pièce sans fenêtre, tragiquement privé de libre arbitre, se tortillant dans son fauteuil à la recherche d'une raison de se réjouir. Pas sûr que la promotion évoquée par le Délégué soit autre chose qu'un de ces arrangements de façade dont le service est coutumier. D'un autre côté, c'est lui qu'on aura choisi pour diriger l'opération qui débarrassera ce continent d'un des pires ennemis du peuple. Il pourrait au moins en éprouver une sorte de fierté personnelle. Intime.

Mais la politique ne l'a jamais intéressé, et l'Europe non plus.

I

LES PREMIERS PAS
2018-2019

Avant de crever les yeux, d'arracher les membres, de violer les corps, d'anéantir les consciences et de ravager la Terre, la guerre est affaire de mots.
C'est pourquoi celles et ceux qui veulent la guerre sèment dans le terreau de l'ignorance des phrases qui ont fait leurs preuves.
Mais ne désespérons pas. Le langage est une mécanique de précision. Il suffit de remplacer un mot par un autre pour tout foutre en l'air.

F. B.
(Conférence de Budapest)

L'interview de l'ambassadeur

Ça se passe en une fraction de seconde. L'instant d'avant, on se laisse porter par les affaires courantes et le temps ordinaire. L'instant d'après, on se rend compte que le pire est en train d'arriver. De cette prise de conscience découlent des sensations qui varient selon les individus. Chez Julia, ça donne un mélange de chute libre et d'asphyxie. Dans le petit bureau qu'elle occupe à Venise, elle laisse tomber son téléphone par terre et se laisse elle-même tomber dans le fauteuil, ouvrant et refermant la bouche comme un poisson en manque d'oxygène.

Il ne s'agit pas d'une de ces mauvaises surprises du quotidien, vulgaires cheveux sur la soupe, eaux dans le gaz et autres mous dans la corde à nœuds. Ni d'un de ces emmerdements plus conséquents qui constituent la trame de la vie professionnelle et, à bien y réfléchir, de la vie tout court. Nous parlons d'une catastrophe qui pourrait changer le cours de l'Histoire. Du désastre absolu tel que le conçoit Julia Chanéac-White, attachée de presse de l'ambassadeur.

Elle reste quelques secondes hébétée dans le fauteuil, incapable d'émettre à voix haute les jurons qui lui viennent à l'esprit. À l'autre bout du fil, il y avait une journaliste du *Corriere della Sera*, qui a raccroché sans rien remarquer. Elle viendra comme prévu faire l'interview de l'ambassadeur. Le problème, c'est qu'une demi-heure plus tôt un homme a appelé Julia à propos de la même interview et au nom du même journal. Il s'exprimait avec lenteur, dans un anglais hésitant, ce qui aurait dû éveiller ses soupçons. Mais elle ne s'est doutée de rien.

Elle a donné l'adresse de l'hôtel et le numéro de chambre à un imposteur.

Au prix d'un effort violent, elle se remet en mouvement. Essaie de joindre l'ambassadeur sur sa ligne personnelle, puis sur le téléphone bleu, il ne l'éteint jamais, sept personnes au monde connaissent le numéro. Pas de réponse, c'est pas normal, pas normal du tout. Tout laisse à penser qu'en ce moment même il se trouve en grand danger, confronté à l'intrus dans sa suite, sans témoins, sans protection.

Les doigts tremblants, Julia doit s'y reprendre à trois fois pour appeler la police. Un homme répond en italien, elle crie *English or French, please*, mais l'homme répète la même phrase incompréhensible. Elle jaillit de son bureau et se met à courir sur les quais et dans les ruelles, se trompe de chemin, manque de tomber dans un canal qui n'était pas là hier, cherche le pont qu'un mauvais plaisant a dû déplacer. L'hôtel n'est pas loin, rien n'est loin à Venise, pourtant il paraît reculer au fur et à mesure qu'elle s'en approche. Les touristes qui piétinent sur le Rialto se sont donné le mot pour la ralentir. Ces lourdes grappes de vacanciers contents d'être là, cette gelée d'inconscience qui coule des autobus et envahit tout. Au fil de la course, elle crache à voix haute une colère que son halètement transforme en une sorte de performance poétique.

allez-y
appuyez sur le bouton
c'est pas seulement cette ville
qui s'enfonce dans la lagune
c'est tout le pays, tout le continent
qui se noient
c'est des voyageurs comme vous
qui se noient par milliers
depuis des années
y en a peut-être qui flottent
dans le Grand Canal

allez-y
appuyez sur le bouton

Julia sait qu'elle est injuste avec les touristes, de qui il n'y a pas de raison d'exiger un niveau de conscience plus élevé que du reste de la population. Aucune importance, ils ne comprennent même pas de quoi elle parle. Ils ne voient qu'une grande brune qui cavale comme si elle avait la mort aux trousses, sûrement une affaire amoureuse, une passion vénitienne typique. Les plus vifs la prennent en photo, l'ajoutant à leur catalogue de clichés.

Venise, c'était pourtant une bonne idée. Quel meilleur endroit que cette ville pour parler d'Europe aujourd'hui ? L'ambassadeur a commencé sa conférence en rappelant que la Sérénissime a été fondée par des réfugiés, qu'elle a été pendant des siècles la cité des navigateurs, la capitale du commerce en Méditerranée. Ce n'était pas la peine d'en dire plus. Dans le public, on a vite compris l'allusion : le nouveau ministre de l'Intérieur venait d'annoncer que les ports italiens seraient désormais fermés aux migrants.

La salle n'était qu'aux trois quarts pleine mais la conférence s'est achevée sur un succès d'estime, journalistes en nombre, applaudissements chaleureux. Une bonne partie de l'intelligentsia de la péninsule était là, mine grave et œil inquiet. Les politiques diplomates éditorialistes écrivains sont venus de Milan Rome Naples pour entendre le petit homme aux cheveux raides dire dans un italien fluide ce que lui seul parvient à dire. Même les sceptiques le reconnaissent : il sait *trouver les mots*, comme si les mots étaient devenus une denrée rare, comme si le langage lui-même, effrayé par l'état du monde, s'était réfugié chez la seule personne capable de lui donner sa vraie place. Un ambassadeur très spécial, qui ne met pas son extraordinaire connaissance des langues au service d'un pays en particulier.

L'ambassadeur du Multilinguisme.

Oui, cette conférence était une idée de génie et c'est moi qui l'ai eue, regrette amèrement Julia en slalomant entre des groupes compacts de retraités. C'est comme si j'avais tracé une cible sur son front. Chers assassins, je vous en prie, profitez donc de la bêtise de l'attachée de presse, déguisez-vous en journaliste d'un média renommé et, le moment venu, quelle que soit la cause qui vous anime, tirez. Aucun risque, l'individu refuse obstinément les gardes du corps.

Dans une rue parallèle au Grand Canal, elle repère enfin ce qu'elle cherchait : des casquettes et des chemisettes blanches, l'uniforme des flics vénitiens. Les deux hommes qui les portent ne comprennent rien à son mélange confus d'anglais et de français, sauf le mot *help* et le nom de l'ambassadeur, raisons pour lesquelles ils suivent Julia sans discuter.

Le trio arrive à l'hôtel au moment où en sort un type maigre affublé d'un chapeau publicitaire à la gloire d'un apéritif sans alcool. Julia entrevoit une face de reptile, si l'on admet que les reptiles peuvent porter la barbe. C'est lui, se dit-elle, c'est le tueur, il vient de faire le coup. Cette évidence la pétrifie sur place. L'homme se retourne, soulève un instant ses lunettes noires et lui envoie un clin d'œil cruel avant de disparaître dans la foule.

Elle s'engouffre dans le hall, grimpe au deuxième étage, sprinte dans le couloir et arrache presque la porte de la suite, les flics municipaux toujours sur ses talons. L'ambassadeur du Multilinguisme est assis à son bureau, un stylo à la main, dans l'attitude humble et concentrée du moine copiste. Il tourne vers elle son célèbre regard, qui semble en permanence prêt à accueillir toute la misère du monde.

Bond. Fergus Bond.

Vivant.

Julia expire une grande quantité d'air, se précipite sur l'ambassadeur et le serre dans ses bras sans parvenir à émettre un son. Peut-être qu'il reste un peu d'espoir, peut-être que Venise, le pays et le continent ne sont pas encore foutus.

Les flics municipaux se rapprochent en faisant *Ahum* et elle desserre son étreinte. Bond échange avec eux quelques mots en italien, après quoi les municipaux qui ne sont pas venus pour rien sortent leurs portables, sourient béatement et lui arrachent une série de selfies. Bond adopte l'expression appropriée, une grimace discrète qui signale qu'il n'est pas dupe de sa notoriété, au cas où la photo aussitôt diffusée sur Facebook Instagram Tweeter passerait sous les yeux d'un être doué de raison. Les municipaux finissent par s'éclipser et l'ambassadeur a un geste rare, il pose brièvement la main sur l'épaule de Julia. Elle remarque que son teint naturellement brun a pâli.

— Laissez-moi vous dire à quel point je comprends votre inquiétude, souffle-t-il. Il existe en effet des raisons de penser que l'homme qui s'est présenté pour l'interview n'était pas animé de bonnes intentions. Mais la responsabilité de cet aléa me revient, et je vous fais solennellement la promesse d'être plus vigilant la prochaine fois.

Dans les moments de tension, il a tendance à employer un style encore plus contourné que d'habitude, mais Julia parvient à en extraire le sens. Il la décharge de sa culpabilité, alors que tout autre dirigeant de haut niveau aurait par réflexe passé un savon à son employée.

— Dès que je l'ai entendu parler, j'ai compris qu'il n'était pas journaliste, ni même italien. Heureusement, j'ai pu déceler son accent et m'adresser à lui dans sa langue maternelle.

Il s'interrompt, comme si l'explication se suffisait à elle-même. Mais elle veut savoir quels arguments on emploie pour dissuader un tueur à gages d'accomplir sa mission, puisque c'est probablement de ça qu'il s'agit. Il se racle plusieurs fois la gorge avant de répondre.

— Vous savez l'importance que j'accorde à la négociation dans la conduite des affaires du monde. Plus précisément au dialogue, non celui qui entérine un rapport de domination déjà existant, mais celui qui, se fondant sur le principe de l'échange équitable, permet de…

— Oui. Je sais.

— Eh bien, c'est ce que nous avons fait, l'intrus et moi. Nous avons *dialogué*.

Il a souligné le mot en levant le doigt en l'air. Il existe un territoire que l'ambassadeur garde secret, même à ses plus proches collaborateurs. Elle n'insiste pas, elle a autre chose en tête. Pendant qu'ils parlaient, ils sont passés dans la chambre et les voilà assis côte à côte sur le lit Renaissance. Levant les yeux, elle se dit tiens, je n'ai encore jamais fait l'amour sous un baldaquin.

Depuis qu'elle suit un traitement hormonal, Julia est sujette à des bouffées de désir qui peuvent surgir n'importe où et n'importe quand. En tant que fonctionnaire européenne, elle l'a d'abord vécu comme une malédiction. Et puis elle en a pris son parti, après avoir fait le constat que beaucoup d'hommes de son entourage semblaient atteints du même syndrome et n'en faisaient pas une maladie. Ce n'est pas la première fois que ces pulsions concernent l'ambassadeur lui-même. Jusqu'à présent elle a réussi à les réprimer, pour une foule de bonnes raisons qui viennent de s'enfuir comme une volée de moineaux. Elle est entrée dans l'espace élastique qui suit les grandes frayeurs et où tout est permis.

Profitant de la différence de taille en sa faveur, elle passe le bras autour des épaules de Bond et appuie sa tête contre la sienne. J'ai retrouvé mon petit Fergus se dit-elle, celui qui peut presque tout faire avec des mots, retourner une salle entière ou déjouer un attentat. Mais pas empêcher l'inéluctable.

Ses mains commencent à déboutonner la chemise de l'ambassadeur, qui l'observe sans faire un geste. Il en a sans doute autant envie qu'elle, bien que son flegme légendaire rende la conjecture hasardeuse. Possible qu'il répugne à ressembler si peu que ce soit à un mâle alpha qui profiterait de la situation. Peut-être attendait-il qu'elle prenne l'initiative, pour rétablir un semblant d'équilibre. Toujours est-il que le spécialiste du dialogue reste muet. Dans une des langues de son étrange conscience polyglotte, il doit être en train de chercher les mots adaptés à leur cas, quelque subtil proverbe danois ou slovène qui les absoudrait.

Arrivée au dernier bouton, c'est-à-dire au point de non-retour, elle constate que la respiration de l'ambassadeur s'est accélérée, ce qu'elle décide de prendre comme un consentement à l'acte. Quelques minutes plus tard, alors que le lit à baldaquin se met à tanguer doucement, puis un peu plus vite, l'expression de Bond n'a pas changé. Il a gardé cette distance de lord anglais qui donnerait à Julia des envies de meurtre s'il s'agissait de quelqu'un d'autre, par exemple d'un vrai lord anglais. Avec lui, ça déclenche tout autre chose.

Quand la véritable journaliste du *Corriere della Sera* monte enfin pour réaliser l'interview de la figure la plus connue de l'Union européenne, elle trouve la suite ouverte et le salon désert. Intriguée par les gémissements qui s'échappent de la chambre, elle s'en approche à pas silencieux et pousse délicatement la porte, comme la plupart de ses collègues le feraient à sa place.

La fin de l'innocence

Aussitôt après son entrevue avec Bond à Venise, l'Iguane est allé prendre le bateau-bus, puis l'avion, usant d'une de ses fausses identités, arborant un appareil photo bas de gamme et un chapeau de touriste pour dissimuler son crâne. Qu'une mission soit réussie ou ratée, la règle est la même, passer une frontière le plus vite possible et rentrer à la maison sans se faire remarquer. Il a accompli les mouvements nécessaires comme un automate, indifférent aux regards des flics, l'esprit occupé à réécouter en boucle sa conversation avec l'ambassadeur.

Il a retrouvé son repaire, un appartement discret et confortable dans la capitale d'un de ces pays qui ont rejoint l'Union après la chute du Mur. Peu importe lequel. L'Iguane travaille pour qui le paie sans poser de questions, ce qui constitue dans la plupart des milieux la base d'une bonne réputation. Il a suivi point par point la routine de ses retours de missions : d'abord enlever la casquette, la fausse barbe et le faux nez, prendre une longue douche, passer le courrier en revue, vider la valise, mettre les vêtements dans la machine, donner à boire aux plantes. Maintenant il sirote un alcool fort en écoutant un de ses compositeurs favoris.

Mais il sait que rien ne sera plus comme avant.

Au cours de sa carrière, il a dû ajourner deux missions à la suite d'aléas extérieurs, à Alger quand le prédicateur avait changé d'itinéraire et à Zurich quand l'avion du marchand d'armes avait été dérouté. Dans les deux cas, il était revenu finir le travail quelques mois plus tard. C'est la première fois qu'il renonce de lui-même, et il ne sait pas pourquoi. L'entrevue avec Bond a retourné sa conscience, révélant une région dont il ignorait l'existence et dont il ignore toujours le nom. Une chose est sûre, ce n'est pas une question de morale, le concept lui étant radicalement étranger.

Son premier mouvement serait de ne pas aller au rendez-vous avec le client. Il y a tout lieu de penser que celui-ci pourrait se montrer désagréable. Dans leur grande majorité, les clients ignorent la nuance. C'est un ou zéro, blanc ou noir. On ne peut pas leur en vouloir, le recours à un tueur à gages étant précisément censé mettre fin à une ambiguïté. L'Iguane décide pourtant de maintenir le rendez-vous. Parfois on peut laisser la curiosité l'emporter sur la prudence, à condition de prendre certaines précautions.

Un quart d'heure avant l'heure dite, il se poste à une trentaine de mètres du lieu convenu, une des cafétérias de la gare centrale, et observe les allées et venues. La tendance est d'éviter les échanges téléphoniques ou numériques, toujours susceptibles d'être interceptés. Les contacts importants se passent en général dans des lieux publics très fréquentés, surtout quand il y a risque de frictions.

Il ne remarque rien d'anormal jusqu'à l'arrivée du client, qui s'assoit à une table et ouvre un quotidien sportif. Il s'agit du même individu que lors du premier rendez-vous, ce qui est plutôt bon signe : un homme lourd aux sourcils charbonneux qui s'était présenté sous le pseudonyme de Bleibtreu. L'Iguane s'approche lentement, dépasse l'homme sans le regarder et s'assoit à une autre table, au fond de la cafétéria, pour avoir à la fois le dos au mur et une vue dégagée sur le hall. Bleibtreu replie son journal et vient s'asseoir en face de lui. Avec ses sourcils et son mufle mal rasé, il pourrait incarner la Mauvaise Humeur dans un dessin animé.

— La mission que nous vous avions confiée était simple, lance l'homme sans préliminaire. Pourquoi avez-vous échoué ?

Il s'exprime d'une voix qu'il essaie de rendre menaçante en forçant sur les graves, mais le tremblement des bajoues ruine l'effet escompté. L'Iguane prend son temps pour répondre.

— Je n'exécute mes missions que si ma sécurité est garantie par la suite. Or la cible a tout de suite décelé mon accent et s'est exprimée dans ma langue natale.

— Je ne vois pas ce que ça change. Il vous suffisait d'éliminer la cible comme prévu. Les morts ne parlent pas.

— Il m'a informé que notre conversation était enregistrée. Il se doutait de quelque chose.

Les sourcils de Bleibtreu s'abaissent encore, formant une épaisse barre de contrariété qui dissimule presque complètement son regard. L'Iguane ne sait pas s'il a cru à son mensonge, mais ça n'a pas grande importance.

— C'était du bluff. Vous vous êtes fait enfumer. Il n'avait aucune raison de…

— Je n'ai pas fini.

Pendant la conversation, il a observé le comportement des voyageurs dans la partie du hall la plus proche. Dans le flot en perpétuel mouvement, deux personnes se sont immobilisées : un jeune type habillé sport et, plus loin, une femme qui manipule un appareil photo. On pourrait croire à un hasard. Bien entendu, ce n'est pas le cas.

— Nous étions seuls dans la chambre d'hôtel et j'avais un peu de temps devant moi. Alors nous avons dialogué.

— Vous avez *quoi* ?

— Comme vous imaginez, je n'ai pas souvent le temps de parler avec mes cibles. Dans le meilleur des cas, c'est bonjour-bonsoir. J'ai longtemps souffert de cette situation, pensant qu'il n'y avait pas de solution. Mais Bond s'est montré ouvert à un échange de vues. Il est apparu que nous avions des points communs, dont un certain goût pour le débat d'idées. Il voulait connaître les motifs pour lesquels vous m'aviez envoyé le tuer. Je me suis fait l'avocat du diable, c'est-à-dire le vôtre, en évoquant les raisons qui pourraient justifier ce crime. Même si vous n'avez pas daigné me les exposer, préférant insister sur la somme qui m'était promise. Et à la fin, c'est lui qui m'a convaincu.

— Il vous a *quoi* ?

— Comme il convaincrait n'importe qui, comme il vous convaincrait vous-même si vous acceptiez le principe d'une discussion honnête, ce que je sais hors de votre portée.

La sidération de Bleibtreu commence à énerver l'Iguane. Il a envie de percer une à une les couches de compromission qui l'enveloppent, pour voir s'il y a quelque chose d'humain à l'intérieur.

Soudain le temps change de vitesse. Dans le hall, tout le monde se meut maintenant au ralenti, les voyageurs pressés, le jeune type en survêtement et la femme à l'appareil photo. l'Iguane sait ce que cela signifie : il vient de passer en mode exécution.

— Il réussirait à mobiliser le peu d'intelligence et de sensibilité qu'il vous reste, pour vous faire toucher du doigt l'abjection sur laquelle vous avez bâti votre vie. Oui, il est capable de cet exploit. Avec Bond, vous ignorez à qui vous avez affaire. Il faut que vous l'entendiez, et avec vous ceux qui nous écoutent par le biais du micro dont vous êtes probablement porteur.

Comme un boxeur groggy, Bleibtreu ne réagit plus. Le jeune homme et la femme se sont rapprochés de la cafétéria. La démonstration arrive à sa fin.

— Vous n'avez pas encore entendu le plus drôle. C'est grâce à vous que j'ai compris que lui et moi étions dans le même camp. Parce que vous ne vouliez pas seulement l'éliminer, mais aussi me balancer aux flics après. Balancer mon cadavre, plus précisément.

Bleibtreu est trahi par ses sourcils qui se relèvent d'un coup, démasquant de petits yeux coupables pendant que sa main amorce un geste vers une poche de son blouson. Mais l'Iguane a déjà saisi son arme et tiré sur l'homme assis en face de lui.

Sous la table, trois coups, pour percer toutes les couches.

Le jeune type se met à courir dans leur direction pendant que la femme les prend en photo. Bleibtreu n'est pas tombé de sa chaise, c'est pratique, l'Iguane peut tendre le bras et appuyer le silencieux sur son épaule pour ajuster le jeune qui s'effondre à une vingtaine de mètres. Les premiers cris commencent à se faire entendre. La logique commande de prendre la fuite, pourtant il se penche vers Bleibtreu et lui glisse à l'oreille :

— Je sais pourquoi vous m'avez choisi. Ça vous arrangeait qu'on m'accuse du meurtre. À cause de mes origines.

L'homme émet un gargouillis, comme s'il avait enfin saisi le sujet de la conversation, puis semble renoncer définitivement à y participer. Dans le hall de la gare, les cris se multiplient et tout le monde s'est mis à courir dans tous les sens. La femme s'est accroupie à côté du jeune type. Chaque seconde compte.

Il retarde encore le moment de fuir, retenu par une sensation inédite. C'est la première fois qu'il tue gratuitement et ça change tout. Pendant que le corps massif de sa victime bascule sur le côté, les petits yeux continuent de le regarder avec une expression qu'il n'arrive pas à interpréter.

Dans un bruit de papier déchiré, la réalité revient à la vitesse normale. L'Iguane empoche son flingue et se lève. D'autres comparses de Bleibtreu l'attendent sûrement à chaque sortie, d'où l'intérêt d'avoir fixé le rendez-vous dans un endroit repéré à l'avance. Avec une souplesse et une rapidité hors du commun, il passe derrière le comptoir de la cafétéria, contourne l'employée paralysée par la terreur, ouvre la porte marquée *privé*, traverse la réserve, suit le couloir de livraison, sort de la gare et se mêle à la foule du parvis. Le tout en moins de vingt secondes, comme prévu.

Après une marche patiente dans les quartiers les plus peuplés de la ville et de nombreux changements de direction aléatoires, il acquiert la certitude de n'être pas suivi. L'employée a vu son visage, la femme du hall l'a photographié au téléobjectif et les caméras de surveillance ont dû faire leur boulot. Mais il portait son déguisement pour milieu urbain, lunettes noires, nez standard, casquette et fausse barbe de hipster. Aucune police au monde ne possède une photo de son visage nu. Il est officiellement mort il y a des années, et son nom avec lui. Quand il faut donner une identité ou montrer un passeport, il choisit parmi la dizaine de versions dont il dispose, jamais la même deux fois de suite. Il est difficile de pister quelqu'un qui n'existe pas.

De retour dans l'appartement, l'Iguane constate que même la divine alliance du whisky pur malt et de la musique de Philip Glass ne lui procure pas l'élévation d'esprit habituelle. Tout est devenu à la fois plus terre à terre et plus flou.

Il a bâti sa réputation en faisant croire à une absence de culture politique qui lui a valu de nombreux contrats, les clients montrant un goût prononcé pour les exécutants ignares. En réalité, il s'intéresse depuis longtemps aux affaires humaines, mais avec la distance d'un entomologiste observant des colonies de fourmis en guerre. Jusqu'à ce que cette affaire vienne changer la donne. Il a maintenant une réponse à la question essentielle. Bond avait raison, Bleibtreu avait prévu de sacrifier l'Iguane après sa mission. Il n'a plus le choix, il est devenu une fourmi parmi d'autres.

L'ennui, c'est que cette réponse ne fait qu'ouvrir la boîte de Pandore des autres questions, de toutes les questions qu'il ne se posait jamais. Puisqu'il ne peut plus se tenir à l'écart du monde, quel rôle y jouer maintenant ? Qu'un homme comme lui en vienne à une telle remise en cause pourrait prêter à rire. La dernière lueur dans les yeux de Bleibtreu, alors qu'il tombait de sa chaise comme un chêne qu'on abat, c'était ça : de l'amusement.

Il va devoir chercher un nouveau repaire, élaborer de nouvelles stratégies de survie. Le voilà impliqué dans une affaire dont il ignore les ressorts. Un territoire inconnu se présente à lui, encore plus dangereux que celui qu'il est en train de quitter. D'une certaine façon, il vient de perdre son innocence.

Bond l'avait prévenu. Comme un adieu à sa vie d'avant, l'Iguane se demande une dernière fois s'il a bien fait de le laisser en vie.

Ordinateur de Hubert > La vérité sur Fergus Bond > Fragment 1

Je me méfie des livres dont le titre commence par *La Vérité sur*... quand ils sont écrits par d'autres que moi. Dans le cas présent, j'ai bel et bien la prétention de révéler ce qui n'a pas encore été dit sur Fergus. Tant de bêtises à son propos restent incrustées dans tant d'endroits, télés, journaux, réseaux sociaux, foules, subconscients. Ce sera une œuvre de salubrité publique, ce qui vaut bien quelques concessions de forme.

Pour réaliser ce projet, il me faudra d'abord raconter l'histoire de Fergus, avec humilité et en commençant par le début. Ce début dont lui-même ne parle jamais, le bombardement qui a anéanti la maison de ses parents à Mossoul, lors de la deuxième guerre du Golfe. Même parmi ses plus farouches adversaires, on a oublié que le premier nom de l'ambassadeur était Fayez Barawi. À quinze ans, celui qui n'était pas encore Bond s'est retrouvé seul, orphelin dans un pays en guerre. Le choc l'a rendu muet. Il est là, le vrai point de départ. Sa langue maternelle est morte avec sa famille.

Il s'est mis à errer à travers l'Europe, se cachant dans la masse des réfugiés de toutes origines, retrouvant peu à peu la parole. C'était le début du voyage qui l'a rendu célèbre : un an dans chaque pays de l'Union européenne, suivant les différentes phases de son élargissement jusqu'à aujourd'hui. Mais beaucoup ignorent que ce défi fou était fondé sur une idée encore plus folle.

Il avait entendu dire que les langues d'Europe ne se faisaient plus la guerre, alors il avait conçu le projet de les apprendre toutes.

Pendant plus de deux décennies, il a été porté par cette lubie, jouant à saute-frontière avec une infatigable audace, se gorgeant de langues avec l'appétit d'un ogre. Ne pas décrire ça comme un exploit, mais comme un égarement mental, quelque chose de pathologique, ce sera sûrement plus proche de la vérité. Sauf qu'un jour, la réalité a rejoint sa folie. Il est devenu le premier être humain à parler les vingt-quatre langues officielles de l'Union, à disposer du pouvoir de les traduire entre elles dans leurs cinq cent cinquante-deux combinaisons possibles. Il a longuement erré à Bruxelles et à Strasbourg, frappant aux seules portes où cette folie avait un sens. Après un moment de stupeur, le service traduction du Parlement européen n'a pu faire autrement que de l'embaucher.

Bien entendu, l'annonce a aussitôt suscité une tempête de scepticisme, qui n'a fait que prospérer depuis. Il est difficile de distinguer à coup sûr un hyperpolyglotte d'un affabulateur, puisque personne ne parle autant de langues que lui. Complotistes et nationalistes s'en sont donné à cœur joie. L'occasion était trop belle : taper d'un même élan sur les migrants et sur l'Union européenne.

Le plus surprenant, c'est que son récit de voyage écrit en vingt-quatre langues soit devenu une référence. Certes, une part appréciable des habitants de la planète a lu *L'Européen tel qu'on le parle* grâce aux nombreuses traductions disponibles. Mais très peu ont vraiment compris ce que ça raconte.

On sait la suite, ou du moins on croit la savoir. L'Union s'est montrée reconnaissante, elle a récompensé son traducteur prodige en le nommant ambassadeur du Multilinguisme, avec bureaux au Parlement et jeune équipe dévouée. Nous avons embrayé, nous autres journalistes des grands médias, nous avons rabâché l'histoire du réfugié moyen-oriental parti de rien et qui, par son seul courage, accède à la grâce de la renommée et aux menus plaisirs de l'aisance matérielle. En sachant très bien que, par la même occasion, nous aidions les autorités européennes à faire oublier leur inaction.

Nous n'avons pas seulement exploité sans vergogne une *success story* servie sur un plateau. Nous l'avons fabriquée pièce par pièce.

Il faudra remettre les pendules à l'heure. Celles et ceux qui voient en lui le messie européen tant attendu sont à côté de la plaque. Autant que ceux qui le suspectent de vouloir se venger de l'Occident. Il est probable que Bond n'a cherché ni à sauver l'Europe, ni à prendre sa revanche. Il s'est retrouvé pris au piège. Refuser les honneurs qu'on lui offrait revenait à se renier. Aussi corrosifs que soient ses discours, ils n'ont aucune prise sur le réel, c'est son image qui compte, c'est elle qui sert de caution au système. Ses véritables objectifs restent à éclaircir. Malgré son extraordinaire maîtrise du langage, je ne suis pas sûr que lui-même en serait capable.

Oui, il s'agira de montrer que la fameuse réserve de l'ambassadeur ne doit rien à la modestie. C'est probablement du désespoir. Ou bien de la rage, il faudra que je creuse la question.

Les référent-es

— On pourrait pas avoir un peu de silence, merde ?

L'équipe de l'ambassadeur se serre comme elle peut dans une petite salle, au cinquième étage du bâtiment circulaire que les parlementaires européens appellent *la tour*, sans toujours savoir que ce nom fait allusion à celle de Babel. Julia espère que sa sortie calmera les référent-es. Pour la majorité du groupe, le français n'est pas la langue maternelle et le mot *merde* bénéficie d'une sorte de prestige. Les conversations retombent pendant quelques secondes, puis repartent de plus belle. Bond semble se réveiller et, d'une voix étonnamment forte pour sa taille, émet des sons stridents dans une langue difficile à identifier. Le silence s'établit aussitôt.

— *What did you say ?* demande le référent Mondialisation.

— *Turpa kiinni.* Cela signifie *ferme ton museau* en finnois. En français, on pourrait le traduire par le familier *la ferme*, voire le trivial *vos gueules.*

— Mais ici personne il parle finnois, sauf vous, observe la référente Stratégie.

— Peu importe, c'est l'esprit de la langue qui compte. D'après mon expérience, la Finlande est le pays le moins bruyant de l'Union.

Julia est obligée de reconnaître que ça marche. Elle s'engouffre dans la brèche et ouvre la séance de débriefing.

— Quels retours médias pour la conférence de Venise dans vos zones de compétence ?

— Très bon papier dans le *Guardian*, lance une voix à l'accent british. Même le *Daily Mail* en a parlé. En mal, bien sûr.

— Pareil dans les journaux allemands, pointe la référente Organisation, *Bild* nous attaque mais *Die Welt* et les autres sont OK. Plus un peu de télé et de radio.

— La presse éclairée, c'est ce qui nous importe pour l'instant, ponctue Julia. Y a aussi des signaux encourageants en provenance de la Mitteleuropa, des Ibères et des Scandinaves.

— Quant aux médias français, ajoute le référent Com, ils sont partagés entre ceux qui dressent l'oreille et ceux qui continuent à s'en foutre parce que c'est pas de la politique française.

— Ne faudrait-il pas dire *ceux et celles* ? fait ingénument Institutions.

— Pas dans ce cas, répond Diversité sans relever l'ironie. En français, *média* est masculin.

— Le plus étrange, c'est l'article du *Corriere della Sera*, avance Terrain avec un fort accent italien.

— Favorable ou défavorable ?

— Difficile à dire. Ce n'est qu'une suite de métaphores sexuelles. Je cite : *Les plus attentifs auront peut-être entrevu comment le multilinguisme et le vivre-ensemble pourraient se féconder mutuellement dans le lit à baldaquin de la culture européenne.*

Julia évite soigneusement de regarder Fergus, qui en fait autant. Depuis Venise, aucun des deux n'a osé adresser la parole à l'autre. La journaliste du *Corriere* était pourvue d'une déontologie. Elle n'a rien dit de la scène d'ordre privé entrevue dans la suite vénitienne, mais n'a pas résisté à la tentation de glisser dans son article quelques allusions à l'attention des intéressés. Le visage en feu, Julia cherche une diversion plausible mais l'ambassadeur la devance.

— J'ai croisé notre ami le Président dans un couloir. À la vue de son expression soucieuse, j'ai d'abord cru qu'il allait me faire part de ses réserves, motivées par le souci de ne pas voir notre action nuire à l'image de la Commission dont il a la charge. Heureusement, ses propos n'ont pas laissé place à la moindre ambiguïté. Il vous adresse à tous et à toutes ses plus sincères félicitations.

Les référent-es se lèvent et des applaudissements éclatent, agrémentés de ricanements et de huées clairement audibles. Opinion lève en l'air un doigt insistant.

— Il était peut-être au courant des résultats du sondage de popularité que nous avons commandé. Un certain Fergus Bond, pourtant privé de pouvoirs exécutifs, écrase la concurrence.

Les applaudissements reprennent de plus belle, cette fois mélangés à ces cris qu'on entend dans les stades quand un penalty est marqué.

— J'appelle chacun-chacune d'entre nous à garder une certaine modestie, tempère Julia. Officiellement, Fergus n'est que l'ambassadeur du Multilinguisme. C'est peut-être hypocrite, mais c'est sur ce fil que nous marchons tous.

— Tous-toutes, corrige machinalement Diversité.

— Parlons prochaine conférence, propose Stratégie avec l'accent hongrois. Comme vous dites en français, nous allons enfoncer clou ?

— Nous allons même l'enfoncer vingt-sept fois, confirme Bond d'un air sombre.

Des murmures s'élèvent autour de la table. La rumeur était donc vraie. Le polyglotte s'apprête à faire à nouveau le tour des pays de l'Union, prononçant dans chacun d'eux un discours dans la langue locale, réitérant l'odyssée linguistique qui l'a rendu célèbre. Et cette fois, l'ancien sans-papiers devenu ambassadeur agira en pleine lumière, dans l'arène médiatique et le feu des polémiques. Julia avale sa salive avec difficulté. Elle sait que ça n'empêchera nullement les sceptiques de continuer à contester les capacités du polyglotte, mais l'enjeu est bien plus vaste. En tant qu'attachée de presse, elle va se retrouver en première ligne d'une entreprise qui ressemble à un énorme coup de poker géopolitique.

— Il a fallu trois mois pour organiser la conférence de Venise, rappelle Organisation. Parcourir l'Union entière nous prendra six ou sept ans.

— Faut le faire en cinq ans et demi maximum, objecte Opinion. Pour boucler la boucle avant les élections de 2024, sinon on sert à rien.

— Impossible.

— On n'aura jamais le budget pour ça, argue Institutions.

— Nous va se faire attaquer tous les côtés, gémit Stratégie.

— Nous aurons le budget, tranche Bond d'un ton détaché, et nous prendrons le temps qu'il faut. Quant aux attaques, c'est nous qui allons les lancer. Il n'est plus temps de regarder ce continent se noyer sans rien faire. Chers amis, nous allons renverser la table.

Cette fois il n'y a pas d'applaudissements, chacun-chacune essayant d'imaginer une table renversée s'enfonçant dans les flots. L'emploi des deux métaphores contradictoires ne fait que souligner la détermination de Bond.

— Dans ce cas, il va falloir parler sécurité, fait Sécurité.

Personne ne se risque à commenter. Tout le service est au courant de l'incident de Venise et connaît la réticence du chef à aborder le sujet. Celui-ci a un geste d'insouciance pas très naturel.

— Il ne s'est rien passé à Venise. Un homme s'est introduit dans mon hôtel et en est ressorti vingt minutes plus tard. Il ne s'agissait que d'une banale intimidation, comme nous en avons déjà connu et comme nous en connaîtrons d'autres.

Sécurité a une grimace d'exaspération.

— On a eu de la chance cette fois-ci, ce ne sera pas toujours le cas. Dans cette partie du monde, vous êtes désormais une des personnalités les plus en vue. Il faut accepter l'idée des gardes du corps.

— Je regrette, il s'agit là d'une frontière que pour une fois je ne tiens pas à franchir.

Le trait d'humour ne suscite que des mimiques navrées. Bond refuse de voir son image abîmée par les colosses à oreillettes qui entourent les puissants. Il le justifie par le souci de garder sa capacité à s'adresser à tous sur un pied d'égalité, ce que Julia voit comme un reste de naïveté adolescente. Sécurité s'accroche et finit par obtenir un compromis : pas de gardes du corps, toutefois l'ambassadeur sera toujours accompagné d'au moins un membre de son équipe, même la nuit. Ou *une* membre, précise Diversité.

Mal à l'aise dans cette discussion, Julia clôt le débriefing. Une réunion de travail est programmée dès le lendemain pour préparer la prochaine étape. Pendant que les référent-es s'éparpillent dans un brouhaha de commentaires excités, elle jette un œil par-dessus l'épaule de Fergus, qui a ouvert un quotidien anglophone où il est question d'un mouvement de panique provoqué par des coups de feu dans une gare d'Europe centrale. Elle se demande pourquoi l'ambassadeur s'intéresse à ce genre de fait divers, et puis elle n'y pense plus.

Une histoire européenne

Nous avons eu l'occasion de mentionner que la scène de la gare se déroulait dans un de ces pays qui ont rejoint l'Union européenne après la chute du Mur. Comme les lecteurs-lectrices l'auront deviné, l'homme assassiné par l'Iguane faisait partie des services secrets de ce pays que, pour la commodité du récit, nous appellerons le Tichodrome.

Son meurtre aurait dû rester sans grande conséquence, si l'on considère la vitesse à laquelle la police tichodrome a conclu à un règlement de comptes entre trafiquants de *zrec*, une variété locale de cocaïne. Sur le seul réseau social autorisé, des témoins ont d'abord affirmé avoir vu deux corps emmenés par un groupe d'une dizaine d'hommes d'allure sportive, puis leurs comptes ont été supprimés. Les médias nationaux ont aussitôt renoncé à enquêter, comprenant que ça les exposerait à toutes sortes de désagréments. Au Tichodrome, l'indépendance de la presse constitue une notion récente, encore mal comprise dans les couches supérieures de la société.

L'incident de la gare centrale serait donc passé aux oubliettes s'il n'y avait l'attention portée au Tichodrome par un pays voisin, entré lui aussi dans l'Union européenne après la chute du Mur, que nous appellerons l'Holothurie.

L'Holothurie et le Tichodrome partagent une riche histoire de massacres s'étendant sur un demi-millénaire, c'est-à-dire depuis leur naissance en tant que nations. Lors des grands conflits, les deux pays se sont toujours débrouillés pour se retrouver dans des camps ennemis. Les dirigeants tichodromes se sont coulés sans états d'âme dans le stalinisme, pendant que les élites holothuriennes adhéraient comme un seul homme à l'idéologie nazie. La frontière commune a été redessinée de multiples fois, conduisant à des déplacements de populations dans les deux sens, à de criantes injustices, à d'inexpiables crimes, à d'éternels ressentiments et à de juteux trafics. Aujourd'hui encore, beaucoup d'Holothuriens appellent les Tichodromes *Tiks*, tandis que nombre de ces derniers les traitent de *Holies*, les deux termes faisant jeu égal dans l'indignité. Les histoires drôles ridiculisant tout un peuple restent populaires chez le peuple d'en face, comme celle du laveur de carreaux tichodrome ou celle du gynécologue holothurien.

Toutefois, la plupart des observateurs notent qu'un étrange rapprochement semble se produire depuis quelques années. Car la détestation des gens qui vivent de l'autre côté de la frontière, soigneusement entretenue par les autorités des deux camps, a rassemblé tout le monde dans un nationalisme en miroir. Au-delà de leurs petits différends, les dirigeants tichodromes et holothuriens sont en réalité d'accord pour exalter leurs racines chrétiennes, encourager l'antisémitisme et le racisme anti-arabe, fermer la porte aux réfugiés, dénoncer les élites cosmopolites et fustiger l'Union européenne, s'arrangeant en coulisses pour en conserver les subventions. Quand ils sont en panne d'inspiration, les conseillers en communication politique de chaque pays piochent sans états d'âme dans les derniers discours entendus chez le voisin. Et les mots rebondissent, s'envolent, deviennent langue commune, diffusent les évidences qu'on respire avec l'air des rues, des salons et des stades, finissant par recouvrir l'ensemble de la région tichodro-holothurienne d'un épais brouillard de couleur brune.

Tout cela, la femme à l'appareil photo l'avait en tête, dans le hall de style néostalinien de la gare centrale de Tichos, quand elle s'est penchée sur le jeune homme blessé par l'Iguane. Contrairement à ce que pensait celui-ci, elle ne tenait pas ses ordres des services secrets du Tichodrome, la Sekuritec, mais de ceux de l'Holothurie, l'Opax. Il est généralement admis que les deux organismes passent quatre-vingts pour cent de leur temps à s'espionner l'un l'autre. La femme, connue dans son organisation comme l'agent Lapis-lazuli, avait pour mission de filer Bleibtreu qui avait pris contact avec un tueur à gages extérieur à ses services, signe qu'une opération homicide particulièrement sensible était à l'ordre du jour.

Constatant que l'homicide en question venait de se produire sous ses yeux mais qu'il concernait Bleibtreu lui-même, l'agent Lapis-lazuli en a déduit que quelque chose ne se passait pas comme prévu. Plutôt que de s'ajouter à la liste des victimes en entrant dans la cafétéria, elle a pris l'initiative d'interroger le jeune type de la Sekuritec qui s'était bêtement précipité au-devant du tireur et en subissait les conséquences, allongé sur le sol dans une mare de sang. Parlant tichodrome sans accent, elle a réussi à faire croire au blessé qu'elle faisait partie de la maison. Avant de s'évanouir, celui-ci a émis cette phrase mystérieuse :

— *Kurva ! Nem smilnec vor Bond !*

Ce qu'on pourrait traduire par : *Nom d'une femme de petite vertu ! Nous nous sommes fait entourlouper par Bond !* Remarquons au passage que *kurva*, juron très répandu en Europe centrale, vient du latin *curva* qui signifie "courbe". Le mot associe l'acte de se pencher à l'idée de vénalité et, plus généralement, de tromperie.

Fidèlement rapportée par Lapis-lazuli à son officier traitant, la phrase a plongé les plus hauts responsables de l'Opax dans la perplexité. Leur premier mouvement a été de se réjouir de la mort de Bleibtreu, partant du principe que ce qui est mauvais pour le Tichodrome ne peut qu'être bon pour l'Holothurie. Puis ils ont envisagé l'hypothèse d'une intox de la Sekuritec, finalement écartée car d'un niveau de subtilité trop élevé.

Restait la possibilité que Bond soit réellement mêlé à cette histoire. Jusqu'à présent, l'ambassadeur du Multilinguisme était considéré par les Holothuriens comme inoffensif. Il servait de figure de ralliement aux plus naïfs des europhiles, pérorant à l'infini sur les vertus de l'apprentissage des langues pendant que les choses sérieuses se discutaient ailleurs. Certains avaient fait remarquer qu'une telle couverture pourrait être utilisée par la clique euro-mondialiste pour mener des opérations plus discrètes contre les régimes patriotiques, mais ils n'avaient pas été suivis.

Les photos prises par Lapis-lazuli, même traitées par des algorithmes experts, n'ont pas permis d'établir qui était le tireur de la cafétéria. C'est précisément ce qui a mis l'Opax sur la piste de l'Iguane, un tueur à gages international connu pour sa discrétion, auquel l'Holothurie avait elle-même eu recours et qui avait donné entière satisfaction. Après de patientes recherches, on a repéré l'une de ses fausses identités parmi les passagers d'un vol ayant quitté l'aéroport Marco-Polo le lendemain d'une conférence de Bond, donnée à Venise sur le thème de *La culture européenne au secours de la paix et de la solidarité*, ou une bêtise du même acabit.

Une hypothèse effrayante a été émise : envoyé par la Sekuritec pour éliminer Bond, l'Iguane aurait été retourné par le célèbre polyglotte et aurait tué son propre commanditaire. Le scénario a été pris au sérieux par le ministre de l'Identité et de la Sécurité nationales, qui a jugé qu'en ciblant directement l'ambassadeur du Multilinguisme, les Tichodromes devaient avoir leurs raisons et que ces raisons ne pouvaient rester ignorées de l'Holothurie. Une idée lui est venue, bizarre, scandaleuse à bien des égards. Il l'a laissée mûrir avant d'en parler à ses collaborateurs, puis au Chancelier, qui ont montré le même scepticisme. Mais le ministre, un homme plus réfléchi que ses discours publics ne le laissent paraître, a su convaincre.

C'est ainsi que, pour la première fois dans l'Histoire, une rencontre entre les services secrets de l'Holothurie et du Tichodrome a été organisée.

Une source proche

Julia presse le bouton du chronomètre. La vue brouillée par des larmes de joie, elle peine à lire les chiffres qui s'affichent : quatre minutes et trente secondes. Une durée à peu près aussi courte que son premier rendez-vous amoureux à Primrose Hill, mais quand il s'agit du temps passé par cinq cents auditeurs à applaudir debout dans une salle de concert de style victorien à South Kensington, alors c'est long, délicieusement long. Car l'orchestre n'était formé que d'une seule personne, un petit homme brun aux cheveux raides et à la tête ronde, qui ne jouait pour unique instrument que d'une paire de cordes vocales.

Pendant qu'au pied de la scène Bond serre de multiples mains et se prête à l'inévitable série de selfies, les membres de l'équipe s'essuient discrètement les yeux et s'assurent qu'ils ont bien vu et entendu ce qu'ils ont vu et entendu. Il faut avouer qu'avec le Brexit, l'actualité a fourni à la conférence un contexte idéal. La salle était bourrée de *pro-remain* heureux de montrer leur attachement à l'Europe, et Julia a même aperçu quelques députés conservateurs, déboussolés par les incessantes dissensions du gouvernement britannique.

Elle sent une main se poser sur son épaule, se retourne et fait face à l'homme qu'elle avait jusque-là réussi à éviter. Longue silhouette en S, lunettes à verres épais, cheveux en broussaille, très intello des années 1970 égaré au XXIe siècle : Hubert Saint-Prix, du *Démon de l'actualité*.

— Enlève ta main, siffle-t-elle entre les dents. Je te rappelle que nous ne sommes pas censés nous fréquenter.

Hubert sourit largement et laisse tomber d'un ton définitif :

— Tu vas pas cracher sur un papier favorable dans un des plus grands médias français ?

Il tourne les talons, obligeant Julia à le rattraper dans le fond la salle. Il adore ce genre de jeux de rôles.

— T'as un truc à me dire, soupire-t-elle. Vas-y, je t'écoute.

Il se met à chuchoter pour tromper les oreilles indiscrètes.

— J'ai décidé d'écrire un livre sur Fergus.

Elle se retient de répondre que les trois quarts des journalistes européens ont eu la même idée avant lui.

— Hubert, c'est génial. Vraiment.

— Ne te réjouis pas trop vite. Ce sera une analyse critique et sans concessions.

— J'en suis sûre.

— Qu'il le veuille ou non, Fergus est devenu un expert, un membre de l'élite mondialisée.

— Mmm.

— Pendant qu'il prenait la lumière dans les médias, les couches populaires ont continué à trinquer. Devant la surdité des États, elles sont bien obligées de trouver de nouvelles formes d'expression. Regarde ce qui se passe en France avec la taxe carbone. Personne n'a pensé à son effet sur les précaires, qui en sont réduits à bloquer les ronds-points. À la rédaction, on surveille les réseaux sociaux et je peux déjà te dire que ça va pas s'arrêter là.

— Quel rapport avec Fergus ?

— C'est un peu la même hypocrisie. L'Europe triche, elle utilise le beau parcours d'émancipation de ton patron pour se dédouaner. Car en réalité elle continue à servir les intérêts des gagnants du système qui, euh...

Hubert bredouille, incapable de poursuivre. Dans un pur réflexe de défense, Julia a eu recours à une arme dont elle n'est pas fière : elle a approché son visage à quelques centimètres de celui du journaliste et planté ses yeux vert céladon dans les siens. Puisqu'elle a hérité d'un iris d'une couleur rare, autant s'en servir quand la situation l'exige.

— Écoute, lance-t-elle, je sais ce que tu essaies de faire, je connais ces conneries par cœur. Tu veux me provoquer pour obtenir une interview exclusive. C'est raté, tu devras te taper le point presse avec les autres.

Mais Hubert n'écoute plus. D'abord déstabilisé par l'attaque vert céladon, il joue maintenant la carte de la dérision en tournant sur lui-même, la bouche ouverte sur un cri silencieux. L'attachée de presse se rend compte qu'elle frise la faute professionnelle. Sous ses airs de dilettante, Hubert reste un des correspondants européens les plus réputés. Depuis quelque temps, il joue à accuser Julia de complicité avec le grand capital et ses multiples incarnations, ce qui lui permet de soigner sa propre image de héraut de la gauche authentique, théoricien scrupuleux et inlassable défenseur des classes populaires aux abois. Autant ne pas le priver de ce petit plaisir. Au moins, il ne pratique pas le double jeu de certains de ses collègues, qui font de grands sourires à Fergus lors des conférences et l'assassinent ensuite dans leurs articles.

Elle bat consciencieusement en retraite, reconnaît qu'elle est fatiguée, ajoute que l'équipe a beaucoup travaillé sur la conférence, des dizaines de réunions, plein de problèmes à régler, la référente Organisation qui tombe malade, le référent Sécurité qui pète les plombs. Comme il fallait s'y attendre, le journaliste part aussitôt sur la piste Sécurité.

— On dit que vous avez reçu des menaces. Tu confirmes ?

Elle commence par démentir avant de se contredire implicitement et de lâcher quelques bribes d'infos. Il est content, il pourra citer *une source proche*. Ça n'a pas d'importance, ces rumeurs courent déjà un peu partout. Hubert est plutôt commentateur que reporter de terrain, comme d'habitude il écrira ce qui lui passe par la tête et sa petite cour trouvera ça magistral. Avant de partir, il pose la question redoutée.

— On se voit où ce soir ?

Il a essayé de se donner un air canaille, mais l'effet produit sur Julia est l'inverse de celui attendu. Elle répond que non, pas cette fois. Ils ne vont pas profiter de l'événement pour essayer de transformer deux heures dans une chambre d'hôtel minable en inoubliable féerie sexuelle. Ça fait longtemps qu'elle n'est pas venue dans ce pays, dans la ville où elle est née. Sa mère habite à quelques stations de métro, chaque rue lui rappelle quelque chose d'essentiel. Elle ne veut rien faire d'autre que ça, sauver ses souvenirs avant l'irrémédiable. Avant la catastrophe. Avant le Brexit.

Le visage étroit d'Hubert s'étire encore dans le sens de la hauteur, comme s'il venait d'encaisser un coup en dessous de la ceinture. Plus question de joute oratoire, ni de second degré. Il tourne les talons et s'éloigne, drapé dans l'humiliation.

— Je te rappelle dès que nous serons revenus en Europe, lâche-t-elle dans son dos.

Revenir en Europe. La formule s'est imposée avec l'évidence du lapsus. Il s'immobilise et, sans se retourner, ressort ostensiblement son carnet de notes et son stylo. Au moins je lui aurai fourni l'accroche de son article, se dit Julia.

Le thé qui reste

Elle frappe à la porte de la chambre d'hôtel de Fergus. Le référent Sécurité entrouvre, balaie le couloir d'un regard mauvais et l'autorise à entrer. L'ambassadeur du Multilinguisme semble de bonne humeur, on l'entend siffloter *London Calling* dans la salle de bains.

— La nuit a été calme ?

— Rien à signaler, annonce le référent d'une voix militaire nuancée d'un accent portugais.

Il baisse la tête à la hauteur de celle de Julia et chuchote :

— Sauf qu'il ronfle. Et je me demande en quelle langue. Tu le sais, toi ?

L'humour de Sécurité étant plutôt apprécié au sein de l'équipe, Julia choisit de ne pas réagir. Précédé d'un fort parfum d'après-rasage, Fergus fait son apparition et se déclare prêt à partir. Comme il était prévisible, le référent insiste pour les accompagner. Il faut tous les talents argumentaires du polyglotte pour l'en dissuader.

— Votre sollicitude me touche infiniment. Mais grâce à la balise GPS, vous connaîtrez notre position à chaque instant. Au moindre problème, j'appuierai sur le bouton comme vous me l'avez expliqué. Et dans ce cas de figure, je ne doute pas de votre promptitude à faire sécuriser la zone par la police britannique.

L'hôtel quatre étoiles réservé par l'administration de l'UE donne sur le Strand, que Julia et Fergus décident de suivre vers Trafalgar. Elle ne peut s'empêcher d'épier les passants, comme si l'homme-reptile croisé à Venise allait jaillir de la foule, un poignard à la main. Mais non, se dit-elle, les commanditaires ne vont pas envoyer deux fois la même personne. Justement, cette femme en tailleur lavande ne vient-elle pas de faire demi-tour pour les suivre ?

Indifférent à la nervosité de son attachée de presse comme aux regards des passants qui le reconnaissent, Fergus s'arrête devant un kiosque de presse. Les gros titres confirment que le succès de la conférence de la veille est cette fois passé sous les radars des principaux médias britanniques, focalisés sur deux événements apparemment sans rapport : la défaite de l'Angleterre face à la Croatie lors de la Coupe du monde de foot et la pression exercée sur Theresa May par la démission de plusieurs ministres favorables à un *hard Brexit*. Fergus se retourne soudain vers Julia, l'air malicieux.

— Il est une chose que peu de commentateurs ont notée. L'Angleterre est le premier pays à quitter l'Union et la Croatie le dernier à y être entré. Vous avouerez que l'élimination de l'une par l'autre exhale un délectable parfum de revanche. Il faut savoir attraper les symboles que le hasard vous envoie.

L'ambassadeur ne dédaigne pas ce genre de traits d'esprit, qu'il signale habituellement à ses interlocuteurs au moyen d'un sourire en coin caractéristique. Mais cette fois la mimique part en vrille et se transforme en grimace. Il y a des sujets avec lesquels on ne plaisante pas impunément.

D'une certaine façon, nous sommes tous deux nés ici, se dit Julia, même si Fergus avait seize ans quand ça s'est produit. C'est à Londres qu'il a trouvé son nouveau nom et quelque chose qui ressemblait déjà à une identité européenne. Et voilà que ce pays le renie, avec l'abjecte désinvolture des parents indignes. Au célèbre polyglotte qui a sillonné l'Europe en tous sens pendant un quart de siècle, on demandera bientôt un visa pour traverser la Manche. Il aura suffi d'un référendum lancé par un politicien aux abois, d'une poignée d'intox judicieusement martelées, de quelques préjugés savamment mis en scène pour arracher à une opinion paresseuse les deux pour cent qui font tout basculer. L'internationale du chacun-chez-soi a réussi son hold-up. On n'a pas fini d'entendre ses beuglements de victoire.

Elle prend l'ambassadeur par la main, l'entraîne loin du kiosque et du Brexit, appelle le passé à la rescousse. Son visage rond s'éclaire, il mord l'hameçon à pleines dents, chaque coin de rue lui rappelle un souvenir qu'il brûle d'envie de partager. Elle s'amuse à l'imaginer en jeune réfugié fraîchement débarqué d'Irak, errant dans la City avec sa bande de punks, ses grands yeux irradiant devant tout ce qu'ils voient un étonnement qui a survécu jusqu'à aujourd'hui.

À Charing Cross, les yeux de Fergus cherchent le Marquee, fameuse salle de rock où il prétend s'être produit au début des *nineties* comme bassiste du groupe General Malfunction. Elle lui apprend que le Marquee a migré à Islington dix ans plus tard, puis à Leicester Square, avant de disparaître. Les groupes qu'elle y écoutait ne disent rien à Fergus, les punks avaient lâché l'affaire depuis longtemps. À cette époque, il devait être loin, quelque part entre la Suède et les pays baltes, en train d'ajouter d'autres langues à son pactole. Après un moment de déception, il repart à la recherche des lieux marquants de son séjour comme un explorateur fou dans la jungle amazonienne.

Ce petit parc de Soho dont il escaladait la grille quand il ne savait pas où dormir.

Le British Museum, où il a acquis une bonne partie de son vocabulaire anglais.

Le squat de Drury Lane, démoli depuis, où il a perdu sa virginité.

Le premier restaurant où il soit jamais entré, un *fish and chips* de Shaftesbury Avenue, aujourd'hui agence de voyages.

Ce cinéma de Covent Garden où il avait vu *Robin Hood* et *Barton Fink* (deux fois, parce qu'il n'avait pas compris la fin).

L'attachée de presse se détend peu à peu, elle préfère ces versions de l'ambassadeur et d'elle-même. La rage et la peur ont disparu, remplacées par une tristesse qui fait du bien. De la nostalgie, assurément, mais nostalgie de quoi ?

Julia est née dix ans après l'adhésion du Royaume-Uni à l'Union, d'une Anglaise fantasque et d'un Français dépressif. Tout ce sur quoi se posaient ses yeux d'enfant lui semblait double. Son père ne voyait que contradiction permanente dans les icônes de la politique et de la culture britanniques, Henri VIII et Shakespeare, Thatcher et Oscar Wilde, Oxford et le monstre du Loch Ness, les *horse guards* et les mineurs en grève, le conservatisme absolu et les excentriques. Sans vouloir l'avouer, chacun des deux camps avait besoin de l'autre pour exister. Quand les Sex Pistols chantaient *God save the Queen*, la reine faisait partie de leur identité et vice versa. À bien y réfléchir, c'était plus embarrassant pour eux que pour Sa Très Gracieuse Majesté.

L'insularité du royaume ne représentait pas une exception, au contraire, elle proposait à l'Europe une image de ce qui guette les citoyens de n'importe quelle autre nation : devenir fous, pour avoir été enfermés dans la même pièce pendant trop longtemps. Mais il s'agit d'un jeu de dupes, disait aussi le père de Julia, parce qu'à la fin ce sont toujours les conservateurs qui gagnent. Cette manie de ne pas trancher (il pensait probablement au cou de Louis XVI), cette obsession de tout garder, de ne pas passer d'une étape à l'autre, c'est encore du conservatisme. C'est-à-dire l'écœurant chantage que le passé exerce sur le présent. Quand l'Histoire ferait le bilan, elle ne trouverait là qu'un petit paquet de névroses obsessionnelles, comparables à ces appartements qu'on découvre remplis jusqu'au plafond de vieux journaux et de détritus.

Julia n'a pas beaucoup de souvenirs de son père, qui s'est jeté dans la Tamise quand elle avait dix-huit ans. Alors elle brode un peu. Elle ne saura jamais la part que jouait l'obsession de l'exil dans la dépression paternelle, mais elle la soupçonne d'avoir donné la bonne poussée au bon moment. Lors d'une de ses rares prises de position sur le sujet, la mère de Julia a émis l'idée que le choix du pont d'où il avait sauté – Waterloo Bridge – pouvait aussi bien être vu comme un dernier cri de rage patriotique que comme un hommage à l'humour anglais. Julia préfère de beaucoup la deuxième option.

Tout cela était profondément absurde, mais tout cela se passait en Europe. Il existait une famille généreuse qui avait accueilli l'Angleterre névrosée et géniale parmi d'autres enfants névrosés et géniaux. Julia a grandi avec cette idée rassurante, et maintenant c'est fini. Les icônes adorées se racornissent dans le pittoresque, y compris les grands succès mondiaux. *Le Songe d'une nuit d'été* les bus à deux étages Jack l'Éventreur Sherlock Holmes Lady Di Harry Potter. Même les Monty Python, *Yesterday* et *Satisfaction* ont perdu une dimension. James Bond, à qui l'ambassadeur a emprunté son nom, n'est plus qu'un macho à flingue parmi d'autres. Il en va jusqu'aux mots qu'échangent Julia et Fergus, jusqu'à la langue anglaise elle-même qui ne sonne plus comme d'habitude. Sa musicalité, sa concision, son élégance disparaissent dans le globish des dominants.

Il faut dire que la visite officielle de Trump commence dans quelques heures, aussi obscène que le rictus d'un voisin de palier psychopathe. Julia et Fergus s'amusent du ballon qui survole Westminster à l'initiative des opposants, personnifiant le président américain en bébé colérique brandissant un smartphone. La Première ministre n'en célébrera pas moins *a special relationship* avec le masochisme approprié. Les critiques peuvent pleuvoir, les manifestants défiler, les ancres sont levées, la dérive a commencé. Pendant la traversée de Regent's Park, Julia croit sentir le sol de l'île bouger sous ses pieds.

À Camden Town, elle comprend au silence de Fergus que son tour est venu. Ils ne sont pas arrivés là par hasard, ce quartier appartient à l'histoire personnelle de Julia. Alors elle passe en revue ses propres souvenirs, d'abord timidement, puis avec une sorte de fierté.

Le club Electric Ballroom, où elle a découvert Dr Feelgood (cette fois, Fergus approuve de la tête avec vigueur).

Les façades en décors de théâtre des pubs et des boutiques sur Camden High Street.

Le ballet des grues du terminal de ferries sur le Regent's Canal.

Le bar de la Fin du Monde, où une longue série de groupes de heavy metal ont régulièrement fait croire au public que ladite fin était arrivée.

Le musée du Bonheur, où on a pu se rendre compte que non, finalement.

Le magasin de surplus militaires, à côté du magasin de déguisements.

Dans un centre commercial, la statue en bronze d'Amy Winehouse, avec une vraie bouteille de bière à ses pieds.

Une longue rue calme, bordée d'étroites maisons ouvrières en briques.

Julia s'arrête devant une de ces maisons, que rien ne distinguerait des autres si elle n'était peinte en rose. À la grande surprise de Fergus, elle avance de deux pas et appuie sur la sonnette. Après une minute, la porte s'ouvre sur une grande femme aux cheveux gris.

— *Hello Mom, this is Fergus Bond*, fait Julia.

Elle se revoit en train de présenter à sa mère son premier petit ami français, à cet endroit exact, sans l'avoir davantage prévenue. C'était peu après le suicide de son père, ça ne s'était pas très bien passé. Au même instant surgit une évidence qu'elle n'avait jamais remarquée, la ressemblance de sa mère avec la Première ministre en exercice. Les deux vertiges simultanés manquent de lui faire perdre l'équilibre.

Indifférente au trouble de sa fille, la femme aux cheveux gris baisse les yeux vers l'ambassadeur. Si elle éprouve quelque surprise devant l'apparition sur le pas de sa porte d'une célébrité mondiale, elle n'en laisse rien paraître. Pas de sourire ni de geste de la main, le corps reste très droit, juste cette brève inclinaison de la tête. Elle ne s'attendait sûrement pas à ce que Julia lui fasse ce cadeau, mais l'absurdité fait partie de son univers, une absurdité qu'il convient d'accueillir avec un flegme tout aussi absurde.

Elle répond en français, comme si Bond était un simple touriste du continent et non un polyglotte maîtrisant une trentaine de langues. Julia pourrait jurer qu'elle avait prononcé exactement la même phrase il y a vingt ans, avec l'accent que beaucoup s'accordaient à trouver délicieux.

— Enchantée de vous rencontrer. Ma fille m'a dit vous aimez le thé, ça tombe bien, je crois il en reste un peu.

La forteresse d'Ulraatsch

— J'avoue ne pas comprendre pourquoi vous voulez éliminer physiquement Bond.

Le général Nog-Maals attend patiemment la réponse du Premier délégué Bubnik, qui ne vient pas. L'intéressé est trop occupé à jeter des coups d'œil inquiets à droite et à gauche, même après avoir été informé qu'il se trouve dans l'endroit le plus sécurisé de toute l'Holothurie. C'est précisément ce qui le tracasse, se dit le général, et on peut le comprendre compte tenu du nombre élevé de ses compatriotes qui sont passés de vie à trépas ici même, entre les murs suintants de la forteresse d'Ulraatsch, le plus souvent après d'abominables tortures.

— Bond n'est qu'une baudruche des européistes, reprend Nog-Maals d'une voix suave. Ils ont décidé de le promener à travers l'Union pour se consoler de leurs défaites passées et à venir. Ses conférences ne toucheront qu'un public déjà conquis. Nous connaissons nos peuples, nous savons qu'ils ont d'autres préoccupations. La plupart de mes collègues estiment que s'intéresser à lui n'est qu'une perte de temps, et je dois vous avouer que je partage leur point de vue.

Le délégué de la Sekuritec continue de se taire. Aucun soldat n'est visible, ils sont seuls dans la pièce. L'entretien a été planifié par des échanges au plus haut niveau. Ça fait sept décennies que les deux puissances rivales ne sont plus en guerre. Mais on ne doit jamais sous-estimer le poids du ressentiment chez un individu meurtri dans sa jeunesse par les privations des régimes communistes, se dit Nog-Maals dans un accès de compassion.

— Pour en avoir le cœur net, un de nos agents en Angleterre a filé Bond pendant son séjour. Avant la conférence, il a eu quelques contacts avec des parlementaires opposés au Brexit, ce qui était prévisible. La clique de Bruxelles n'a pas encore admis que la mort de l'Europe était annoncée et qu'elle ne pouvait plus rien y faire. Le lendemain, il a partagé une petite balade nostalgique dans Londres avec son attachée de presse, avec qui nous pensons qu'il entretient un lien sexuel. Notre agent a pu capter des bribes de leur conversation, des souvenirs de jeunesse sans le moindre intérêt. Quant aux mesures de sécurité, elles étaient inexistantes. L'élimination de Bond, correctement préparée, ne présente aucune difficulté technique. Mais ça revient à tirer sur un corbillard. Pour être francs, nous ne comprenons ni pourquoi vous vous êtes lancés là-dedans, ni pourquoi vous avez échoué.

L'entretien a lieu en anglais, bien que chacun des deux responsables parle couramment la langue de l'autre. Nog-Maals a été élevé dans une région frontalière dont le parler local est très proche du tichodrome, et Bubnik est né d'une liaison mixte (les mariages mixtes étant fortement déconseillés) dans l'enclave de Hangaa-Luksà. Cependant, aucun des deux n'a voulu s'abaisser à traiter une affaire importante avec les mots d'en face.

C'est pourquoi le général sursaute en voyant son interlocuteur se dresser soudain, pointer sur lui un doigt accusateur et s'exclamer *Borschyrt !*, juron holothurien qu'on pourrait traduire par *excréments de bœuf en état avancé de décomposition* et qui souligne dans la plupart des cas le peu de pertinence d'un propos émis par l'interlocuteur.

Anesthésié par la stupeur, le général Nog-Maals oublie de s'offusquer d'une telle injure, bien caractéristique de la rusticité tichodrome quoique proférée dans sa langue. Par réflexe, il caresse le diamant qu'il porte à l'annulaire. Bubnik reste quelques secondes débout, profitant de son avantage avec un plaisir visible, puis se rassied et fait à nouveau entendre sa voix métallique.

— Épargnez-moi votre mépris de classe, Nog. Si nous sommes ici, c'est que vos collègues sont moins stupides que vous. Ils ont compris que Bond nous pose un vrai problème, à nous patriotes, même s'ils n'en ont pas encore saisi la nature.

La gorge soudain desséchée, le général s'empare d'un verre de *schwortzenschprudelmineraalwasser*, eau gazeuse dont il raffole d'habitude mais dont le goût lui semble aujourd'hui tout simplement dégueulasse.

— Par le biais d'organismes amis, nous avons mené des études discrètes dans différents pays, ceux que nous appelions autrefois les pays frères. Elles portaient sur l'idéologie bondiste et son influence réelle sur les peuples. Contrairement à ce que vous prétendez, nous avons pu constater qu'elle se développe à une vitesse inquiétante. Depuis que l'Union l'a élevé au rang d'ambassadeur, l'individu a distillé à chacun de ses déplacements les phrases clés du mondialisme multiculturel qui, comme chacun sait, ne vise qu'à détruire nos identités sous l'alibi de la bienveillance. Jusque-là, pas de problème. Comme vous, nous savons que ce genre de discours n'a aucune chance d'ébranler à lui seul le bon sens populaire. Le problème, c'est qu'il risque d'entrer en résonance avec la propagande des écologistes, parce qu'il partage avec eux cette vision fallacieuse selon laquelle la patrie et la religion pourraient être remplacées par la planète, à la fois comme horizon des possibles et comme absolu structurant.

L'emploi des termes *horizon des possibles* et *absolu structurant*, complètement incongrus dans la bouche de Bubnik, a pour effet de chiffonner les traits réguliers de Nog-Maals. Il a reconnu deux des expressions fétiches de ses propres analystes, dont la novlangue prétentieuse inonde depuis quelques années les moindres rapports de l'Opax. À force d'espionner les services holothuriens, les Tichodromes ont fini par se les approprier, à moins que ce ne soit l'inverse, difficile de trancher. En tout cas, le fait qu'un type comme Bubnik les reprenne sans sourciller montre que la situation est plus grave que prévu.

— Nos experts Opinion sont unanimes, insiste le Délégué, cette double hérésie se répand déjà à bas bruit dans une partie de la jeunesse tichodrome, celle qui a séché les cours d'histoire nationale et ne sait même plus à quoi ressemble le drapeau. C'est là que se situe le plus grand danger. Nous ne devons pas sous-estimer l'adversaire. Ces gens-là ne sont pas si maladroits avec les mots, et leur obsession reste de retrouver l'hégémonie culturelle que nous leur avons prise.

— Ils devraient nous en être reconnaissants, plaisante Nog-Maals pour détendre l'atmosphère. Ils avaient oublié que la guerre se gagne d'abord sur le terrain des idées. C'est nous qui les avons obligés à relire Gramsci.

— Gramsci a été emprisonné pendant dix ans par des gens dont vous êtes les héritiers politiques. Si vous aviez un semblant de décence, vous n'oseriez même pas prononcer son nom.

Cette fois, Nog-Maals ne se laisse pas déstabiliser et oppose au mépris de son vis-à-vis un fin sourire supérieur. Ne pas oublier que Bubnik fait partie des reconvertis, ceux qui ont dû passer en très peu de temps d'un bord à l'autre, il y a trente ans, pour ne pas sombrer avec le régime de leur pays. Il en a gardé quelques susceptibilités.

— Quoi qu'il en soit, relance le général d'un ton badin, nous ne pourrons collaborer que si vous partagez avec nous vos informations sur ce qui s'est vraiment passé entre Venise et la gare centrale de Tichos.

Il voit Bubnik rentrer la tête dans les épaules. Le ping-pong théorique est fini, place à la partie concrète de la rencontre, celle où le Délégué doit disséquer un échec de ses services devant un responsable étranger, le pire des supplices pour un type comme lui. On n'a pas dû lui laisser le choix.

— Par principe de précaution, reprend le Délégué d'un ton glacial, nous avons en effet décidé d'empêcher ce pseudo-ambassadeur de continuer à nuire. Comme vous l'avez observé, il était relativement facile à atteindre, c'est la suite qui s'annonçait délicate. Il ne fallait pas qu'on puisse remonter jusqu'à nous, ce qui aurait mis la République du Peuple tichodrome dans une position difficile et fait de Bond un martyr de la cause européiste. C'est pour cette raison que nous avions contacté un indépendant qui présentait tous les atouts : ses références d'exécuteur étaient excellentes et il aurait fait un coupable approprié.

— Et aussi un coupable mort, j'imagine.

— Évidemment.

— Selon nos renseignements, susurre Nog-Maals, il s'agirait de l'Iguane.

À sa grande déception, l'autre ne montre aucun signe de surprise.

— Si l'opération avait réussi, nous aurions attendu une semaine, puis lancé sur les réseaux sociaux un scénario selon lequel le migrant apatride connu sous le nom de Bond a été assassiné par un autre migrant apatride, lui-même victime d'un règlement de comptes quelques jours plus tard. Pas la peine d'inventer un motif.

— Et bien entendu, coupe Nog-Maals, vous auriez déposé le cadavre de l'Iguane bien en vue sur le territoire holothurien.

— N'essayez pas de m'emmerder avec ça. Nous savons tous les deux que vous auriez prévu la même chose à notre place.

Le général est obligé d'en convenir, d'un discret hochement de tête.

— L'opération ayant échoué, reprend Bubnik, nous avons mis plusieurs agents sur le rendez-vous de débriefing avec l'exécutant. L'idée était d'acquérir un maximum d'informations sur Bond pour une opération future.

— Bravo. Il faut toujours acquérir un maximum d'informations. Sauf que vous aviez l'intention d'en profiter pour mettre la main sur l'Iguane, le jeter dans un coffre de bagnole, lui faire passer la frontière et lui tirer une balle dans la nuque. Il l'a compris, ça ne lui a pas plu, il a effacé un de vos meilleurs agents et en a blessé gravement un autre. Un sacré fiasco, dites-moi.

Bubnik se recroqueville encore en serrant les poings. Nog-Maals ne peut s'empêcher de penser que, dans un corps à corps, il n'aurait pas le dessus contre le Délégué, pourtant nettement plus petit que lui. Mais il y a dans son regard autre chose que la haine atavique qu'ils se renvoient depuis le début de l'entretien, une peur à la fois plus vaste et plus profonde.

— Épargnez-moi votre arrogance d'aristocrate holothurien, Nog. L'Iguane a cru que nous voulions l'éliminer tout de suite, alors que nous voulions d'abord le faire parler. Il nous fallait comprendre ce qui s'était passé à Venise. Nous estimons à vingt minutes la durée de la rencontre dans la chambre d'hôtel, ce qui a suffi à Bond pour le retourner contre nous. Ce que nous savons sur l'Iguane, vous le savez aussi. En quinze ans de carrière, le type n'a jamais échoué parce qu'il n'a pas le moindre intérêt pour quoi que ce soit, sauf peut-être pour la musique sérielle. La question est : comment Bond a-t-il fait ?

— Et vous prétendez avoir la réponse.

— Ce que je prétends, murmure Bubnik, c'est que nous avons enregistré ce que l'Iguane a raconté à notre agent avant de lui tirer dessus. Et je prétends aussi que ça vous intéresse.

Une enveloppe grise est apparue dans la main du Délégué, qui la pose délicatement devant lui sans cesser de fixer son vis-à-vis.

— La transcription intégrale. Vous verrez, c'est bref, mais saisissant.

À son tour, Nog-Maals pose son enveloppe devant lui d'un geste souple et rapide.

— Je ne sais pas ce que contient celle-ci, ment-il en souriant. Ça s'est joué au-dessus de moi.

Le Délégué lève les yeux au ciel pour montrer qu'il n'est pas dupe. En réalité, Nog-Maals a demandé à son assistant de placer dans l'enveloppe l'horaire des marées de Dubrovnik. La scène se fige un instant, l'essentiel ayant été dit. Puis les deux hommes échangent leurs enveloppes en les faisant glisser sur la table selon une trajectoire rigoureusement circulaire. Pour une raison inconnue, ce rituel a toujours mis Nog-Maals de bonne humeur.

— Les bons comptes font les bons amis, ajoute-t-il spontanément.

— Vous en faites toujours trop.

L'anniversaire du ministre

— En ce moment, je pleure pour un oui pour un non.

À l'écoute de sa propre voix, Julia a l'impression d'entendre une ado narcissique en proie à ses premiers émois. Assise de l'autre côté du bureau, la femme aux cheveux noirs et blancs incline la tête avec une sollicitude un peu surjouée.

— Donnez-moi un exemple.

— Hier, je grignotais devant mon écran sans penser à rien. Il a suffi d'un titre sur un site d'infos : *Le ministre se réjouit parce que soixante-neuf réfugiés ont été expulsés le jour de son soixante-neuvième anniversaire.* J'ai failli vomir mon cookie.

Rien qu'à évoquer le souvenir, elle sent les larmes remonter, toujours prêtes à profiter de l'occasion. Émotivité à fleur de peau, indignation incontrôlable, colères d'enfant qui ouvre le journal et découvre la cruauté du monde. J'ai trente-six ans, se dit-elle, il serait temps de grandir.

— Et alors ? fait la psy.

— Ce genre d'actualités fait partie de mon univers depuis des années. Je devrais avoir l'habitude. Si je me mets à chialer à chaque fois que…

— Mais pourquoi voulez-vous vous habituer à ça ?

Prise au dépourvu, Julia reste muette. Tout de même, il lui semble qu'une psychanalyste digne de ce nom est censée écouter sa patiente et non lui couper la parole comme dans une conversation de bistrot.

— Peut-être que ce que vous ne supportez pas est réellement insupportable. Votre réaction correspond à votre parcours et à votre position. Rien ne vous oblige à rester de marbre quand un salaud énonce une saloperie. Surtout quand le salaud est ministre des Affaires étrangères du plus grand pays de l'Union européenne.

— Ministre de l'Intérieur, rectifie machinalement Julia.

— Peu importe. Ce ne sont pas ces larmes qui doivent vous interroger, mais la raison pour laquelle elles vous inquiètent. Y a-t-il un événement récent qui pourrait l'expliquer ?

C'est le moment de le dire. L'attachée de presse passe en revue une longue liste de phrases possibles avant de se décider pour la plus courte.

— J'ai couché avec Fergus à Venise.

Direct et banal à la fois, un peu vulgaire, comme dans une conversation entre copines. La psy note quelque chose sur son carnet.

— Ça devait arriver, non ?

— C'est comme ça que je l'ai pris, et lui aussi, je crois.

— Mais ça ne s'est pas reproduit.

— Non.

L'élégant stylo-plume s'agite encore, brièvement, sans doute pour n'écrire qu'un seul mot. Julia aimerait savoir de quel mot il s'agit. Cette psy est affligée d'énervantes manies, comme prendre des notes sur des carnets qu'elle égare après chaque séance. D'un autre côté, son cabinet n'est pas très loin du Parlement et elle s'est toujours montrée arrangeante sur les rendez-vous.

— Ça a commencé comme une de ces satanées bouffées de désir, mais j'ai l'impression qu'il y avait autre chose.

— Vous suivez toujours votre traitement ?

Ça aussi c'est énervant, cette tendance à toujours remettre les hormones sur le tapis.

— Bien sûr, jette Julia, vous croyez que j'ai le choix ? Et si vous voulez tout savoir, mon dernier scanner est normal.

— Tant mieux.

La thérapeute a de nouveau incliné la tête et son sourire semble dépourvu d'ironie. Julia laisse l'exaspération se dissoudre. Il s'ensuit un long silence pendant lequel les regards évitent de se croiser.

— Vous disiez qu'il y avait autre chose, relance la psy.

Au moins, elle n'a pas perdu le fil. Le problème, c'est que maintenant elle va vouloir le suivre.

— Ça s'est produit après un moment de stress intense. Un type s'était introduit dans la suite de Fergus sous une fausse identité. Je suis arrivée trop tard, il aurait pu se passer n'importe quoi.

— Vous aviez eu peur pour lui.

— On ne peut rien vous cacher.

— Peut-être même vous sentiez-vous un peu coupable.

Une autre manie de la psy : ponctuer leurs entretiens de sentences proférées d'un ton lointain et pénétré, alors que ce ne sont la plupart du temps que plates évidences. Une fois, Julia est sortie de son cabinet en claquant la porte, ça n'a servi à rien, elle a recommencé dès la séance suivante.

— Il cherchait à donner le change, mais il était très pâle et ses mains tremblaient. J'ai été prise d'une envie irrépressible de le… de le réconforter.

— Faire l'amour est une bonne façon d'apporter du réconfort. Et peut-être, dans certains cas, de se faire pardonner.

La thérapeute a produit une sorte de moue qui n'annonce rien de bon. Julia imagine sans peine ce qu'elle a en tête. Bond fait une figure paternelle parfaite, plus vieux qu'elle de dix ans et célèbre dans le monde entier, un substitut idéal du père suicidé. Avec le désir incestueux derrière et une bonne sauce de culpabilité pour napper le tout.

— C'est pas ce que vous croyez ! s'écrie-t-elle. J'en avais envie, oui, mais comme…

Juste derrière les yeux, le barrage est prêt à céder. Elle aurait bien besoin d'aide, besoin que quelqu'un prononce la phrase à sa place, mais cette fois la psy se tait, se contente d'attendre comme un pêcheur sadique qui laisse le poisson se tortiller au bout de la ligne.

— … comme une mère a envie de réconforter son enfant, lâche enfin Julia.

Le barrage cède et les larmes roulent, étonnamment chaudes et serrées sur ses joues. La psy observe le phénomène d'un regard neutre, tend à sa patiente un mouchoir en papier et écrit quelque chose de bref, le tout avec des gestes ostensiblement professionnels. Julia attrape le mouchoir en se demandant ce qui est noté sur le carnet. *Enfant manquant*, *complexe de Jocaste* ou, plus sexy, *jalousie incestueuse*. L'embarras du choix. Prenez ce que vous voulez, tranche-t-elle mentalement, je m'en fous.

Les larmes se tarissent enfin et la respiration revient à la normale. C'est le moment où la thérapeute a l'habitude de balancer un long diagnostic incompréhensible. Cette fois, Julia ne se sent pas la force de le supporter.

— Je sais ce que vous allez me dire, docteur Ginzberg. Je dois arrêter de me sentir responsable du suicide de mon père, ce qui me permettra du même coup d'accepter ma stérilité et dans la foulée de redéfinir mon désir maternel. Mais je ne suis pas sûre de l'avoir dit dans le bon ordre, vous pouvez m'éclairer ?

Sous l'impact de la provocation, Ginzberg secoue nerveusement sa crinière noir et blanc. Dans ce qui ressemble à une vengeance, elle laisse passer trente interminables secondes avant de répondre.

— J'ignore si j'ai le pouvoir de vous éclairer en quoi que ce soit. Je ne me prononcerai pas concernant votre père, mais côté désir maternel il me semble que les choses progressent. La preuve, c'est que vous venez d'adopter un enfant.

Ordinateur de Hubert > La vérité sur Fergus Bond > Fragment 4

Raconter aussi quelques anecdotes personnelles, qui montreront ma relation privilégiée avec le sujet. Et en particulier celle-ci.

Au début de son explosion médiatique, Fergus m'a invité à Strasbourg, dans son bureau du haut de la tour de Babel. J'y suis allé le cœur joyeux, croyant que notre amitié m'avait valu la faveur d'un tête-à-tête, mais il y avait là une bonne quinzaine de journalistes, dont une majorité de collègues de la presse *people*. L'idée venait de son attachée de presse : sortir des interviews pour spécialistes, utiliser les médias de grande diffusion pour révéler toute l'humanité de l'ambassadeur. Je n'ai rien écouté du début de l'entretien, trop occupé à me demander ce que je faisais dans cette galère.

Quand je suis revenu dans la conversation, il essayait de nous expliquer qu'il n'était pas un héros solitaire mais un porte-voix. Un des thèmes qui lui tenaient le plus à cœur, et qu'il éprouvait certaines difficultés à faire passer dans l'opinion. Je retranscris ses paroles de mémoire mais je suis sûr que ça ressemblait beaucoup à ceci :

— *Je n'ai fait que rassembler dans un seul cerveau les langues apprises par les migrants dans le grand cortex européen. Le prodige dont vous me créditez se produit tous les jours chez des milliers de personnes qui se confrontent à des mots inconnus, inventent tranquillement des formes de pensée nouvelles, relèvent sans en avoir conscience un formidable défi pendant que s'abat sur eux le déluge incessant des préjugés et des anathèmes.*

Le pouvoir de persuasion de Fergus a beau être exceptionnel, ça ne marche pas à chaque fois. Les journalistes ont hoché gravement la tête, certains sont allés jusqu'à noter quelque chose, puis ils sont repassés à des questions plus simples, immédiatement compréhensibles par leurs lecteurs :

— *Combien de langues parlez-vous au juste ? Quel effet ça fait de devenir célèbre après tant d'années dans les bas-fonds ?*

Fergus a répondu comme il a pu, la plupart du temps en recourant à l'humour anglo-saxon qui est bien pratique dans ces cas-là. Mais ce n'était que le début. Après sont venues les vraies questions.

— *Pourquoi ne parlez-vous jamais de religion ? Vous êtes bien né dans un pays musulman ? Votre famille était-elle sunnite ou chiite ? Quelle est votre position par rapport au terrorisme ? Êtes-vous devenu athée en Europe ? Est-ce la conséquence de votre parcours de polyglotte ? Confirmez-vous que les menaces que vous avez reçues venaient des islamistes ?*

Cette fois, Fergus n'a pas répondu du tout. Il y a eu un flottement parmi les journalistes et un ou deux ont fait les bravaches, avançant que ce n'était pas la peine de les inviter dans son antre si c'était pour ne pas répondre aux questions que tout le monde se posait.

L'ambassadeur a semblé réfléchir longuement à cette idée, puis a consulté sa montre d'un mouvement un peu affecté et a annoncé que l'entretien était terminé. Alors que nous nous levions en maugréant, il s'est approché de moi et m'a invité à rester un peu. Les autres sont sortis en me regardant d'un sale œil.

Je suis le seul journaliste à l'avoir connu avant son ascension, quand il rôdait autour du Parlement de Strasbourg dans ses vêtements élimés. Pourtant je suis resté muet face à lui, aucune question pertinente ne me venant à l'esprit. C'était peut-être mieux comme ça, d'ailleurs il ne semblait rien attendre de ma part. Il s'est mis à marcher nerveusement de long en large, puis s'est immobilisé devant la photo d'Umberto Eco affichée sur un mur. Et là, il a commencé à lâcher une série de jurons dans quatre ou cinq langues, froidement, avec la détermination d'un héros de tragédie maudissant un dieu frivole. Je suis sorti avant la fin, sur la pointe des pieds.

Aujourd'hui j'imagine la réponse qu'aurait pu lui faire Eco :

— *Tu sais, moi aussi je suis en colère. J'ai passé des années à répéter que la langue de l'Europe, c'est la traduction. Et tu es le seul à l'avoir compris.*

Protection rapprochée

La première chose que remarque l'Iguane, c'est qu'il y a un double contrôle à l'entrée. Les types qui le palpent connaissent leur boulot et il en éprouve une satisfaction saugrenue, à l'opposé de ses réflexes habituels. Il est passé de l'autre côté de la barrière. Au lieu d'éliminer une cible, il cherche aujourd'hui à lui sauver la vie.

De prime abord, se mêler au public de la conférence pour assassiner Bond apparaît comme une mauvaise idée, les chances de fuite étant proches de zéro. Si les services tichodromes ont envoyé des tueurs, ils devraient selon toute logique attendre quelque part à l'extérieur. Mais allez savoir ce qui peut se passer dans la tête d'un ponte de la Sekuritec.

L'Iguane fait le tour de la salle en se mêlant aux files d'auditeurs qui cherchent une place, et en profite pour mémoriser quelques physionomies. Assis à la tribune à côté du siège encore vide de l'ambassadeur du Multilinguisme, les intervenants locaux sont occupés à présenter leurs meilleurs profils aux photographes et aux caméras. Au pied de la scène, une guirlande de flics autrichiens en civil scrutent le public pendant que les jeunes membres de l'équipe Bond s'affairent dans une effervescence proche de la panique. Il repère la grande brune croisée à Venise, probablement l'attachée de presse qu'il avait leurrée au téléphone. Elle tourne soudain la tête dans sa direction, mais elle ne peut pas le reconnaître sous sa perruque blonde, sa fausse moustache, son faux nez préféré et les fines lunettes qui lui font un visage plausible d'Autrichien de gauche.

Il revient vers l'entrée de la salle et observe les derniers arrivants sans rien remarquer de suspect, à l'exception d'une femme seule en tailleur clair qui s'installe sur un des sièges du fond. D'un geste naturel, elle sort un appareil photo et commence à mitrailler la salle. Il reconnaît les gestes et l'appareil. C'est la femme du hall de la gare centrale de Tichos. Son pressentiment était juste, les petits copains de Bleibtreu n'ont pas lâché l'affaire, ils ont fomenté un nouvel attentat. Rien d'étonnant, après ce qu'il leur a raconté sur Bond. S'il est venu, c'est parce qu'il se sent *responsable*, sentiment jamais éprouvé jusque-là, comparable à la morsure d'un animal qui ne relâche jamais sa proie.

Il se place à une dizaine de mètres derrière la femme en tailleur, parmi un groupe de personnes qui se résignent à rester debout en se dandinant de façon pathétique. Elle a rangé son appareil et observe tranquillement les immenses panneaux abstraits, les hauts miroirs et les dorures qui couvrent murs et plafond. Elle n'a pas pu franchir les contrôles avec une arme, ou alors elle est très forte, ce qui paraît incompatible avec sa qualité d'agent tichodrome. (Nous savons que l'Iguane se trompe sur ce point puisqu'il s'agit en réalité de Lapis-lazuli, des services secrets holothuriens, mais reconnaissons que le raisonnement reste valable dans ses grandes lignes.)

La femme extrait un portable de son sac à main et passe un coup de fil très bref. Elle vient de tester la communication avec l'exécuteur posté à l'extérieur. L'Iguane se demande si c'est un indépendant, et s'il est mieux payé que lui.

La conférence va commencer dans quelques minutes. Pour ne pas se faire remarquer, il doit choisir entre se trouver un coin discret et s'esquiver maintenant. Il prend la deuxième option et sort du bâtiment côté Josefsplatz, où un quarteron de flics et quelques barrières de sécurité en équilibre instable assurent une protection illusoire.

Depuis qu'il a renoncé à l'activité d'assassin rémunéré, tout est devenu plus compliqué. D'habitude, c'est lui qui décide de l'heure et de l'endroit. Là, il faut s'adapter dans l'urgence à des choix faits par d'autres. L'attentat va vraisemblablement avoir lieu après la conférence, sur le parcours emprunté par Bond entre la Hofburg et son hôtel. La femme en tailleur activera son complice par téléphone au moment opportun. À partir de là, ça peut prendre plusieurs chemins, tous pavés du mélange de lâcheté et de professionnalisme de la confrérie à laquelle l'Iguane appartient. Par exemple : un sniper maniaque qui met fin à une vie humaine par le mouvement millimétré d'un seul doigt, ou un tireur mobile qui se rapproche le plus possible de la cible qu'on lui a désignée, l'abat sans lui laisser l'ombre d'une chance et s'enfuit dans un vrombissement de moto, avec dans la tête un vide encore plus vide qu'avant.

L'Iguane jure tout bas pour retrouver sa concentration. Savoir ce qu'impliquent les différents scénarios ne sera d'aucun secours s'il ignore lequel va être suivi. Le peu qu'il a réussi à apprendre, c'est que les collaborateurs de Bond ont choisi une petite balade à pied avec escorte de journalistes dans le cœur historique de Vienne, comme s'ils voulaient faciliter la tâche du meurtrier. L'hôtel où l'ambassadeur est descendu se situe à un kilomètre à peine, de l'autre côté du canal du Danube. Il décide de profiter du temps qui reste avant la fin de la conférence pour explorer le parcours.

Une demi-heure plus tard, il se résout à faire demi-tour. Ça pourrait se passer n'importe où. Il y a trop de trajets possibles, à chaque carrefour fleurissent trop de lignes de tir. Pour un assassin digne de ce nom, la ville est un jardin extraordinaire. Dans un haut-le-cœur, il en vient à envisager une toute dernière extrémité, prévenir la police par téléphone. Mais rien ne garantit qu'il sera pris au sérieux, ni que la réaction des flics sera suffisamment rapide, ni qu'ils parviendront à dissuader Bond de s'exposer.

En désespoir de cause, il retourne au centre de conférences, repasse les contrôles, se mêle à nouveau aux personnes debout au fond de la salle. Quelque chose dans l'intonation de l'ambassadeur et dans la rumeur du public laisse penser que le discours touche à sa fin. La femme en tailleur n'a pas changé de place. Les flics en civil barrent toujours l'accès à la scène. L'attachée de presse est restée debout, curieusement tournée vers la salle, les yeux fermés, comme si elle sentait sa présence.

S'il essaie de lui parler ou de neutraliser la femme en tailleur, les flics vont le repérer. C'est simple, il suffit de renoncer, de se fondre dans la foule et de laisser Bond aller vers son destin. Il n'y a aucune raison de faire passer sa vie après celle des autres, jamais. L'Iguane ne comprend pas pourquoi cette évidence lui répugne autant, pourquoi il n'arrive pas à l'admettre aujourd'hui aussi naturellement qu'hier.

Il observe la façon dont l'orateur prépare son finale par petites touches, les gestes un peu plus amples, la diction un peu plus lente. Et surtout le regard, qui semble passer l'assistance en revue, se posant avec précision sur chaque personne. Qui se pose maintenant sur l'Iguane, peut-être plus longtemps que sur les autres, comme s'il l'avait reconnu, alors que c'est impossible. Bien qu'il comprenne l'allemand, il n'a jusqu'à présent pas prêté attention au sens du discours. Mais la phrase que prononce Bond en le fixant semble lui être personnellement adressée :

— *L'identité nationale est un masque qui efface peu à peu le vrai visage de celles et ceux qui le portent.*

La femme en tailleur a déjà sorti son téléphone. Elle va taper le code qui activera le tueur. Sans doute un sniper posté à proximité de la sortie.

L'Iguane n'attend pas la fin de la conférence. Il sait enfin ce qu'il doit faire. Bond vient de lui souffler la solution, la seule action qui présente une petite chance de réussite en même temps que d'énormes risques, des risques que jamais il n'aurait pris dans sa vie précédente.

Il se glisse dans les toilettes et avance jusqu'au bout de la rangée de lavabos. Enlève sa perruque blonde, sa fausse moustache, son faux nez, lentement, avec cérémonie. Ne garde que les lunettes. Dans le miroir, sa malformation de naissance ne lui a jamais paru aussi évidente : le crâne aplati et allongé vers l'arrière, le nez réduit à presque rien. À deux lavabos de là, un jeune homme aperçoit le reflet de son visage et s'enfuit sans prendre le temps de se sécher les mains. Une réaction habituelle. De la salle lui parvient le bruit de la tempête d'applaudissements qui vient d'éclater.

Dans quelques secondes il va faire quelque chose d'insensé. Retourner dans la salle, le visage presque nu, au milieu de plusieurs centaines de personnes.

Les dés sont jetés. D'une certaine façon, cette nouvelle mission l'a incité à redevenir lui-même. Il sourit à son reflet, découvrant deux longues rangées de petites dents parfaitement régulières.

La Redoutensaal

Dès ses premiers pas dans la Grösser Redoutensaal, Julia est prise de vertige. Ce ne sont pas seulement les dimensions de la salle qui la perturbent, mais Mozart, Beethoven, Kennedy et Khrouchtchev. Les quatre fantômes la suivent de près, pas hautains comme on pourrait le penser, non, seulement curieux, et répétant assez fort pour que tout le monde entende :

— Et vous, qu'est-ce que vous foutez là ?

C'est comme ça que ça se passe dès qu'elle met les pieds dans un lieu historique, les personnages qui s'y sont illustrés viennent lui demander des comptes. Pour avoir la paix, elle entreprend de satisfaire la légitime curiosité de Mozart et de ses comparses.

La préparation de la troisième conférence a ouvert une ligne de fracture au sein du cabinet Bond, plaçant les Baroudeuses d'un côté, les Circonspects de l'autre et Julia au milieu. Les premiers craquements entre référent-es se sont fait entendre dès le choix de la ville. Vienne était mise en avant par Culture / Histoire et par Bond lui-même, alors que Mondialisation et Sécurité, pour une fois d'accord, arguaient que ce serait pris comme une provocation.

— Pourquoi donc ? ont demandé les Baroudeuses avec ingénuité.

— À cause de la situation en Autriche, ont répondu les Circonspects avec circonspection.

Le référent Référent-es, chargé de la bonne entente du groupe, a fait remarquer que si, par *situation*, on entendait *gouvernement de coalition avec l'extrême droite*, alors la conférence de

Venise relevait elle aussi de la provocation. Il espérait mettre tout le monde d'accord par l'autodérision, c'est de l'amertume qui s'est déversée à gros bouillons sur les bondistes présents. Sentiment qu'Organisation a résumé en estimant que si l'équipe reculait pour ce type de raisons, elle pourrait tout de suite rayer la moitié des conférences prévues en Europe, ça lui ferait moins de travail.

Elle avait forcé le trait, mais le point a été accordé aux Baroudeuses. Les Circonspects ont tenté une manœuvre désespérée en avançant que la Commission pourrait rechigner à payer les frais de la conférence afin de ménager le gouvernement autrichien, lequel venait de prendre pour six mois la présidence de l'Union. La référente Stratégie a aussitôt contré : à l'inverse, ladite Commission serait secrètement ravie de rabattre le caquet du jeune chancelier Kurz en lui envoyant Bond dans les pattes. Les voies de la Commission étant impénétrables, les Circonspects ont dû capituler. Ce serait Vienne.

Restait à tracer les grandes lignes du discours. Les discours de l'ambassadeur sont d'abord écrits par quatre ou cinq référent-es, puis revus par un autre groupe dont Julia fait partie, et enfin entièrement réécrits par Bond lui-même selon son humeur du moment. Cette fois, les Circonspects ont réussi à calmer le jeu en atténuant les attaques tous azimuts dont les Baroudeuses comptaient truffer le texte. D'humeur vengeresse, ces dernières ont alors imposé le lieu : la plus belle salle de conférences de la ville, dans une aile du palais impérial de la Hofburg, un endroit ayant accueilli plein d'événements mémorables et une flopée de célébrités, dont les susnommés Wolfgang Amadeus Mozart Ludwig van Beethoven John Fitzgerald Kennedy Nikita Khrouchtchev.

— Voilà pourquoi je suis là, résume Julia, et pourquoi je n'ai pas la moindre idée de ce qui va se passer.

— C'est toujours comme ça, fait Mozart dans un délicieux rire en arpèges.

Kennedy essaie de lui palper furtivement les seins, prouvant qu'il n'a rien compris au mouvement #MeToo. Sigmund Freud, qui a remplacé Beethoven au pied levé, se tripote la barbe avec délectation. Comme il fallait s'y attendre, le petit aréopage historique reflète la triste réalité de la domination masculine. Julia ne sort de sa rêverie qu'en arrivant au pied de la scène, où les référent-es qui ont fait le voyage parlent en même temps dans un brouhaha de trac.

— La salle est déjà pleine, observe Organisation d'une voix angoissée.

— Si nous se plantent, nous est foutus, murmure Stratégie.

— *Caralho !* jure Sécurité. J'aime pas la tête de ce type au troisième rang.

Julia longe la zone réservée aux journalistes. Au moins cinq télés dont une allemande et une hongroise, des radios étrangères, des visages connus de la presse écrite. Les quotidiens autrichiens de qualité sont là, dont le *Standard*, et aussi le *Krone*, que personne ne rangerait dans cette catégorie mais qui vend à lui seul autant d'exemplaires que tous les autres. Pas mal, pas mal du tout.

Elle se présente à celles et ceux qu'elle ne connaît pas encore, serre les mains qu'elle doit serrer, repousse les tentatives des petits malins qui doivent absolument voir Bond tout de suite parce qu'après ils ont autre chose de prévu. Pas d'interviews avant la conférence, c'est la règle. Après, l'ambassadeur consacrera une demi-heure aux journalistes. Ils pourront même l'accompagner quand il regagnera son hôtel à pied. Le héros du multiculturalisme, simple et disponible, marchant sans garde du corps en territoire hostile, armé de sa seule bonté d'âme et suivi de sa cour médiatique. Le référent Com a réussi à imposer cette idée malgré l'opposition de Julia. Il est trop tard pour revenir en arrière, les télés ont déjà dit oui, avec la petite taille de l'intéressé ça fera des images cocasses.

Elle cherche en vain Hubert dans le carré des médias, finit par le trouver au troisième rang du public, c'est lui le type dont la tête ne plaît pas à Sécurité. Quand elle s'approche, il fait d'abord semblant de ne pas la reconnaître, avant de lui lancer d'une voix sonore :

— Mademoiselle Chanéac-White ! Quel plaisir de vous rencontrer ici !

Ne jamais gifler un journaliste en public est une règle de base chez les attachés de presse. Julia l'a toujours respectée, malgré de multiples tentations comme celle-ci. Elle se force à répondre avec légèreté et un semblant de discussion s'établit. Hubert annonce que désormais il rendra compte des conférences en sortant de sa zone et en s'immergeant courageusement dans la foule.

— Les médias sont coresponsables de l'effondrement des idéaux démocratiques en Europe, plaide-t-il. Nous devons tous nous interroger sur nos pratiques. Il est essentiel de rétablir le contact avec le peuple. Sinon vos gentilles conférences ne serviront à rien, et *good night Vienna*.

Elle balaie du regard la magnifique salle de bal des Habsbourg, où le peuple brille par son absence. Bien que l'entrée soit gratuite, les masses laborieuses sont restées sagement à leur place. Sur le fond, Hubert n'a pas tort, elle l'approuve d'un hochement de tête et tourne les talons. Ce soir, elle n'était pas contre un tête-à-tête avec lui, éventuellement suivi d'un corps à corps. À l'évidence, les conditions ne sont pas réunies. Perturbée par quelques pensées obscènes liées à cette éventualité, elle salue les personnes déjà installées à la tribune :

La médiatrice au sourire trop large, issue d'une boîte de relations publiques quelconque.

Blümel, ministre de la Culture, des Arts, des Médias et des Affaires européennes, jeune loup conservateur / gendre idéal, cloné à partir du chancelier Kurz.

La représentante du président écolo autrichien Van der Bellen, en délicatesse avec Kurz, rousse plantureuse en robe à fleurs, arborant une mine réjouie parce que le ministre n'a pas pu s'opposer à sa présence.

Après une série d'échanges d'une stricte neutralité, Julia glisse vers les coulisses où un référent dont elle ne se rappelle plus la spécialité fait le pied de grue devant une porte métallique. Il s'interpose, personne n'est censé entrer ici avant le début de la conférence. Elle doit parlementer avant d'accéder à la pièce, qui se révèle aussi exiguë que la salle est immense. C'est là que se cache Bond. Assis devant un minuscule secrétaire, un stylo à la main et des écouteurs dans les oreilles, il met la dernière main à son discours.

— J'espère que tout va bien, gémit Julia qui ne trouve pas d'autre façon d'exprimer son angoisse.

— J'ai seulement procédé à quelques modifications de détail.

Il montre les feuillets annotés de son écriture fine et penchée. Le texte soigneusement imprimé par Organisation est devenu un collage dadaïste, il y a des corrections de plusieurs couleurs, des bouts de papier supplémentaires ont été agrafés sur le côté, eux-mêmes constellés de ratures et d'ajouts. Un rock abrupt s'échappe des écouteurs, peut-être les Ramones. L'attachée de presse sent une sueur glacée lui couler dans le dos.

— Parfait. Je crois que les gens commencent à s'impatienter.

— Dites-leur que j'arrive dans une minute ou deux.

Un quart d'heure plus tard, la scène se nimbe d'une lueur bleue, le public fait *aah* et Bond surgit des coulisses au son de l'*Hymne à la joie*. Des spots lumineux en forme d'étoiles se mettent à courir dans tous les sens sur les surfaces et les visages. On entend des *oh*, des *ach* et des applaudissements. Julia avait plaidé pour quelque chose de plus sobre mais Com a encore eu le dernier mot. Bond ne sourit pas, ne lève pas la main, ne regarde même pas le public, on dirait qu'il se fout de la mise en scène. Il n'a pas besoin de confirmer qu'il est ce qu'il est. Quand il s'assoit la foule retient son souffle, quand il tapote son micro elle sursaute, chavire déjà quand il prononce ses premiers mots en allemand, se débarrassant en vitesse des remerciements aux puissances invitantes. Puis il se racle la gorge, avale un verre d'eau entier, rote le plus discrètement possible et commence son discours.

Que les lecteurs-lectrices nous pardonnent : il est impossible de résumer une conférence de l'ambassadeur du Multilinguisme. Y prétendre serait déjà en trahir l'esprit. Certes, les textes en vingt-quatre langues et les vidéos sous-titrées sont disponibles sur le site de l'ambassade, mais ça ne suffit pas pour comprendre le miracle qui s'opère. Il faut être là, pour sentir le polyglotte saisir le public par l'intelligence, avec délicatesse, comme on prend la main d'un enfant, il faut écouter sa voix faire chanter la langue locale au rythme de son accent inimitable, un accent fait de tous les accents, il faut être là pour percevoir les intonations sous-jacentes, d'abord maladroites, puis magnifiées par leur maladresse même, jusqu'à une sorte de lyrisme, non le lyrisme du tribun exerçant sa domination sans partage, mais celui du poète qui laisse de la place à l'imaginaire des autres, il faut être là pour l'entendre faire par la forme la démonstration du fond, prouver par le signifiant la valeur du signifié, établir par le langage la puissance et la beauté des langues.

Il faut être là, et Julia y est. Au pied de la scène, dans la Grösser Redoutensaal de la Hofburg de Vienne, elle a même la sensation de ne jamais avoir été aussi pleinement présente dans un point donné de l'espace-temps. On pourrait penser qu'après Venise et Londres elle a pris l'habitude de cette ivresse, mais l'habitude est ici sans pouvoir. Elle fait partie des victimes consentantes du célèbre orateur, petites foules debout aux yeux brillants qui balancent entre deux mondes, conscientes de vivre un moment d'exception mais encore retenues par les convenances et la peur du ridicule.

Julia ne parle pas allemand et dédaigne les écrans de traduction. Elle ne suit la progression du discours qu'à travers les réactions de la foule, fermant par moments les yeux pour se concentrer sur les sons qui lui parviennent. Elle sait que le texte travaillé pendant des dizaines d'heures par l'équipe a été complètement revisité par Bond, y gagnant des dimensions nouvelles comme une image qui deviendrait volume, puis mouvement. Elle a deviné que les mots racontent une histoire un peu différente de celle de départ, que sous la causerie historique et culturelle pointe l'exaltation des bagarres politiques. C'est le triomphe des Baroudeuses, qui veulent entraîner l'équipe le plus loin possible, prendre tous les risques, livrer la bataille des idées partout où elle peut se livrer. Elle s'est toujours méfiée de cet emportement comme de la peste, voilà qu'elle se trouve emportée à son tour.

Vient la conclusion, pendant laquelle le public gronde de plaisir devant l'audace de Bond, qui a lâché ses feuillets pour improviser. À la tribune, le ministre de la Culture, des Arts, des Médias et des Affaires européennes s'est tourné sur le côté et pianote sur son smartphone avec une tête de dignitaire offensé. Le sourire extralarge de la médiatrice s'est refermé en accordéon pour réapparaître sur le visage poupin de la représentante du Président.

Le rythme allègre de l'orateur ralentit, et ralentit encore, avertissant les auditeurs que la fin approche. La dernière phrase résonne quelques secondes dans le silence. Julia voit le public se lever avec solennité avant que la vague sonore vienne frapper ses tympans, à la fois explosion et embrasement, inondation et feu d'artifice. Tout le monde bat frénétiquement des mains, siffle, hurle à s'en déchirer les poumons, elle s'aperçoit qu'elle applaudit et crie avec les autres, c'est encore plus fort qu'à Londres, plus fort que tout ce qu'elle pouvait imaginer.

Pourtant quelque chose cloche. À quelques mètres, un homme la fixe depuis plusieurs minutes. Lui aussi applaudit, mais d'un geste lent et mécanique qui ressemble à une insulte. Il enlève ses lunettes et lui envoie un clin d'œil, comme l'avait fait l'intrus de Venise. Elle reconnaît la face de reptile, elle reconnaît l'homme venu assassiner Bond.

Julia devrait courir prévenir Sécurité et les flics, ils mettraient tout de suite Fergus à l'abri. Mais elle est incapable de faire un mouvement. Si cet homme au visage de cauchemar est revenu, s'il se montre cyniquement à elle, ça ne peut être que pour lui faire comprendre qu'il a l'intention de finir le travail. Il est la négation de l'instant, le renversement de la promesse, la preuve que les mots dont le public s'est enivré s'écrouleront comme châteaux de cartes, toujours et partout. Il annonce l'échec de toute leur entreprise, la défaite devant plus fort que soi. Cet homme est la cruauté même.

Le regard de Julia s'échappe vers le plafond richement décoré de la Redoutensaal, d'où surgit un autre souvenir historique. C'est une femme qui apparaît cette fois, mais Julia préférait encore sa petite bande de mâles. Il y a quelques années, sous ces mêmes dorures baroques, un grand bal était organisé par des nostalgiques du nazisme. La cheffe d'un parti français était venue y valser, ce qui ne l'avait pas empêchée de frôler les vingt pour cent lors de l'élection présidentielle qui avait suivi.

L'homme-reptile applaudit toujours, sûr de son impunité. Peut-être est-il sincère. Les bourreaux prennent parfois le temps d'applaudir la grâce de leurs victimes, et leur geste est pire que toutes les injures.

Il disparaît dans la foule pendant que le hurlement de terreur de Julia se perd dans le tonnerre de sifflets et d'applaudissements.

Contre-attaque

— Permettez-moi de vous resservir un de vos propos, susurre Bubnik. Je cite de mémoire : cette mission était simple et nous ne comprenons pas pourquoi vous avez échoué.

Le général Nog-Maals doit résister à l'envie de traiter son interlocuteur d'*angeboren idyoot*, expression signifiant *personne atteinte d'une déficience congénitale des connexions neurales*. Le lieu ne s'y prête pas. Ils sont assis de part et d'autre d'une table nue, dans une sinistre pièce sans fenêtre d'un sinistre bâtiment du sinistre quartier de Novi Znorod, fief historique de la Sekuritec où, dans un passé pas si lointain, d'innocents Holothuriens ont été victimes des exactions de la clique tichodrome.

— Nous avons échoué pour une raison elle-même très simple. Bond a changé son programme. Au lieu de faire le trajet à pied comme prévu, il a regagné son hôtel dans un véhicule de la police autrichienne.

— Et votre tireur s'est montré incapable de s'adapter à la situation.

— Vous savez aussi bien que moi que ces snipers sont hyper-spécialisés. Il avait besoin pour faire son travail que la cible passe par son champ de vision dans une plage temporelle donnée. Ça ne s'est pas produit, il a replié ses gaules et il est rentré chez lui.

— Et bien entendu vous n'aviez pas prévu de plan B, ajoute Bubnik sans cacher sa jubilation.

— D'après le document que vous nous avez transmis, Bond serait doté d'un pouvoir de conviction surnaturel qui lui permettrait de retourner n'importe qui en quelques minutes. Bien que j'aie quelques doutes sur cette théorie, nous l'avons intégrée au dispositif. La personne en charge de l'élimination ne devait en aucun cas se rapprocher de la cible. Reconnaissez que ça limitait les possibilités.

— Peu importent ces arguties. Le fait est que vos agents soi-disant infaillibles se sont fait repérer comme des débutants. Une fois que vous l'aurez admis, nous pourrons avancer sur des bases plus saines.

Le général lève les yeux au ciel, joint les mains en prière et se tapote les lèvres avec l'extrémité des index, retrouvant la gestuelle qu'il adoptait quand, jeune séminariste, il rencontrait un problème théologique particulièrement délicat.

— Vous avez raison sur un point. Bond et ses sbires ont été informés au dernier moment que quelque chose se préparait. La question était de savoir comment, et nous avons la réponse.

La réaction de Bubnik est immédiate. Il se redresse, tourne plusieurs fois la tête, les sens aux aguets. Il a flairé le danger, se dit Nog-Maals, mais il ne sait pas d'où le coup va venir.

— Je vous écoute.

Le général fait un peu durer le plaisir, puis brandit théâtralement une enveloppe grise qu'il jette sur la table. Le Premier délégué la regarde comme si elle allait lui exploser à la figure, puis l'ouvre avec précaution et en extrait trois photos qu'il examine en cillant plusieurs fois.

— Ces photos de l'Iguane ont été prises par un de nos agents, détaille Nog-Maals, alors qu'il s'enfuyait de la salle juste après la fin de la conférence.

Bubnik encaisse en se tassant sur lui-même. Il doit désormais relever la tête pour regarder son homologue dans les yeux, bien que sa chaise ait été surélevée pour compenser leur différence de taille.

— Vous ne nous aviez pas communiqué cette information, jette-t-il d'un ton polaire.

— Nous avons attendu d'être sûrs qu'il s'agissait bien de l'Iguane. Pour être franc, je pensais que vous l'aviez éliminé depuis longtemps.

Le Tichodrome accuse le deuxième coup en se repliant un peu plus. Au prochain, s'amuse Nog-Maals, il risque de passer sous la table.

— Pour ce qui concerne les raisons de sa présence, je crois que nous serons d'accord. Il n'était pas là pour finir la mission dont vous l'aviez chargé, mais pour protéger ses nouveaux amis. Il a compris que l'opération était imminente et en a averti l'équipe Bond.

Le général a l'impression grisante d'avoir réussi une contre-attaque décisive malgré une situation désespérée, et ce en territoire ennemi. Il ne reste plus qu'à achever l'adversaire, sans état d'âme, comme celui-ci le ferait s'il était à sa place.

— Si notre opération a échoué, c'est parce que vous avez laissé filer l'Iguane. En d'autres termes, ce ratage est la conséquence directe du précédent. Nous considérons donc qu'il relève de votre responsabilité.

Bubnik se lève dans un lugubre craquement de chaise, mettant fin à l'entretien.

— Nous allons faire nos propres vérifications et vous tiendrons informés de nos conclusions. Je vous souhaite un bon voyage de retour.

— Vous pouvez garder les photos. À notre connaissance, ce sont les seules où il apparaît à visage découvert. Nous vous les laissons pour rien. Considérez ça comme un gage de l'entente cordiale entre nos deux vieilles nations.

Le visage cramoisi, Bubnik dédaigne les photos et sort de la pièce sans répondre. Il n'a plus de cartouches, se dit Nog-Maals, il est complètement à poil. Je l'ai peut-être poussé trop loin, mais Dieu que c'était bon.

Revue de presse

Deux, ce peut être une coïncidence, trois, c'est le début d'une série. La conférence de Fergus Bond à Vienne était la troisième du genre et elle a fait tomber le masque. Sous couvert de promotion du multilinguisme, on a eu droit à des attaques répétées contre un gouvernement élu par le peuple, de la part d'un individu qui n'est ni élu ni issu de ce peuple. Et tout porte à croire que les mêmes attaques vont se répéter à travers l'Union européenne. Combien de temps continuera-t-elle à financer cette mascarade ?

Kronen Zeitung (Autriche)

Le mec il est même pas né en europe et il vient chez nous payé par nos impôts pour nous expliquer qu'on vote mal, j'ai bien compris ?

#BondEscroc

Dans une salle au luxe tapageur, un public trié sur le volet a bruyamment applaudi la conférence de M. Bond. Il est pourtant permis de se demander si une telle démarche n'est pas viciée à la base, car portée par une institution qui a échoué à résoudre la crise des migrants. Migrant, c'est justement l'identité dont se prévaut toujours M. Bond, comme si son parcours personnel avait la moindre valeur d'exemple.

La Razón (Espagne)

Quelques dizaines de nostalgiques de Vienne la Rouge et de supporters moisis de Van der Bellen ont applaudi le champion international des bisounours. On en a rien à battre ! Quand nos médias se décideront-ils à parler des vrais problèmes ?

#Patrioten

Vienne était un bon choix, en ce qu'elle porte une histoire plus grande que le territoire dont elle est la capitale. Mais l'audacieuse croisade européenne entamée par Fergus Bond pourrait vite trouver ses limites. Les milieux populaires font figure d'oubliés, comme on pouvait s'en persuader en s'immergeant dans la salle. La conférence de Venise n'a pas empêché les agressions racistes de se multiplier en Italie, ni la Ligue d'atteindre un tiers des intentions de votes. Peut-on prétendre combattre les nationalismes en laissant en arrière-plan les questions sociales ? Tous les samedis, les cortèges qui parcourent les villes françaises ont commencé à répondre. Pour les entendre, le polyglotte prodige ne devrait-il pas se résoudre à apprendre la langue du peuple ? Sa jeune et talentueuse équipe ferait bien de se poser ce genre de questions.

Le Démon de l'actualité (France)

Troisième débriefing

Les référent-es de l'équipe titubent dans la fatigue des émotions contrastées. Il y a eu l'angoisse de la préparation de la conférence, l'euphorie devant l'accueil du public, le choc causé par la réapparition de l'intrus de Venise, le stress du retour à l'hôtel sous protection policière, enfin la désillusion due aux critiques des médias et aux réactions affligeantes des réseaux sociaux.

— Tout ça pour ça, s'emporte Julia en balançant en l'air la pile de coupures de presse.

C'est le moment que Fergus choisit pour faire son apparition dans la petite salle de réunion du cinquième. Il attrape au vol une des coupures et lit à voix haute :

— *Sa jeune et talentueuse équipe ferait bien de…*

Julia lui arrache le papier et le déchire en morceaux. C'est l'article qui lui a fait le plus mal. Jamais elle n'aurait imaginé ça de la part d'Hubert. Bien sûr, ils se sont juré depuis toujours de ne jamais mélanger leur relation particulière avec le boulot. Ce qui fait de son article un crime parfait, et un coup de poignard dans le dos particulièrement perfide.

Prise d'un doute, elle se retourne vers les référent-es. Ils ne sont pas censés être au courant de ses liens affectifs avec le journaliste du *Démon de l'actu*, pourtant leurs visages reflètent cette cruelle pitié qui ne trompe pas. De son côté, Fergus affiche le flegme dont son réservoir semble toujours plein. Il commence par se poster devant la baie vitrée et faire semblant d'admirer le paysage. Lequel, malheureusement, ne propose qu'un morne rideau de pluie laissant à peine deviner le Conseil de l'Europe et la Cour européenne des droits de l'homme. Changeant de stratégie, l'ambassadeur s'assoit en bout de table et entreprend de consulter ses téléphones, jusqu'à ce que le silence l'oblige à relever la tête. Tout le monde attend qu'il dise quelque chose, ce à quoi il finit par consentir.

— Je forme le vœu que nous ne nous laissions pas abattre par la vigueur de ces critiques. Si elles paraissent si nombreuses, c'est parce que notre parole touche aujourd'hui des acteurs qui nous ignoraient superbement. Il est difficile de passer sans transition du déni à l'enthousiasme.

— Quand même, se lamente Institutions, cette accusation d'être coupé-es du peuple, ça fait mal.

— Peut-être parce qu'elle est pas entièrement fausse, insinue Terrain.

— C'est l'éternel problème, philosophe Com, et on n'est pas les seul-es à l'avoir.

— Mais tu sais bien que c'est nous on reproche d'abord, conclut Stratégie.

Un silence morose plane sur les référent-es. Car là se situe le talon d'Achille du polyglotte. Lors d'une de ses premières interviews, il avait déclaré :

— Les langues existent, tout le monde peut le constater, mais les peuples n'existent pas. Les populistes les ont inventés comme les racistes ont inventé les races, et pour des raisons analogues.

L'inévitable polémique a éclaté aussitôt sur les réseaux sociaux et dans les médias de forte audience. L'ambassadeur a perdu le match, écopant de la réputation d'ignorer le peuple, de partager le banal mépris des nantis pour tout ce qui est en dessous d'eux dans l'échelle sociale. Pendant un quart de siècle, il a pourtant vécu parmi les migrants, les mendiants, les sans-papiers, les sans-emploi, les sans-domicile de tout un continent. Mais les *sans* ne sauraient prétendre à faire partie du vrai peuple, celui qui rapporte gros, qui peut faire la différence dans les urnes. En passant directement de la fange à l'élite, Bond a bafoué ce peuple-là.

Pour les référent-es, il s'agit d'une sorte de péché originel, d'une malédiction à partager avec le chef pour expier leurs privilèges. Quand celui-ci a été nommé ambassadeur du Multilinguisme par la Commission européenne, il a négocié pour son équipe un statut spécial. Les membres du Bond Band bénéficient d'avantages enviés, dont un passeport diplomatique. En contrepartie, ils-elles ne donnent aucune interview et ne livrent jamais leurs vrais noms, à l'exception de Julia en sa qualité d'attachée de presse. Lors des conférences, la consigne est de se présenter sous le même prénom épicène, à la façon des zadistes : Celeste à Venise, Jude à Londres, Sascha à Vienne. Ce choix leur a valu de nombreuses railleries, renforcées par certaines formulations mixtes audibles dans les discours de l'ambassadeur. Il n'en fallait pas plus pour réveiller la polémique sur l'écriture inclusive qui avait touché la plupart des pays européens, où des légions de gardiens de la syntaxe veillaient au grain. Fer de lance du combat langagier, Diversité a tenu bon face aux doutes dont le groupe était traversé. Sur les réseaux sociaux, la posture moquée s'est transformée en gimmick amusant. L'ambassadeur lui-même s'en est habilement servi, étendant sa critique du concept de frontière aux causes féministes et LGBT. Une partie de l'élite politico-médiatique avait apprécié, mais ce n'était toujours pas avec ça qu'on attraperait le peuple, à supposer qu'il existe.

Alors que le silence des référent-es se prolonge, Julia décide que c'est le moment de dire ce qu'elle a à dire. Elle s'est rappelé qu'avant de rencontrer Fergus et de rejoindre l'ambassade du Multilinguisme, elle travaillait pour le groupe vert du Parlement, ce qui fait d'elle la mieux placée. Elle se lève, s'éclaircit la voix et jette son petit pavé dans la mare.

— *It's the planet, stupid !*

Puis elle se rassoit en évitant le regard de Fergus. Toutes les personnes présentes dans la pièce connaissent leurs classiques, elles savent que la phrase de référence *(It's the economy, stupid !)* est attribuée à James Carville, conseiller stratégie de Bill Clinton, qui l'aurait émise lors de la présidentielle américaine de 1992. La plupart savent aussi qu'il y a quelques jours à peine, une jeune activiste du nom de Greta Thunberg a ingénument remplacé *economy* par *planet*. Julia juge inutile d'argumenter davantage, sachant d'expérience que le jeu favori des référent-es consiste à tailler en pièces l'argumentation la mieux construite. Mieux vaut laisser le groupe s'emparer du lapin qu'elle vient de sortir du chapeau.

Après un court moment de flottement, Diversité prend la parole pour approuver en termes sobres et énergiques ce qui apparaît comme une proposition de réorientation des conférences. Ça n'étonne personne, Julia ayant précédemment soutenu la même Diversité en plusieurs occasions. Les hochements de tête des Baroudeuses laissent penser qu'une majorité d'entre elles seraient prêtes à suivre.

— Les réfugié-es climatiques nous envoient le même message depuis un bon moment, observe Terrain, il serait temps qu'on les entende.

— Avec ça nous va toucher public jeune, note plus prosaïquement Stratégie.

— La question fondamentale, c'est comment internaliser les externalités, murmure Économie pour elle-même.

En revanche, les Circonspects affichent la mine renfrognée de ceux à qui on ne la fait pas.

— On s'avance dans les sables mouvants, grince Com. L'écologie c'est bien beau, mais ça a toujours fait du yo-yo dans l'opinion.

— Prenons garde à ne pas trop nous éloigner du cœur de notre doctrine, renchérit Géopolitique.

À la surprise générale, Institutions fait un pas vers les Baroudeuses :

— Chers camarades, je ne vois pas où est le problème avec notre doctrine. Prendre conscience qu'on habite la même planète, n'est-ce pas déjà s'évader des prisons nationales ?

La question frise le lieu commun, mais les référent-es adorent ce genre de *punchlines*. Après avoir cherché en vain une formule de même portée, les réticents lâchent quelques grognements peu inspirés. Les regards convergent vers l'ambassadeur dans l'attente du verdict. Il semble à nouveau fasciné par le paysage proposé par la baie vitrée, comme si une licorne multicolore s'était soudain matérialisée sur l'horizon grisâtre de la construction européenne.

— Tout ceci est très intéressant. Personnellement, j'ai déjà tendance à considérer les langues comme des espèces menacées.

À première écoute, il pourrait s'agir d'une des plaisanteries pince-sans-rire de Bond, dans ce cas plutôt ratée. Des chuchotements courent autour de la table, certains donnant l'avantage à la proposition de Julia, d'autres estimant que le sujet a été officiellement mis de côté. Personne ne demande un vote, de peur de le perdre.

Pendant la discussion, tous et toutes ont remarqué que Sécurité restait prostré dans son coin. Des rumeurs de démission ont couru à son sujet. Bond regarde tour à tour les référent-es et comprend que personne n'osera aborder la question. En fait il déteste ça, diriger, se dit Julia.

— Comme vous le savez, commence-t-il, nous avons dû changer le programme de la conférence de Vienne en raison d'un incident.

Les têtes se tournent vers Sécurité, qui tripote nerveusement ses dreadlocks.

— Il y a deux façons de décrire cet incident. De prime abord, il ressemble à une nouvelle intimidation causée par l'homme qui s'était introduit dans mon hôtel à Venise. Cependant il n'est pas interdit de penser que cette personne voulait en réalité nous mettre en garde contre une autre menace immédiate. Raison pour laquelle nous avons annulé notre déambulation dans le centre de Vienne.

Des murmures sceptiques se répandent. Sécurité hoche lentement la tête.

— Mais nous devons aussi en tenir compte pour l'avenir. J'ai demandé à notre aimable administration l'octroi de deux gardes du corps à titre temporaire.

Dans la pièce, le soulagement est palpable, pourtant Julia est loin de le partager. Les référent-es ont à peine trente ans, sortent des meilleures universités et écoles de sciences politiques de l'Union. N'ont pas croisé le regard de l'homme-reptile, ne peuvent imaginer de quoi des types comme lui sont capables. Une équipe de juniors propulsée dans la cour des grands. Sauf peut-être Sécurité, qui sait que deux gardes du corps ne changeront rien au problème.

— On veut des dur-es, des tatoué-es, lance gaiement Diversité.

— Et on les veut H-24, renchérit Terrain.

— Cette question étant réglée, reprend Bond, nous allons nous remettre au travail. Je vous invite à faire preuve de patience. Notre message a besoin de temps pour être entendu par tous, je veux dire par tous-toutes, et notamment par les milieux… populaires.

La dernière hésitation de Bond n'a échappé à personne. On s'observe à la dérobée, comme dans une tablée où un lapsus gênant vient d'être émis par le patriarche. J'ai choisi un combat perdu d'avance, se dit Julia, et je ne veux pas savoir pourquoi. De son côté l'ambassadeur a fermé les yeux et se masse le front comme s'il était pris d'une migraine subite.

Les référent-es ne bougeront pas tant qu'il ne leur aura pas donné sa bénédiction. Un bon coach se doit de rassurer son équipe en toutes circonstances. Bond se redresse enfin et lève le doigt en l'air avec solennité.

— *Aħna ma nagħmlux iz-zalza qabel ma qbid il-ħut*, déclare-t-il.

— C'était quoi, ça ? demande Culture/Histoire, exprimant la perplexité générale.

— Il s'agit d'un proverbe maltais, qu'on peut traduire par : *On ne fait pas la sauce avant de pêcher le poisson.*

— Un peu comme la peau de l'ours ?

— C'est très différent, répond Économie, il ne s'agit pas de vendre une peau, c'est-à-dire de nourrir la machine capitaliste en pillant les ressources naturelles, mais de partager de façon équitable un repas de poisson produit localement.

Il est rare d'entendre Économie s'exprimer de cette façon. Quelque part dans la mystérieuse géographie des référent-es, les lignes ont bougé. Des applaudissements fusent, dans un mélange d'ironie et d'insouciance qui fait s'envoler la mauvaise humeur de Julia. La jeunesse a toujours raison, se dit-elle, soyons ce que nous sommes, jouons crânement notre rôle, de toute façon on ne sait rien faire d'autre.

— Proverbes c'est pas mauvaise idée, continue Stratégie. On pourrait mettre dans discours, pour plaire peuple.

Com approuve de la tête, Sécurité a sorti un smartphone et pointe l'écran du doigt.

— J'ai trouvé un autre proverbe maltais : *Le figuier de Barbarie ne donne pas de pêches.*

— On peut aussi le dire comme ça, fait Bond.

Postiches

Au sixième coup de fil, l'Iguane obtient le renseignement : le nom de l'hôtel où l'ambassadeur va descendre. Il s'est fait passer pour un de ses conseillers, impatient de savoir si la salle de bains comportait bien une baignoire et non une simple douche. La vraisemblance du mensonge était renforcée par une honorable pratique de la langue grecque, parlée avec un accent germanique plausible. L'employée de l'hôtel Périclès n'a pas tiqué et a précisé que la suite Alcibiade proposait toutes les commodités permettant à un hôte de marque de se protéger de la chaleur. Air conditionné, boissons fraîches, spa-jacuzzi. Or, si l'Iguane a pu obtenir cette information, c'est que la Sekuritec l'obtiendra bientôt, ou l'a déjà obtenue. Pas de temps à perdre, plus que trois jours avant la conférence.

Déguisé en touriste allemand et blond, l'Iguane se poste devant l'hôtel et ne tarde pas à repérer l'agent tichodrome, déguisé en touriste français et brun. Celui-ci passe plusieurs fois en reconnaissance devant l'entrée, dont une en réajustant sa fausse barbiche qui se décollait pour cause de transpiration. Étonnant de voir des collègues sous-estimer à ce point l'importance du matériel. Cette fois, il y a toutes les chances que l'assassinat soit prévu avant la conférence. C'est à nouveau une course de vitesse. Il faut neutraliser le tueur avant que Bond débarque, c'est-à-dire aujourd'hui même.

Il file le faux touriste jusqu'à un quartier résidentiel aux rues se coupant à angles droits et aux murs couverts de tags exprimant les multiples variantes de l'anarchisme urbain.

Comme tous les professionnels de son domaine, l'Iguane est un homme d'ordre, le chaos de couleurs et de formes le met mal à l'aise, il ne sait plus où regarder, il doit se concentrer pour ne pas perdre de vue la cible. Celle-ci prend une rue étroite, entre dans un petit immeuble et ouvre une des fenêtres du premier étage.

Ayant rassemblé les informations essentielles, l'Iguane retourne manger des baklavas dans le centre, puis passe dans sa propre planque chercher le matériel et revêtir une combinaison affichant le logo de DEH, la principale compagnie d'électricité grecque. La suite relève de la routine : revenir guetter, attendre que l'agent ressorte manger, entrer dans l'immeuble d'une façon ou d'une autre, analyser les bruits émis par les voisins, prendre le temps qu'il faut pour ouvrir la porte de l'appartement sans laisser de traces, fouiller méthodiquement chaque pièce, attendre le retour de l'agent.

Comme toujours, la routine cède vite la place à l'imprévu. Dans l'appartement se trouvent plusieurs armes de modèles prisés par les services tichodromes, ce à quoi on pouvait s'attendre. L'imprévu, c'est que les vêtements et ustensiles de toilette révèlent la présence de deux personnes, un homme et une femme. La femme joue sans doute le rôle de fixeuse. La neutralisation de deux agents dans un espace réduit est toujours délicate, on ne peut pas consacrer à chacun le temps qu'il faudrait. Caché dans un placard, son arme à la main, l'Iguane attend dans une immobilité minérale.

Au bout d'une heure, du bruit se fait entendre sur le palier, puis deux personnes entrent dans l'appartement. L'opération demande une grande rapidité d'exécution et un peu de chance. La chance est avec lui : la femme va se servir un verre dans la cuisine pendant que l'homme va aux toilettes. Elle n'a pas le temps de parer le coup, seulement de pousser un gémissement que l'Iguane étouffe de la main tout en accompagnant sa chute. Quelques secondes plus tard, le râle de l'homme est couvert par le bruit de la chasse d'eau.

Il explore le contenu des poches et examine les faux passeports établis au nom d'un couple de nationalité holothurienne, les Schwaartz, ce qui confirme qu'il s'agit en réalité d'agents tichodromes. Il laisse les faux papiers sur place, ajoute des traces d'effraction sur la porte, emporte dans sa sacoche l'argent liquide, les cartes de crédit et les armes. Pendant quelques jours, peut-être plus, on croira à un cambriolage qui a mal tourné.

Sitôt de retour dans sa planque, il arrache son faux nez pour se gratter enfin. Demain il faudra encore supporter nez, barbe et perruque sous cette chaleur infâme, et aussi le jour d'après au cas où la Sekuritec enverrait une autre équipe.

Dans le placard, il a eu le temps d'examiner l'arbre des possibles. Il aurait préféré se contenter d'assommer les agents tichodromes qui ne faisaient que leur travail, mais la menace sur l'ambassadeur aurait persisté. Avant, c'était au commanditaire d'assumer ces choix-là. L'Iguane se concentrait sur chaque mission et empochait de quoi vivre confortablement pendant un an. Tout était plus simple.

Il reste longtemps sous la douche, se demandant à quoi il vient de sacrifier deux vies. La réponse se tient au bord de sa conscience, mais il se sait incapable de la formuler.

Syntagma

Dans l'auditorium de la Vouli, le parlement grec, Julia guette la réaction du public. Il y a d'abord cinq secondes d'un silence oppressant, puis quelques applaudissements pimentés de sifflets. Elle n'espérait pas mieux. Au moins, la salle était pleine et la conférence a pu aller jusqu'à son terme, malgré deux interruptions par des perturbateurs. Après avoir cherché à repousser la date de l'événement, le gouvernement a opté pour une participation minimum. Debout à côté de l'orateur, le secrétaire d'État aux Affaires européennes bat poliment des mains. L'envoyée du ministre du Travail, de la Solidarité et de la Sécurité sociale n'a pas ouvert la bouche de toute la soirée.

La plupart des référent-es, Circonspects et Baroudeuses confondu-es, plaidaient pour que l'ambassadeur conforte d'abord son image en territoire sûr, par exemple au Portugal ou dans les pays scandinaves. Il n'a pas cédé, ayant depuis longtemps coché la Grèce sur la carte du Bond Tour, pour de mystérieuses raisons liées à ses rapports compliqués avec la Commission. Au contraire, il a été décidé qu'une conférence en terrain difficile serait l'occasion idéale de tester la réorientation proposée par Julia.

À chaque conférence, Julia essaie de lire les traces de l'histoire récente sur les visages des auditeurs. Ceux-là affichent les profondes rides de la crise de la dette grecque, auxquelles sont venues s'ajouter les pattes-d'oie des douloureuses négociations avec l'Union, la Banque centrale et le FMI, puis les gerçures de l'application de mesures d'austérité par un gouvernement issu de la gauche radicale. Si le baume des plans de sauvegarde a eu un quelconque effet, celui-ci n'est pas encore visible dans le public.

La préparation du discours s'est avérée particulièrement délicate. Sept brouillons ont été successivement déchirés avant d'aboutir à la version finale, traduite en grec par l'ambassadeur lui-même. Celle-ci pose dès le titre une question ingénue et provocatrice : Βιώσιμη ανάπτυξη, εναλλακτική στη λιτότητα ; Ce qu'on peut traduire par : *Le développement durable, alternative à l'austérité ?* Bien entendu, le texte se garde bien de répondre. Pour ne pas être accusé de démagogie, Bond a de surcroît supprimé tous les proverbes que Stratégie, Sécurité et Économie avaient introduits pour plaire au peuple.

De l'avis général, le discours n'a aucune chance d'atteindre cette magie particulière qui avait charmé les publics de Venise, de Londres et de Vienne. La seule innovation réside dans l'audace de la critique adressée par l'ambassadeur à l'institution qui le finance, en l'occurrence l'Union européenne.

L'attroupement qui se forme devant la tribune ne ressemble pas aux précédents. L'angoisse y est palpable, associée à cette humiliation diffuse qui prend les mêmes intonations dans toutes les langues. Encadré par ses gardes du corps, l'ambassadeur ressemble à un guichetier de banque assailli par une foule en colère. Les gardes entraînent à l'écart un gros homme agité, une femme proteste d'une voix suraiguë, la tension monte, la rumeur de la foule se transforme en grondement sourd.

L'ambassadeur réagit aussitôt. Plutôt que de choisir la fuite comme le feraient bon nombre de responsables de même niveau, il profite de l'éloignement de ses gardes pour improviser un débat au pied de la tribune. Assailli de questions brûlantes décochées en grec, il répond dans la même langue et avec la même énergie, sa voix enfle et son débit s'accélère jusqu'à des niveaux que Julia ne lui connaissait pas. Elle s'approche, le polyglotte lui fait un signe discret, il n'a pas besoin d'elle, il est dans son élément.

La tension ne retombe pas, elle change de nature. À de subtiles variations de ton, Julia devine que le débat échappe peu à peu à l'aveuglement du réel, se transforme en confrontation d'utopies, en précieuse ivresse de mots. Fergus est en train de retourner la situation grâce à son extraordinaire pouvoir.

L'attachée de presse tente d'accrocher quelques journalistes, mais tous se sont agglutinés autour de leurs collègues grecs qui tentent courageusement de leur traduire les échanges à la volée. Quant à Hubert, il brille par son absence. Je ne sers à rien se dit-elle, une nausée d'absurdité monte, autant aller faire un tour à l'air libre. À la sortie du bâtiment, elle bute sur un cordon de flics derrière lequel plusieurs dizaines de jeunes hommes en blouson hurlent quelque chose d'hostile en brandissant le poing. La place Syntagma est le rendez-vous traditionnel des manifestants, elle a accueilli pendant la crise de nombreux rassemblements anti-austérité. Celui-ci relève d'une autre catégorie. L'intensité des cris, la violence des gestes, la densité des drapeaux, le noir des tenues, l'hégémonie masculine portent la signature des identitaires.

Ils ont réussi à contourner la tombe du Soldat inconnu et à monter sur le parvis, dans le but évident de bloquer l'ambassadeur et son public. De nombreux panneaux exigent le Grexit. Possible que l'avenir leur donne raison, se dit Julia dans un subit accès de masochisme. Dans la plupart des pays européens, personne ne peut exclure un scénario à l'anglaise. En Italie, en Hongrie, en Autriche, en Pologne, l'hypothèse d'une sortie de l'Union ne cesse de gagner du terrain. De grandes entreprises s'y préparent sans états d'âme. Quand Julia sera vieille, l'Union européenne fera peut-être figure d'aberration historique, à ranger au rayon des utopies sans lendemain, entre socialisme et paix universelle.

Son regard fuit la scène et se réfugie sur le Parthénon, dont le faîte impavide dépasse d'un des immeubles qui bordent la place. Elle imagine le jeune Fergus marchant au pied de l'Acropole, son cahier à la main, aux prises avec l'apprentissage du grec et à la recherche d'un toit pour la nuit. Il est resté plus d'un an à Athènes au début des années 2000, mais cette fois elle ne pourra pas refaire avec lui la petite promenade nostalgique de Londres. Question de temps, de sécurité aussi. Elle se demande s'ils retrouveront jamais des moments de liberté comme celui qui a éclos à Venise.

À l'évocation de ce souvenir, Julia ferme les yeux et voit défiler une série d'images alternant érotisme délicat et franche pornographie. Dans la scène finale l'ambassadeur apparaît nu, s'endormant comme un bébé dans le lit à baldaquin, après qu'elle l'a bercé à sa façon.

Elle relève les paupières à regret, revient à la clameur du présent, aux gardes du corps et aux cordons de police, aux protestataires en cuir noir qui martèlent toujours leurs slogans comme une machine folle. La troupe a grossi et d'autres panneaux ont fait leur apparition, avec la tête de l'ambassadeur du Multilinguisme affublée d'un turban et au centre d'une cible. C'est la première fois qu'une de ses conférences suscite une telle manifestation de haine. À bien y réfléchir, il est surprenant que ça ne se soit pas produit plus tôt. Fergus rassemble en une seule personne tout ce que ces gens-là détestent.

Le contraste avec la rêverie qui précède est si brutal que Julia perd l'équilibre, se rattrape à l'épaule d'un flic qui aboie quelque chose en grec et lui fait signe de déguerpir. Mais elle reste sur place, incapable de bouger, fascinée par l'énergie animale qui se dégage des hurleurs, par le dégoût même que lui inspirent les yeux déments et les bouches obscènes.

Parmi eux, elle remarque un groupe d'hommes en costumes qui ne perdent pas leur énergie à crier. Sans doute des élus, avec leur petit cortège de conseillers et d'attachés de presse. Leur parti, Aube dorée, est arrivé troisième aux dernières élections. Ils ont le droit de poser leurs culs sur les sièges en cuir grenat du parlement hellénique, ici même, à Syntagma, l'une des plus belles places de la cité qui a inventé la démocratie il y a deux mille cinq cents ans. Ils ont le droit de proposer des lois, d'occuper des bureaux, de toucher de l'argent public. Ils ont le droit d'infiltrer la droite traditionnelle en vue d'accéder au pouvoir à la faveur de la prochaine alternance. Ils ont le droit de vouloir salir le futur de l'Europe après avoir sali son passé. Et d'employer des attachés de presse pour le faire savoir. J'ai une sorte de lien de parenté avec eux, se dit Julia, ce sont mes ennemis intimes.

Elle retourne dans le hall, où l'ambassadeur du Multilinguisme a arrêté son échange impromptu avec le public pour se lancer dans une vive discussion avec le secrétaire d'État grec aux Affaires européennes. Elle devine sur quoi porte leur désaccord : Fergus refuse de sortir par-derrière, exige que l'entrée principale soit dégagée. Il ne cédera pas, il attendra le temps qu'il faut, pas question de laisser les identitaires se prévaloir d'une victoire symbolique. En fin politique, il se sait en position de force, car la situation pourrait devenir embarrassante pour le gouvernement. En effet, le secrétaire d'État finit par se retourner vers un gradé, lequel ne tarde pas à sortir un téléphone pour appeler des renforts.

La situation est donc bloquée pour un certain temps. Julia ne résiste pas à la tentation de revenir sur le parvis. Parmi les leaders identitaires, un homme au physique avantageux tient un portable collé à l'oreille. Elle est sûre de l'avoir déjà vu à Strasbourg pendant une session plénière : un assistant parlementaire issu d'un pays d'Europe centrale, elle ne se rappelle plus lequel. Lui aussi a reconnu Julia. Il lève lentement le bras comme pour un salut nazi, puis tourne la main et brandit le majeur dans sa direction, le tout en lui envoyant un large sourire et en poursuivant son coup de fil. Une provocation efficace et maîtrisée dans l'abjection, qui démontre une certaine habitude.

Julia ne réfléchit pas. C'était le déclic qu'elle attendait sans le savoir. Elle se précipite dans une brèche du cordon de police, se faufile à grande vitesse entre les hurleurs et s'immobilise à deux mètres de l'homme qui, absorbé par sa conversation, l'a perdue de vue. Pendant ce temps, sa bouche s'est remplie de la bonne quantité de salive. Exécuté à la perfection, le crachat atterrit dans l'œil du type, qui laisse tomber son téléphone et crie quelque chose dans une langue indéterminée.

Autour de Julia, on commence à réagir. Les insultes pleuvent, dont certaines en anglais, on la traite de *sale pute juive*, ou *arabe*, les avis divergent sur la question. Elle ne ressent aucune douleur quand les premiers coups tombent. Quelqu'un l'empoigne par les épaules et la tire en arrière, c'est le flic de tout à l'heure, il l'arrache au groupe des manifestants qui essaient toujours de l'atteindre. Elle se laisse ballotter, envahie d'une béatitude irréelle. En projetant un de ses fluides corporels sur ce type, elle a réussi à lui renvoyer le dégoût qu'il lui inspire.

Le flic finit par la lâcher en territoire sûr, non sans l'avoir agonie de reproches en bon anglais. Vu sa position, elle n'aurait jamais dû faire ça. Le long frisson qui la traverse confirme ce qu'elle sait de longue date, les plaisirs interdits sont les plus savoureux.

Elle n'a pas remarqué la silhouette immobile à quelques mètres à peine. Un touriste allemand et blond à la face curieusement aplatie, qui n'a rien perdu de la scène.

Une sorte de soulagement

Lors de la dernière modification de frontières entre l'Holothurie et le Tichodrome, les géomètres ont tracé au plus court dans certaines régions désertiques. En particulier dans une vallée difficile d'accès appelée par les uns *Krook Smyrti* et par les autres *Krec shmert*, ce qu'on peut traduire par *le Pas de la Mort*. C'est ainsi qu'un corps de ferme s'est trouvé traversé en son milieu par la ligne imaginaire, la partie ouest relevant de l'autorité d'Holothur et la partie est de celle de Tichos. Le bâtiment est inoccupé depuis lors, pour cette raison.

C'est là que s'organise la troisième rencontre au sommet entre l'Opax et la Sekuritec, aucune des deux organisations n'ayant accepté qu'elle se déroule hors des frontières de son État. L'échec de la dernière tentative d'élimination de Bond et la perte de deux agents tichodromes ont assombri des relations déjà tendues. Il a été spécifié que le général Nog-Maals et le Premier délégué Bubnik seraient seuls dans la pièce et se tiendraient de chaque côté d'une table placée en son centre, de sorte que chacun se trouverait sur son territoire. Les escortes de l'un et de l'autre, fortes d'une vingtaine d'hommes, attendraient de chaque côté du bâtiment.

Le jour dit, à l'heure prévue, les deux hauts responsables entrent dans la salle par les côtés opposés, avancent lentement jusqu'à leur siège, se saluent d'un bref signe de tête et s'assoient.

— Vous ne sentez pas une odeur ? attaque le général en reniflant.

— Oui, comme un chat crevé, répond le Délégué avec une grimace.

Abandonné depuis des années, le bâtiment n'a pas fait l'objet d'un nettoyage préalable, dont l'organisation par les deux pays aurait posé des problèmes de sécurité insolubles. Le général se lève et ouvre la fenêtre nord, le Délégué fait de même avec la fenêtre sud, mais l'odeur persiste. Ils conviennent qu'il s'agit sans doute d'un animal en décomposition, ou plus vraisemblablement de plusieurs. Un silence embarrassé s'invite.

— M'en voudrez-vous si je commence ? demande le général.

— Ça n'a aucune importance.

— Pardonnez ma franchise, mais il semble que vous soyez décidément incapables de traiter le cas Bond.

— C'est votre interprétation.

— Après tout, ce nouveau fiasco ne fait que confirmer le délabrement de vos services. Cependant, certains aspects nous posent problème.

Le Délégué Bubnik grimace à nouveau, mais cette fois l'odeur n'y est pour rien.

— Nous aimerions savoir pourquoi vous avez donné à vos agents une fausse identité holothurienne, lâche le général d'un trait.

— Je ne suis pas au courant des détails.

Nog-Maals ne s'attendait pas à une telle désinvolture. Ce rustre de Bubnik aurait tout de même pu faire l'effort de lui servir une fable quelconque, à laquelle personne n'aurait cru mais qui aurait témoigné d'un minimum de respect.

— Au nom des citoyens de la République holothurienne, je suis chargé de vous transmettre notre protestation solennelle contre cette inadmissible…

— Arrêtez vos conneries, Nog. Ça fait des décennies que vos agents foutent le bordel chez nous avec leurs faux passeports tichodromes, alors de temps en temps il y a un retour de bâton. Nous avons à parler de choses plus sérieuses.

Le général a beau avoir l'habitude de l'aplomb de son vis-à-vis, il reste quelques secondes interloqué. Bubnik en profite pour prendre la direction des opérations.

— Nos services ont procédé à une analyse d'ensemble de la situation, et certaines coïncidences troublantes sont apparues. Pour commencer, nous avons découvert qu'un de vos agents était présent lors de l'incident de la gare centrale de Tichos.

— Je vous assure que…

— Ne vous rendez pas encore plus ridicule en le niant. Tout laisse penser que c'est lui, ou plutôt elle, qui a photographié l'Iguane dans la salle de conférence de Vienne, pour justifier votre échec.

Pris de court, Nog-Maals ne trouve pas de riposte satisfaisante. La discussion n'était pas censée se passer comme ça. Bubnik se retrouve objectivement en position de faiblesse depuis le désastre d'Athènes, mais il n'a pas l'air de le savoir.

— De nouvelles investigations ont été menées, poursuit le Délégué, et elles valident un tout autre scénario que celui de la collaboration désintéressée que vous nous avez proposée avec tant de générosité. En réalité, vous avez eu vent de notre projet d'éliminer Bond dès le début. Ce n'est pas lui qui a retourné l'Iguane contre nous, c'est vous. Vous n'avez rien tenté contre Bond à Vienne, ce n'était qu'une mise en scène destinée à nous faire gober l'histoire et à nous redonner la main. Ensuite, vous avez chargé l'Iguane d'abattre nos agents à Athènes. Reste à savoir si vous avez agi en liaison avec Bond lui-même. Nous n'en avons pas la preuve, mais ça nous semble le plus probable. Pour ne rien vous cacher, nous n'excluons pas qu'il soit à l'origine de toute l'affaire et que vous ayez été en quelque sorte ses idiots utiles, un rôle qui vous va très bien.

Horrifié, Nog-Maals baisse les yeux sur l'objet qui s'est matérialisé dans la main de Bubnik : un CZ 75, canon double, calibre 9 mm, braqué sur sa poitrine. Il passe la main sur sa bague et touche son fidèle diamant porte-bonheur, mais le contact ne lui apporte aucun réconfort.

— Nous tenons pour certain que vous avez monté ce complot, conclut Bubnik, dans le but d'opérer une déstabilisation à grande échelle de nos services de renseignements, ce qui ne peut être que le prélude à une offensive militaire généralisée contre la République du Peuple tichodrome. Félicitations, ça a failli réussir. Trois de nos agents y ont laissé leur peau.

L'image du CZ 75 a déclenché l'alerte générale dans le cerveau du général, lui permettant de passer sans transition de la sidération à l'analyse rationnelle. La première idée qui lui vient, c'est que le scénario imaginé par Bubnik et ses sbires paraît plutôt séduisant, à l'exception du volet *idiots utiles*. Il l'aurait volontiers mis en action s'il avait pu. La seconde, c'est que le Délégué veut le forcer à battre en retraite en le menaçant d'une arme lors d'une rencontre sécurisée, offense inadmissible pour un homme de son rang.

Il sort donc son propre Glock 17 et le pointe sur le cœur de l'homme assis en face de lui. Celui-ci n'a aucune réaction, c'est comme s'il ne l'avait pas vu. Bien entendu, tous deux s'étaient solennellement engagés à venir sans arme. Il n'est pas étonnant que Bubnik ait trahi sa parole de roturier athée, en revanche Nog-Maals a dû se faire violence pour placer l'intelligence avant l'honneur. Bien lui en a pris, puisque les voici maintenant à égalité.

— Mon cher Bubnik, votre incompétence confine au pathétique. Vous en êtes réduit à nous accuser de vos propres turpitudes. Car en réalité c'est vous qui avez recruté l'Iguane pour une opération double, qui consistait d'abord à éliminer Bond et ensuite à nous faire porter le chapeau.

— Dans ce cas, pourquoi avoir collaboré avec nous ?

— Parce que nous ne l'avions pas encore compris. À ce moment-là, nous ne connaissions pas la véritable origine de l'Iguane.

Le général a livré l'information sans réfléchir, à l'instinct, et la crispation de la mâchoire du Délégué montre que le coup a porté.

— Vous voulez parler de ses origines holothuriennes, j'imagine ?

— Je vois que vous ne saviez pas que nous l'avions appris, remarque Nog-Maals avec juste ce qu'il faut de moquerie dans la voix.

— C'est juste, admet Bubnik d'un ton neutre, mais d'un autre côté vous venez de reconnaître que vous ne saviez pas que nous ne savions pas que vous le saviez.

Nog-Maals secoue nerveusement la tête, essayant de suivre le fil sans y parvenir. Il paraît peu probable que Bubnik ait voulu faire preuve d'humour, il s'agit plutôt d'une manœuvre destinée à l'embrouiller. Quoi qu'il en soit, ils se retrouvent dans l'impasse. L'ébauche de collaboration entre les deux pays relevait de l'utopie, ce dont il n'avait jamais douté. L'idée avait été imposée par ces jeunes crétins du ministère, contaminés par l'idéologie bondiste, incapables de comprendre qu'on n'efface pas comme ça cinq siècles de saine hostilité. Il ne reste plus aux deux hommes qu'à se retirer sans perdre la face et aller rendre compte au plus haut sommet de l'État.

Le général se demande pourquoi le Délégué ne baisse pas son arme, puisque c'est lui qui a pris l'initiative de la lui fourrer sous le nez. Il s'est peut-être mis à croire pour de bon à son scénario, et veut marquer son mépris avec l'aveuglement doctrinaire typique des Tichodromes. Une fois de plus, ce serait à Nog-Maals qu'il reviendrait de faire preuve de finesse en abaissant le premier son Glock, mais quelque chose l'en empêche qui n'est pas seulement de l'orgueil.

Une lumière inédite a envahi les traits austères de Bubnik. Et s'il avait vraiment l'intention de tirer ? Le gilet pare-balles de Nog-Maals ne sera pas suffisant contre du 9 mm à cette distance. Celui que porte Bubnik ne le sera pas davantage, cependant il est vraisemblable qu'aucun des deux ne perdra conscience tout de suite. Ils sont des professionnels aguerris. S'il prenait l'envie à l'un d'eux de tirer, l'autre riposterait aussitôt.

Les menaces s'annulent donc, et pourtant cette arme toujours braquée, cette lueur folle sur le visage du délégué populaire.

Nog-Maals se représente mentalement leur situation : deux silhouettes assises face à face, qui tendent le bras l'une vers l'autre pour se désigner, se dénoncer, montrer du doigt l'explication de toute chose. Chacun se tient sur le bord ultime de son territoire, avec derrière lui vingt hommes en armes et des millions de patriotes, même si ces derniers, évidemment, ne sont pas encore au courant. Pourquoi ne pas aller jusqu'au bout et accomplir l'acte libérateur ? Si l'un d'eux survit, il ne sera responsable que devant la justice de son pays, laquelle saura apprécier sa détermination devant un envahisseur armé. Car ils se sont placés l'un l'autre en état de légitime défense. Même si c'est à titre posthume, ils auront droit à la plus élevée des décorations militaires, ce qui mérite qu'on y réfléchisse. Ils sont deux flèches étincelantes se percutant au firmament, deux fières locomotives lancées l'une contre l'autre, deux navires amiraux qui se défient à l'aube de la bataille.

L'illumination de Bubnik s'explique : il a déjà vu ces images, compris ce qu'elles exigent, il attend que son vieil ennemi fasse le même chemin. Peut-être cette rencontre n'a-t-elle été organisée que pour ça, comme une réaction chimique.

À sa propre surprise, le général hoche la tête, gagné par une force qui dépasse la raison. Il accepte la proposition. Le Délégué cligne des yeux en retour pour sceller leur accord.

Les deux hommes appuient sur la détente au même instant, à la microseconde près. Les balles se croisent exactement au-dessus de la frontière, passant à quelques millimètres l'une de l'autre à la vitesse du son. Elles transpercent comme prévu les gilets de protection, provoquant des dommages irréversibles aux muscles cardiaques.

Dans un ralenti gracieux, le général cinq étoiles Nog-Maals et le Premier délégué populaire Bubnik glissent de leur chaise et s'affalent dans la poussière pendant que leurs escortes respectives, alertées par la détonation unique, font irruption dans la salle par l'est et par l'ouest, évaluent la situation et sortent les armes à leur tour.

Alors que de nouveaux coups de feu éclatent, les regards des deux hommes allongés sur le sol se croisent, dans un monde qui a basculé à quatre-vingt-dix degrés. Libérée par ce changement de géométrie, la longue haine farouche qu'ils se sont vouée s'envole dans un souffle. Elle ne sert plus à rien. Malgré la douleur atroce dans la poitrine, ils consacrent leurs dernières secondes de conscience à échanger un rictus de complicité. Deux filets de sang étonnamment semblables en profitent pour s'échapper de leurs lèvres tordues.

Leur double sacrifice héroïque relancera les valeurs pour lesquelles ils se sont battus toute leur vie. Ils meurent pour leur patrie, l'arme à la main, sans avoir cédé un pouce de terrain. Ils meurent pour l'idée même de frontière, parce que c'est ça une frontière, une ligne avec laquelle on ne triche pas, une délimitation claire entre soi et les autres, pas le gentil hall de gare qu'y voient les partisans de Bond.

Les soixante-dix ans de paix dont les européistes se gargarisent ne seront bientôt plus qu'un mauvais souvenir. L'odeur que les deux hommes avaient sentie en arrivant, c'était celle des tranchées. L'Europe des nations relève la tête.

Dans le corps de ferme abandonné, les soldats holothuriens et tichodromes ont engagé le combat de la renaissance. Enfin le cri des rafales, enfin le bruit sourd des corps qui tombent, comme une fête trop longtemps différée. Enfin de quoi fouetter une jeunesse amollie par le confort et le renoncement. Enfin la guerre.

Gisant sur le sol à quelques centimètres l'un de l'autre, Nog-Maals et Bubnik se sont rejoints sur l'essentiel. Pour la première fois, ils ont accompli quelque chose en commun. Alors que la douleur s'estompe, ils peuvent s'abandonner à l'ultime émotion de leur expérience humaine. Contrairement à ce qu'on pourrait croire, il s'agit d'une sensation très douce, de nature amoureuse : don des corps, fusion des âmes.

Une sorte de soulagement.

États d'urgence

Julia tourne en rond dans son salon, évitant machinalement les livres, les journaux et les vêtements qui jonchent le plancher. Elle est nue et un peu ivre, une ivresse qui ne doit rien à l'alcool et tout à son rendez-vous avec Sophie. Celle-ci n'est restée qu'une heure, son nouveau mari n'aime pas qu'elle rentre tard, mais la contrainte de la durée a souvent un effet bénéfique. Les deux amantes sont allées à l'essentiel dans un pragmatisme joyeux.

Julia et Sophie fréquentent des milieux différents, n'aiment pas les mêmes livres, pas les mêmes films, pas la même musique et, dans les bureaux de vote, choisissent immanquablement des bulletins opposés. La première s'est longtemps demandé ce qui fondait leur relation, avant d'arriver à la conclusion que c'était précisément l'étendue de leurs différences. Avec Hubert et Fergus, la proximité des idées met en valeur l'altérité des corps. Avec Sophie, c'est l'inverse. À part sa couleur de cheveux (blond cendré), sa taille (quelques centimètres en moins) et son tour de poitrine (quelques centimètres en plus), l'heureuse propriétaire de la boutique de fringues la plus fréquentée de Strasbourg ressemble trait pour trait à l'attachée de presse de l'ambassadeur du Multilinguisme. Il leur est arrivé de prendre une chambre d'hôtel en se faisant passer pour deux sœurs, juste pour le plaisir.

Sophie, ses sous-vêtements chics/vulgaires, ses protestations pudibondes murmurées pendant l'orgasme afin d'en accroître la force. Son rire de jeune écervelée, alors qu'elle n'est ni jeune ni écervelée, fusant dans une des cabines d'essayage de sa propre boutique. C'est là qu'a eu lieu la première étreinte, atteignant d'emblée des sommets que la suite n'a fait que confirmer. Au contraire des amants masculins peu fiables, il faut reconnaître que Sophie représente une valeur sûre, un refuge face à la volatilité des sens et l'incertitude du monde. Avec elle, le conservatisme marque un point là où on ne l'attendait pas.

Et pourtant Julia tourne en rond dans son salon, peu habituée à cette sensation abrutissante qu'est la tristesse après l'amour. Cette fois, même Sophie ne suffit pas.

Il lui faut résoudre l'énigme Fergus. Le voir en privé, se confronter à nouveau à ce désir étrange où s'agite quelque chose de maternel. Avec un peu de chance, il sortira de son habituelle réserve pour donner son point de vue sur le sujet. Incapable de résister à la flambée d'énergie qui la prend, Julia se rhabille avec ce qui lui tombe sous la main, saute sur son vélo arc-en-ciel et fonce vers le quartier de l'Europe. C'est là que le Parlement loue à l'usage de son ambassadeur un appartement dont le standing fait régulièrement scandale sur les réseaux sociaux. Elle doit attendre dans le hall que le garde du corps de service descende, c'est le plus massif des deux, une petite tête d'adolescent greffée sur un corps de super-héros Marvel.

— Bonjour Julia, émet-il d'une voix haut perchée, je ne crois pas que vous ayez rendez-vous, je dois vous demander l'objet de votre visite.

Pendant qu'elle réfléchit aux différents prétextes à sa disposition, l'évidence jaillit d'elle-même :

— Dites à Son Excellence que c'est en rapport avec sa vie sexuelle.

Le garde avale sa salive et marque un petit temps de latence avant de porter deux doigts à son oreillette.

— Monsieur l'ambassadeur, Mme Chanéac-White est en bas pour affaire vous concernant.

La réponse doit être brève, car le cerbère pivote aussitôt comme une porte monumentale pour laisser Julia accéder à l'ascenseur. La cabine monte dans un chuintement au dernier étage de la tour et s'ouvre directement dans l'appartement. Fergus l'attendait devant la porte, ils se font une bise maladroite et prennent la parole en même temps. Chacun présente ses excuses à l'autre pour des raisons confuses où affleurent tensions internationales, contraintes de sécurité, idéaux élevés, pulsions inavouables, scrupules compliqués et dosages hormonaux. Julia remarque que le regard de Fergus descend fréquemment le long de sa personne pour remonter aussitôt, et qu'à chaque aller-retour son visage s'allonge de façon inhabituelle. Baissant les yeux à son tour, elle se rend compte que la transpiration due au trajet à vélo a créé sur sa blouse une transparence qui met en valeur l'absence de soutien-gorge, et que par ailleurs elle a enfilé le collant oublié chez elle par Sophie, lequel s'orne d'une résille particulièrement suggestive. On pourrait prendre l'expression de Bond pour de la terreur, ou bien c'est sa façon d'être émoustillé.

Ils s'arrêtent de parler au même instant, ayant épuisé tout ce qu'il est possible de dire en évitant l'essentiel. Assis sur le divan, ils laissent d'un commun accord leurs mains poursuivre le dialogue. D'abord les doigts s'entremêlent, remontent le long des bras, puis ceux de Fergus s'attardent dans l'épaisse chevelure brune de Julia pendant que ceux de Julia abordent déjà la question du déboutonnage de la chemise de Fergus. Elle en est au troisième bouton quand une voix criarde se fait entendre, les faisant sursauter tous les deux.

C'est l'une des sonneries du téléphone bleu de l'ambassadeur : encore l'*Hymne à la joie*, cette fois massacré par un groupe punk luxembourgeois, ce qui signifie que l'appelant n'est autre que le président de la Commission. Bond prend la communication, mais n'émet que quelques mots en anglais avant de raccrocher et de lâcher une série de jurons en allemand. Quelque chose de grave a dû se produire. Les langues préférées de l'ambassadeur pour exprimer une violente contrariété sont l'allemand, l'espagnol, le bulgare et le français, par ordre décroissant. Il reste quelques secondes tête basse, puis tourne vers Julia des yeux à faire sangloter un président de la Chambre des lords.

— Je dois partir sur l'heure pour une réunion d'urgence. Laissez-moi vous dire, chère amie, tout le déplaisir que je ressens à vous quitter dans cette circonstance.

L'espace d'une seconde, elle envisage de lui arracher le téléphone bleu et de le lancer par la fenêtre, mais il y aurait dans le geste une conception un peu datée des relations hommes/femmes. À grand-peine, elle parvient à se contenir et demande poliment ce qui se passe. L'ambassadeur hésite longuement avant de répondre.

— Vous avez le droit de savoir. Cependant je dois vous mettre en garde. Si jamais la moindre fuite à ce sujet se produisait, je me verrais dans la terrible obligation de mettre fin à vos fonctions. L'acceptez-vous ?

Après la chaleur de l'excitation, le ton de Bond fait à Julia l'effet d'une douche glacée. Peut-être est-il simplement devenu un mâle de pouvoir comme les autres, capable des mêmes errements pathétiques. Elle se demande quel enjeu peut justifier un tel revirement, sa curiosité n'en est que plus forte, elle acquiesce d'un bref hochement de tête. Bond se met à chuchoter comme si le salon était truffé de micros.

— Un incident de frontière s'est produit entre deux pays membres. Des groupes armés se sont entretués lors d'une rencontre secrète et pas moins d'une trentaine de morts sont à déplorer. Une généralisation du conflit n'est pas à exclure. Il y a dans chaque camp des gens qui n'attendent que cela, soutenus par de grandes puissances qui verraient d'un bon œil la guerre revenir sur le sol européen.

La guerre, tout simplement. Il fallait bien ça pour expliquer le changement d'attitude de Bond, son visage blême, le bref accès de tremblement de sa main droite. La guerre lui a pris sa famille et sa langue maternelle, l'a projeté pendant vingt-cinq ans sur les routes de l'exil. L'obsession du combat contre la guerre a forgé sa personnalité jusque dans ses recoins les plus intimes. Le retour de la guerre entre pays membres ne signifierait pas seulement la fin de l'Union européenne, mais aussi l'échec de toute une vie.

— De quels pays s'agit-il ?

— Je ne suis pas autorisé à vous le dire. L'incident s'est produit dans une région reculée et la Présidence a obtenu des deux gouvernements qu'aucune information ne filtre avant notre tentative de médiation. Disons que nous parlons de l'Holothurie et du Tichodrome. Ce sont des noms de code, que nous employons pour les opérations confidentielles. Ils ne désignent pas forcément les mêmes pays à chaque fois.

La transformation se poursuit sous les yeux de Julia. Le ton cassant, le regard nerveux, les gestes secs. L'irruption d'une virilité triste. On dirait que le vrai James Bond vient de se glisser dans la peau de Fergus.

— Combien de temps serez-vous parti ?

— Deux ou trois jours, fait-il en reboutonnant sa chemise avec méthode. Davantage si des complications surviennent.

Elle ne peut s'empêcher de se frapper le front du plat de la main. Il est déjà arrivé que l'ambassadeur disparaisse soudain et reste injoignable pendant plusieurs jours, invoquant une grippe ou un refroidissement, ce qui a nourri diverses rumeurs. La réalité était à la fois inimaginable et logique, on l'avait envoyé sauver le monde avec des mots. Les têtes pensantes de l'Union européenne avaient entendu parler de l'exploit réalisé à Venise, faire changer d'avis un tueur à gages rien qu'en discutant avec lui. Il aurait été absurde de se priver d'un tel pouvoir.

Voilà qui explique l'étonnante liberté et le budget élastique dont dispose l'ambassade du Multilinguisme. En vitrine, l'Union laisse le polyglotte colporter ses doux discours humanistes où ça lui chante. En coulisses, elle l'utilise comme arme secrète pour sa diplomatie parallèle. Julia s'était habituée à la première version, la seconde lui fait l'effet d'une trahison.

— Combien de fois avez-vous empêché un conflit entre une Holothurie et un Tichodrome quelconques ?

— J'ai joué un rôle de négociateur en une demi-douzaine d'occasions. Il s'agissait en général de tensions autour des réfugiés. À chaque fois, l'affrontement était allé bien plus loin que ce qui avait été rendu public, mais sans atteindre un risque de conflit armé. Je ne vous cache pas que cette crise apparaît comme la plus aiguë que nous ayons rencontrée.

La cabine d'ascenseur revient dans un bruit de succion et le garde du corps s'en échappe comme une poupée gonflable de son emballage. Il annonce le programme d'un ton monocorde : l'avion de Son Excellence part dans quarante minutes, une voiture l'attend au pied de l'immeuble, la haute représentante de l'Union pour les Affaires étrangères et la Politique de sécurité le briefera par téléphone pendant le trajet.

L'ambassadeur propose à Julia de la raccompagner, son appartement étant sur la route de l'aéroport, mais elle décline. Elle préfère ne pas laisser son vélo dehors trop longtemps.

La moitié de la victoire

L'histoire ne dit pas les sentiments éprouvés par le chancelier holothurien et le Premier ministre tichodrome quand ils ont reconnu dans le médiateur envoyé par l'Union européenne l'homme qu'ils avaient plusieurs fois tenté de faire assassiner. Elle ne dit pas non plus le plaisir ressenti par Bond à leur faire savoir qu'il était au courant de ce détail.

Toujours est-il que quatre jours après le massacre du Pas de la Mort, les deux pays publient un long communiqué commun annonçant (nous résumons) qu'un incident de frontière dû à une *malencontreuse méprise* vient d'endeuiller leurs forces vives, mais qu'ils en ont tiré les leçons en redéfinissant leur coopération autour d'*objectifs de paix* grâce à un redéploiement des crédits de la défense vers la solidarité, l'environnement, la culture et l'éducation. Bien entendu, personne n'y croit.

Le lendemain, dans un quotidien populaire allemand, un fonctionnaire holothurien anonyme dévoile le rôle de médiateur joué par Bond. Les porte-parole de l'Union démentent dans un bel ensemble mais le principal intéressé refuse de répondre aux questions des journalistes, ce qui est interprété comme un aveu, d'autant que beaucoup reconnaissent maintenant son style ampoulé dans des passages entiers des communiqués tichodro-holothuriens.

Quand Julia le croise dans un couloir du Parlement, il lui adresse un petit sourire exaspérant, alors elle l'ignore. Ils se dépassent de quelques mètres, s'immobilisent, font demi-tour et se jettent dans les bras l'un de l'autre. Des bruits de pas se font entendre à l'autre bout du couloir, ils s'écartent vivement, prennent une expression affairée et poursuivent leur chemin chacun de leur côté. Tu viens de vivre un épisode majeur de ta vie amoureuse, se dit Julia.

Elle ne le revoit que trois jours plus tard, lors de la réunion stratégique. À l'apparition de Fergus, les référent-es se lèvent et applaudissent comme un seul homme/une seule femme. Lors du premier tour de table, on tombe d'accord sur un point : tout a changé. L'affaire dépasse l'éternelle et ridicule bataille entre Holothurie et Tichodrome. (Bien que les référent-es désignent ces pays par leurs vrais noms, nous continuerons ici à employer leurs noms de code pour ne pas froisser les lecteurs-lectrices qui en seraient originaires.) L'univers ébahi découvre qu'un ambassadeur au parler nébuleux a réussi à empêcher une guerre en plein cœur de l'Europe.

La popularité de Bond a encore grimpé dans les sondages, atteignant un niveau inédit. Il est vu comme une sorte d'ange gardien par une large part des citoyens européens. Dans le même temps, le bruit négatif autour de son nom a également progressé sur les réseaux sociaux, l'idée qu'un ancien migrant puisse jouer un rôle de premier plan dans la conduite de l'UE n'étant pas du goût de certains.

Les référent-es n'en tirent pas tous-toutes les mêmes conclusions. Pour les Baroudeuses, l'équipe n'a plus le choix, il est urgent de passer à la vitesse supérieure, de mener le combat des valeurs. Les Circonspects souhaitent au contraire redoubler de prudence pour ne pas dilapider un capital de sympathie chèrement acquis, qui se révélera précieux le moment venu. Opinion et Diversité ont un vif accrochage et le ton monte entre les deux camps. D'habitude plus mesurée, Économie se jette dans la mêlée, exigeant au passage qu'on l'appelle désormais Planète. Julia n'écoute plus. L'image des référent-es se déchirant sur la stratégie a été remplacée par celle des identitaires hurlant leur haine sur la place Syntagma.

L'attaché parlementaire semble murmurer quelque chose. Quelque chose comme : *Tu le sais bien, ma petite chérie, vous ne serez jamais d'accord entre vous et c'est nous qui allons rafler la mise.*

— Stop ! fait soudain une voix angoissée. On est en train de tomber dans le piège !

C'est Julia qui a crié. Un silence désapprobateur lui répond. Bond continue à se taire, fixant son attachée de presse entre ses paupières mi-closes. Elle n'a pas le choix, elle jette pêle-mêle sur la table ce qui lui tourne dans la tête depuis la dernière conférence. Ça s'empile en un petit tas de phrases maladroites : on perd le contact avec les gens, on peut pas continuer comme ça, on fait comme si on avait les réponses mais c'est pas vrai, les gens ils le sentent, ils ont des choses à dire, à nous de les écouter, ils sont intelligents les gens.

Sécurité, Opinion et Stratégie font la moue, seules Diversité et Terrain montrent un certain intérêt. Les autres attendent, ils ne bougeront pas sans un signe du chef. Julia a l'impression de revivre une des assemblées générales qu'elle organisait au début des années 2000, quand elle débordait encore de cet enthousiasme militant qui se nourrit de lui-même. Il y avait toujours le basiste de service qui ramenait tout aux *vraies gens* et à *l'écoute*, elle s'en moquait férocement, aujourd'hui elle tient le même discours que lui et ne se rappelle plus ce qu'il avait de drôle.

— Tu veux redonner la parole au peuple, c'est ça ? Bon courage, ironise Institutions.

— On change pas la formule sur un coup de tête, grince Organisation. Trop dangereux.

— Démocratie participative, c'est sympa sur papier, mais en réalité c'est boîte de Pandore.

— N'abandonnons pas à d'autres la maîtrise de notre discours.

— Moi je suis prêt à abandonner ce que vous voulez, mais pas la sécurité.

— Continuons à parler d'Europe. Laissons les bas de plafond à leurs petits orgasmes patriotes. On joue pas dans la même cour.

— On n'a pas le budget.

Julia a déjà entendu ce ton-là chez les référent-es, cette lassitude ennuyée de spécialistes dont le savoir est régulièrement contesté par des ignares, mais c'est la première fois qu'ils-elles l'emploient à son intention. Piquée au vif, elle les toise toutes et tous et un par une, ne rencontrant que des nez qui plongent et des yeux qui fuient. La sensation d'occuper une position à part n'a jamais été aussi forte.

Baroudeuses et Circonspects partagent le fantasme du discours magique. Changer la perception de la réalité de la personne à qui on parle, ne serait-ce que d'un iota, serait déjà changer la réalité tout court. Occupé-es à travailler inlassablement chaque phrase pour en faire une arme d'adhésion massive, les référent-es ne veulent pas laisser une partie du temps de parole de leur champion au vulgaire public d'une salle. Ils-elles sont spécialistes dans leurs domaines, ont travaillé dur pour intégrer l'avant-garde progressiste du continent. On ne se débarrasse pas comme ça des réflexes de l'élite intellectuelle dont on est issu.

Or Julia reste persuadée qu'un flux de mots à sens unique ne suffira pas. Nous sommes devenus des eurocrates anonymes, se dit-elle, ni pires ni meilleurs que les autres, et nous nous préparons à échouer de la même façon, avec la douloureuse certitude d'avoir eu raison.

Bond prend enfin la parole sans faire la moindre allusion à ce qui précède. Il remercie chaleureusement son équipe sans qui rien n'aurait été possible, donne rendez-vous à la prochaine réunion, souhaite le meilleur à chacun-chacune, déclame pour conclure un proverbe estonien :

— *Võitlusjulgus on pool võitu.*

On a vraiment l'impression qu'il a juxtaposé des syllabes au hasard. Les référent-es s'observent avec embarras. Même

Culture/Histoire, qui est d'origine polonaise, se gratte la tête. L'ambassadeur laisse passer un temps pour faire monter le suspense, puis livre une traduction en français :

— *Le courage de se battre, c'est la moitié de la victoire.*

Cette fois, les référent-es réagissent tout de suite, lèvent le poing, crient et applaudissent, produisant un vacarme qui déborde dans les couloirs feutrés du Parlement. Ce n'est pas le sens du proverbe qui a refait l'unanimité, c'est la voix du polyglotte en train de traduire, cette délicieuse naïveté qui montre que les mots viennent de loin. Comment ne pas être un peu naïf quand on parle autant de langues, comment ne pas être du même coup absolument sincère. On s'est encore fait avoir par Fergus, se dit Julia.

Ordinateur de Hubert > La vérité sur Fergus Bond > Fragment 7

Le malentendu Bond. Faire quelque chose là-dessus.

En choisissant son pseudonyme, le polyglotte s'est transformé en agent secret d'un genre nouveau, dont la mission ne serait plus d'éliminer les ennemis mais de dialoguer avec eux. C'est cette identité décalée qui a amorcé le malentendu.

Bien sûr, en tant que journaliste, j'y ai moi-même contribué. Il faudra le reconnaître, ne pas reculer devant l'autocritique, ça donnera du piment au texte. J'ai en effet écrit que dans la famille Bond, Fergus était le contraire absolu de James. Chacun sait maintenant que ce n'est pas si simple.

Il est vrai que James parle peu, il se contente de brandir un flingue et une panoplie de gadgets meurtriers pour faire triompher le camp dans lequel il s'est donné la peine de naître, tandis que Fergus préfère les mots et n'a pas de patrie. Le premier veut gagner la guerre, le second veut vaincre la guerre elle-même. Permis de tuer contre permis de discuter. Le petit homme brun venu du Moyen-Orient ressemble à la réfutation vivante de tout ce que j'adorais détester chez 007.

Pourtant, les deux héros contraires partagent un sort commun, leur splendide isolement. Ça convient très bien à James qui, en bon personnage de fiction, a l'habitude d'apparaître seul dans la lumière pour recevoir les projections imaginaires du plus grand nombre. Quant à son message, pas de problème, tout le monde a compris qu'il avait trait à la défense de la supériorité occidentale confondue avec celle d'une certaine masculinité, même si au cinéma les mises à jour récentes ont introduit quelques nuances commercialement bienvenues.

Le cas de Fergus est un peu différent. Son exploit linguistique l'a d'emblée installé dans une position à part, en porte-parole d'une parole qu'on pensait impossible à porter. Sauf que personne n'est capable de dire en quoi elle consiste exactement. Dans ses discours, Fergus ne résout pas les conflits, il les traduit dans un grand nombre de langues et attend les réactions. C'est comme si le héros sortait de l'écran pour dire aux spectateurs : mettez-y du vôtre, je ne peux rien sans vous.

Mais les spectateurs se trouvent bien là, assis dans le noir, c'est confortable, ils n'ont aucune envie de se lever pour se confronter à une flopée de problèmes compliqués. Ce qu'ils veulent, c'est un champion qui trouve les solutions à leur place.

Alors Fergus a appris à se battre sur deux fronts. D'abord pourvoyeur de mots, marathonien des médias, influenceur d'opinion, mécène auprès des associations, ensuite diplomate rusé utilisant sa position pour un combat plus âpre et plus discret.

Agent double, passant sans arrêt d'un territoire à l'autre, activiste du bas et du haut, avançant à tâtons dans le brouillard où se confondent espoirs et compromissions. Et finissant par adopter les pratiques du système qu'il voulait combattre. Après avoir profité du malentendu qui l'a fait roi, Bond est sans doute en train de s'y perdre. Comme toutes celles et ceux qui ont eu un jour l'incroyable prétention de changer le monde.

Cette vérité-là, il faudra l'écrire comme ça, brutalement. Même s'ils n'en ont pas conscience, les lecteurs aiment bien être un peu rudoyés.

C'était une scène banale, compte tenu des circonstances, mais elle a attiré l'attention de l'Iguane. À Athènes, en marge du groupe identitaire qui manifestait devant le Parlement, un homme a répondu à un appel sur son portable. Il était plus âgé et mieux habillé que les autres, on aurait pu le prendre pour un journaliste. Sauf qu'à un moment, il a envoyé de l'autre main un geste obscène à l'attachée de presse de Bond, bras tendu façon nazie, puis médius dressé, le tout avec un naturel confondant. Ces quelques secondes l'ont trahi. L'Iguane a reconnu Jorg Langhendries à son absence d'inhibitions.

Curieusement, la suite n'a pas été favorable à ce spécialiste du rapport de force. Il faut dire que l'attachée de presse a riposté avec une audace inattendue, réussissant à s'approcher suffisamment pour lui cracher en pleine figure avant d'être sauvée du lynchage par un flic. L'Iguane ne peut repenser à l'épisode sans retrouver la joie simple ressentie ce jour-là.

S'il n'a jamais eu d'ami au sens qu'on donne généralement à ce mot, Langhendries a été celui qui s'en rapprochait le plus. Issu comme lui des bas quartiers d'Holothur, il était le seul gamin de l'immeuble à ne pas se moquer de sa face aplatie, sans doute parce qu'il avait remarqué chez lui une vivacité de mouvement qui pourrait plus tard s'avérer utile. Leur alliance s'était renforcée à l'adolescence, l'Iguane rendant à Langhendries de menus services et ce dernier l'introduisant dans sa bande de hooligans, De Wriin Adelaards, appellation qu'on peut traduire par *les Aigles de la Victoire*.

Ainsi s'étaient ouvertes les portes d'une vie sociale inespérée, qui consistait pour l'essentiel à débouler en bande au stade pour traiter de pédés et de macaques les adversaires du HFO (Holothur Foetbal Olympik), à participer à de longues beuveries rythmées de chants patriotiques et à tabasser les étrangers dans les rues mal éclairées. Aujourd'hui l'Iguane fait un lien entre le mépris dont il était l'objet et la haine qui servait de ciment au groupe, mais à l'époque personne ne se posait ce genre de question. Il n'y avait que force et insouciance. D'une certaine façon, c'était une période faste de son existence.

Chaque fois qu'un des Aigles se moquait de sa figure, Langhendries prononçait quelques mots d'une voix douce et le persifleur s'écrasait. Ça avait duré jusqu'au moment où les Aigles avaient été choisis pour assurer le service d'ordre du GVP (*Gerechtigyrt ent Voolk Partisch*, ce qu'on est bien obligé de traduire par *Parti de la Justice et du Peuple*). Langhendries avait considéré que son petit protégé ne correspondait pas à l'image du parti et l'avait exclu du groupe. L'Iguane était à l'époque tellement imprégné de la mentalité des Aigles qu'il n'en avait pas voulu à son protecteur, dont les légitimes ambitions valaient bien quelques sacrifices.

Cette exclusion l'avait fait retomber encore plus bas, au fin fond de la hiérarchie sociale, comme il convient à un être difforme dont la mère était morte en le mettant au monde pendant que le père prenait la fuite. Et, même là, il était de trop. Mis à l'écart par ses camarades du foyer, rejeté au premier coup d'œil par les épiciers et les contremaîtres, il n'avait pas accès aux boulots les plus modestes. Ne restaient plus que le cambriolage et le vol à la tire, où sa rapidité naturelle pouvait s'exprimer. Mais avec une gueule comme la sienne, on se fait vite repérer par la police. Aussi était-ce dans un magasin de postiches qu'il avait choisi de commettre son premier fric-frac.

Alors qu'il s'apprêtait à quitter les lieux, chargé de perruques, de barbes, de moustaches et d'une intéressante variété d'appendices nasaux, il avait été surpris par les gérants, une grosse femme qui s'était mise à pousser des cris aigus et un individu filiforme qui avait eu la mauvaise idée de chercher à l'enserrer dans ses bras démesurés. La suite relève plus de l'enchaînement de circonstances que du meurtre délibéré : l'Iguane avait sorti le couteau qu'il avait toujours sur lui, avait exécuté une série de gestes ultra-rapides, le gérant filiforme s'était effondré, la femme s'était agenouillée à côté et l'avait déclaré mort d'une voix objective. Puis elle s'était tournée vers le voleur et l'avait examiné attentivement. Pour la première fois, il n'avait senti aucun mépris dans ce regard, seulement une curiosité de photographe. Il avait été obligé de la tuer elle aussi, car il ne doutait pas qu'elle se rappellerait son visage dans les moindres détails.

Déployant toute son agilité dans la fuite, il avait réussi à semer la police, passer la frontière et se réfugier au Tichodrome. Grâce aux postiches, il avait pu intégrer les réseaux de clandestins holothuriens et leurs petits trafics, puis s'était trouvé une planque à la périphérie de Tichos. Il avait appris la langue du pays en un temps record.

Plusieurs étapes importantes avaient été franchies sur le chemin de la maturité. Il avait échappé à la misère et à la prison, appris à dissimuler son visage et découvert qu'il avait un certain talent pour tuer, même s'il n'en tirait aucun plaisir. Il y avait gagné un calme particulier, une capacité à rester rigoureusement immobile qui faisait de ses moindres gestes des événements. C'était à ce moment qu'il avait été surnommé l'Iguane et que sa carrière avait commencé.

En vertu d'une nouvelle loi votée sous la pression du parti dont Langhendries était en train de gravir les échelons, il avait été automatiquement déchu de la nationalité holothurienne. Ironie du sort, ses premiers assassinats avaient été commandités par les barbouzes d'Holothur, intéressés par un exécuteur dont la réputation de sang-froid avait traversé la frontière. Ils avaient coupé les liens avec son nom et son pays d'origine en le déclarant mort, avant de lui fournir un inestimable lot de faux papiers de diverses nationalités. À chaque mission à l'étranger, il mettait un point d'honneur à se familiariser avec la langue de la cible, se transformant au fil de sa carrière en un polyglotte honorable. Le petit garçon que tout le monde montrait du doigt avait pris sa revanche sur son visage : il était devenu invisible.

C'est un concert de sirènes sur la place Syntagma qui a ramené l'Iguane à la réalité. Les renforts sont arrivés, la police grecque a investi les lieux et fondu sur le Parlement. Les identitaires se sont dispersés rapidement mais Langhendries n'a pas bougé, comme si toute cette agitation ne le concernait pas. Sous son déguisement de touriste allemand et blond, l'Iguane a pu s'approcher de lui sans crainte d'être reconnu. Un flic a posé la main sur l'épaule de Langhendries, qui s'est retourné en brandissant une carte. Le flic a aussitôt levé le bras avec une grimace d'excuse. L'Iguane a eu le temps d'entrevoir sur la carte le drapeau de l'Union européenne.

Un contact utile

Au fond, l'agent Lapis-lazuli devrait s'estimer heureuse : elle est encore en vie. Pour quelqu'un qui a pu photographier l'Iguane à deux reprises, ce n'est pas si mal.

Dans la gare centrale de Tichos, elle a eu la sagesse de garder ses distances. À Vienne, dans la Redoutensaal du palais de la Hofburg, leurs regards se sont croisés alors qu'il prenait la fuite, après avoir fait capoter sa mission rien qu'en montrant son visage à l'attachée de presse. Lapis-lazuli s'attendait à ressentir ce qui s'échange entre agents de camps opposés lors de ce genre de confrontations : une défiance froide, avec ce zeste de respect entre professionnels qui ne les empêchera pas de s'entretuer si nécessaire. Mais dans les yeux globuleux du mercenaire il n'y avait rien, une sorte de vide animal, objectif. Cette absence l'a plus dérangée que ne l'aurait fait un sourire de triomphe.

Il n'y a pas eu de troisième rencontre. À la place de Lapis-lazuli, c'est l'agent Saphir qui a été envoyé en Grèce parce qu'un imbécile des Opérations extérieures a écrit dans un rapport qu'elle avait été visuellement identifiée par l'Iguane. C'est tout ce qu'elle sait car elle a été sortie de la boucle, cependant elle a sa petite idée sur ce qui s'est passé à Athènes. Saphir est un type sérieux, il a sans doute réussi à repérer l'Iguane. S'il n'a rien fait pour sauver la paire d'agents tichodromes, c'est qu'il avait pour consigne de ne pas intervenir. Après la perte de Bleibtreu, les Tichodromes ont cru qu'ils avaient été envoyés une deuxième fois au casse-pipe par leurs prétendus alliés d'Holothur. Ils n'ont pas apprécié, ce qui explique que la rencontre du Pas de la Mort se soit terminée comme on sait.

Lapis-lazuli pourrait s'estimer heureuse, mais ce n'est pas le cas. Elle fait partie de ces fonctionnaires qui ont pris de plein fouet la vague d'humiliation qui a suivi la médiation de Bond entre les deux pays. Dans le protocole d'accord, il n'y avait pas seulement de belles déclarations de principes sur la paix entre les peuples, il y avait la dissolution immédiate de leurs services secrets.

Il faut un effort d'imagination pour se représenter l'ampleur du choc subi par le monde du renseignement holothurien. C'est comme si l'ennemi public numéro un s'était invité chez le chef de l'État et, une tasse de thé à la main, était arrivé à le convaincre de virer tous les flics du pays. Certes, il s'est passé la même chose côté tichodrome, mais ce n'est qu'une maigre consolation. Les deux services ont déjà commencé à se reconstituer sous d'autres noms, et on devine que dans l'opération certains s'en sortiront mieux que d'autres. Lapis-lazuli, par exemple, aura des difficultés à retrouver sa position. Elle est impliquée dans le dernier fiasco en date et tout le monde sait qu'elle faisait partie des proches de Diamant lui-même, autrement dit du général Nog-Maals, à qui ses erreurs stratégiques ont valu l'indignité nationale à titre posthume. Il fallait que quelqu'un paie, autant que ce soit quelqu'un de déjà mort.

Pour entrer à l'Opax, elle avait dû se rapprocher du général, qui supervisait lui-même le recrutement. Concrètement, elle avait couché avec lui à deux reprises, circonstances dans lesquelles elle avait dû supporter sa brutalité naturelle. Diamant était imprégné des valeurs traditionnelles holothuriennes, il n'y avait rien à faire contre ça. En quelque sorte, il lui avait rendu service en l'incitant à se trouver une autre planche de salut, de préférence un homme de pouvoir extérieur à l'Opax. Quelqu'un comme Jorg Langhendries.

Elle avait rencontré Langhendries à Tichos, lors du congrès du GVP. Il apparaissait déjà comme l'une des valeurs montantes du parti, figure médiatique de cette nouvelle génération issue de la mouvance identitaire. La mission consistait à nouer des contacts afin de recueillir des informations sur la vie privée des futurs dirigeants. Lapis-lazuli s'était présentée comme une sympathisante travaillant dans une boîte de sécurité, ce qui n'était pas si éloigné de la réalité. Ignorant qu'elle était le chasseur et lui la proie, Langhendries avait tenté de l'appâter en lui faisant miroiter un poste. Peu après avait suivi l'inévitable épisode sexuel, qui s'était révélé moins pénible qu'avec Nog-Maals, paix à son âme, Langhendries étant nettement plus jeune et plutôt beau gosse.

Par la suite, Lapis-lazuli a réussi à garder le lien avec la cible tout en refusant le poste et en déclinant la plupart des propositions sexuelles. Quand elle a été éjectée de l'opération d'Athènes, elle n'a pas hésité longtemps avant de composer le numéro. Bien entendu, Langhendries a répondu que le poste n'était plus disponible. Puis, après quelques minutes d'une conversation décousue, il s'est souvenu qu'un autre poste de même nature allait se libérer, pourquoi ne pas se voir à l'occasion pour en parler ? Elle a dû lui demander de répéter parce qu'il y avait beaucoup de bruit autour de lui.

— Le bruit que vous entendez, a-t-il crié avec une joie enfantine, c'est la clameur de nos amis patriotes grecs qui accueillent Bond comme il le mérite. Figurez-vous que je vous parle d'Athènes. Nous sommes sur la place Syntagma, en train de bloquer le Parlement. En ce moment même, j'ai sous les yeux un bel échantillon de mondialistes qui font la gueule parce qu'ils ne savent pas où ils vont dormir, ah ah ah !

Lapis-lazuli a ri avec lui, mais pas pour la même raison. Ensuite elle a entendu des cris et la communication a été coupée. Aucune importance, elle avait trouvé comment l'utiliser. Avec lui, il n'y aurait aucun problème de motivation. Comme d'autres identitaires de sa génération, il était obsédé par l'ambassadeur, au point de le suivre à travers l'Europe avec sa horde de pitbulls. Comment ne pas voir dans sa présence à Athènes un formidable signe du destin ? Inutile de lui apprendre comment elle-même en était arrivée à travailler sur le dossier Bond. Il ne saurait que le strict nécessaire, et seulement le moment venu.

Ceux que Langhendries avait appelés *patriotes* ne sont qu'un ramassis de jeunes exaltés au QI faiblard, mal encadrés par quelques élus véreux. Ce genre d'attelage n'est d'aucune efficacité contre l'ambassadeur du Multilinguisme, pire, il ne fait que servir sa cause. Les Tichodromes avaient raison : on n'a pas affaire à un simple polyglotte qui collectionne les langues, mais à un génie qui a trouvé une arme secrète tapie dans le langage. Un type capable d'électriser des salles entières et de retourner des tueurs comme l'Iguane possède forcément une stratégie à long terme. Venir brailler des slogans sous ses fenêtres, conférence après conférence, ne fera que lui donner le beau rôle, effarouchant une partie de l'opinion dont on ne peut se passer.

Il va falloir l'expliquer à Langhendries, ce qui n'est possible qu'en renforçant le lien avec lui. Il va falloir travailler avec des gens dépourvus de toute culture du renseignement. Pour contrer Bond et sa clique, il reste du chemin à parcourir. L'éliminer physiquement ne sera pas suffisant. Il s'agit de mettre à bas ce qu'il est en train de construire. Ça prendra du temps, sans doute des années. Lapis-lazuli est prête. Elle a été formée pour ça.

Enz wraatsch wil faar gehn dinn keen klook haft, a-t-elle murmuré après avoir raccroché, vieille devise de la nation holothurienne qu'on traduit en général par : *Notre vengeance ira loin car elle n'a pas de montre.*

Intimité

Après ce que l'histoire officielle appellera *l'incident de frontière* entre l'Holothurie et le Tichodrome, l'Iguane s'intéresse au temps qui lui reste à vivre.

Dans le milieu du renseignement, on a généralement la rancune tenace. Il est l'homme qui a fait échouer les plans des deux nations et provoqué le démantèlement de leurs services secrets. Une fois que les cadres humiliés auront reconstitué leurs réseaux, leur première préoccupation sera de lui régler son compte.

Pour leur échapper, l'Iguane pourrait être tenté d'utiliser ses fausses identités. Mais il soupçonne les services holothuriens d'avoir conservé une bonne partie de leurs archives, où elles sont enregistrées. Il brûle sa collection de faux papiers et s'en fait établir de nouveaux auprès d'un réseau spécialisé de Tichos, devenant un respectable citoyen allemand du nom de Jürgen Schmidt. Il peut maintenant quitter la zone dangereuse. Préférant par sécurité rester dans l'espace Schengen, il opte pour le Danemark et se fixe dans le quartier alternatif de la capitale.

Ses réserves financières épuisées, il vit de petits boulots dans l'économie parallèle, puis se spécialise dans la vente de cannabis et de produits dérivés. Il s'est laissé pousser une vraie barbe, porte toujours le même modèle de nez et la même casquette. Malgré une vieille méfiance envers la culture altermondialiste, il est obligé de reconnaître que la commune libre de Christiania et son mélange de liberté et d'interdits conviennent à la situation : pas de voitures, pas de drogues dures, pas d'armes, pas de photos, pas de questions. Il ne tarde pas à se forger une réputation de rigueur aussi solide que celle dont il jouissait en tant qu'assassin. Avec son allure de freak impassible et son goût pour le silence, il devient un des revendeurs les plus populaires de Pusher Street.

Le soir, seul dans la cabane que lui a laissée un Suédois parti faire le tour du monde avec la tête de quelqu'un qui ne reviendra pas, il suit dans les journaux et sur les sites d'information la progression de Bond à travers le continent. Il relit les discours du début à la fin, en souligne au feutre rouge les passages les plus significatifs et s'imagine ensuite en discuter avec l'auteur. Pour la première fois, une personne lui manque, une personne qui lui est inaccessible. C'est comme n'avoir rien mangé depuis des jours, mais tout le temps.

À l'instar de Bond, l'Iguane s'est retrouvé orphelin, a été contraint de fuir son pays, a changé d'identité, a été déclaré apatride, a connu la clandestinité, a vu son existence menacée. Comme lui, il s'est rendu compte à travers tout ça qu'il avait un don pour les langues. Plus il y pense, plus la gémellité de leurs destins saute aux yeux. La petite taille de l'ambassadeur fait écho à sa propre difformité. Ils ont tous deux troqué leurs noms d'origine pour des surnoms de hasard. Mis au ban de la société, ils ont réagi de façon opposée mais symétrique, l'un en devenant la principale tête d'affiche de l'Union européenne, l'autre en se repliant sur lui-même jusqu'à perdre de vue les règles élémentaires de la vie en communauté, lesquelles condamnent généralement le meurtre. Aucun des deux n'a laissé une frontière délimiter son existence, encore moins la définir.

L'homme invisible qu'est l'Iguane partage avec le célèbre Bond quelque chose de rare : le refus de se laisser enfermer dans une seule identité. Cette sorte d'intimité survit aux longues séparations. Il est certain que Bond ne l'a pas oublié. On n'oublie pas quelqu'un qui remet sa vie en question pour vous laisser poursuivre la vôtre.

Un an après la rencontre de Venise, assis dans le fauteuil en cuir défoncé qui trône au milieu de sa cabane, l'Iguane se rejoue une fois de plus la conversation en écoutant du Terry Riley. La musique répétitive constitue la seule habitude issue de sa vie antérieure, sauf qu'il a remplacé le whisky par un joint, ce qui change tout.

La conversation de Venise

Autant qu'il s'en souvienne, l'Iguane n'a ressenti aucune appréhension en entrant dans la suite de l'ambassadeur du Multilinguisme. Un peu de curiosité sans doute, puisque jusque-là il n'avait jamais eu à traiter une célébrité de ce calibre. Et une certaine surprise tout de même, en constatant que la porte n'était pas fermée. C'est après que les choses se sont compliquées.

En levant la tête vers lui, l'ambassadeur a tout de suite compris qu'il n'avait pas affaire à un journaliste du *Corriere della Sera*. Il en a tiré la conclusion logique. Les yeux du petit homme à tête ronde se sont voilés de tristesse et ses mains se sont mises à trembler. Pour autant, il n'a pas appelé à l'aide, n'a pas cherché un téléphone ou une arme, n'a esquissé aucun de ces gestes qui ne font que précipiter l'inéluctable. Il était assis à son bureau, devant un grand cahier d'écolier, et a simplement reposé son stylo. L'Iguane s'est demandé pourquoi l'homme n'utilisait pas un ordinateur, et en quelle langue il écrivait. C'était la première fois qu'une cible réagissait de cette façon, ce qui a introduit une perturbation inédite dans le rituel de ses missions. Troublé, il a lancé en anglais :

— Désolé. Je ne voulais pas déranger.

Une entrée en matière tout à fait déplacée. D'une part parce qu'il avait pour règle de parler le moins possible à ses cibles, d'autre part parce que ça pouvait être pris pour une sorte d'ironie cruelle qui ne lui ressemblait pas. Pour un peu, il se serait excusé à nouveau. Bond a froncé les sourcils et a prononcé la phrase qui allait tout changer.

— Ne seriez-vous pas originaire de la région d'Holothur ?

L'Iguane est resté plusieurs secondes en état de sidération, non seulement à cause de l'incongruité de la question, mais parce qu'elle lui était adressée en holothurien. Par réflexe il a répondu dans la même langue, comprenant trop tard que la situation était en train de lui échapper.

— Comment pouvez-vous savoir ça ?

Les mains de Bond tremblaient toujours, mais un léger sourire est passé sur ses lèvres.

— Les accents ne trompent pas, vous savez.

Une sonnerie de portable a retenti, aussitôt suivie d'une autre. Ignorant les appels, l'ambassadeur gardait les yeux rivés sur son visage.

— Il y a quelque chose de plus que l'accent. Une sorte de résonance. Vous portez un faux nez, n'est-ce pas ?

À nouveau, l'Iguane est resté sans voix. Si quelqu'un avait un jour remarqué ce détail, personne n'avait jamais osé en faire mention devant lui. Il a hoché imperceptiblement la tête.

— Dans quel coin d'Holothur êtes-vous né exactement ?

Cette fois, l'Iguane s'est obligé à ne pas répondre. Après tout, Bond n'était peut-être qu'un habile illusionniste, un politicien capable d'embobiner n'importe qui. Il était temps de revenir à la mission. Bond a anticipé du regard le mouvement du bras vers la poche qui contenait l'arme. Il s'est mis à trembler plus fort et à parler plus vite.

— J'ai une proposition à vous faire. Je crois que vous êtes venu me prendre une chose à laquelle je tiens, mais qui n'a pas d'importance pour vous. Je vous propose autre chose à la place. Une chose qui pourrait avoir de l'importance pour vous. Je vais vous la donner de toute façon. Ce sera à vous de juger si l'échange est équitable.

De quoi pouvait-il s'agir ? La cible cherchait-elle seulement à gagner du temps ? L'Iguane a glissé en un éclair près de la fenêtre. Dans la rue, les touristes défilaient calmement, aucune trace de flics, il avait vingt bonnes minutes devant lui. Il ne risquait rien à jouer le jeu.

— Je suis né à Erchus, près d'Ulraatsch, au nord-est d'Holothur.

— C'est bien ce que je pensais, a murmuré Bond.

Dix minutes plus tard, l'Iguane avait oublié pourquoi il était venu. Affalé dans le fauteuil de l'ambassadeur, il regardait fixement le mur, l'esprit en ébullition, le cœur cherchant à s'échapper de sa poitrine.

Il avait toujours présumé que son visage à part provenait de l'accident de naissance qui avait coûté la vie à sa mère. Le crâne de l'enfant avait subi des déformations que plusieurs opérations n'avaient pu arranger. C'était vrai, sauf pour le nez.

Selon toute vraisemblance, la plus grande partie de son appendice nasal a été découpée au scalpel, peu après sa naissance, par un individu qui a pris la fuite.

L'Iguane n'avait jamais envisagé cette possibilité parce qu'il croyait qu'aucun être humain ne voudrait faire ça à un bébé. Ce que l'ambassadeur lui a appris, au moyen de prudentes circonlocutions qui essayaient de faire preuve de tact, c'était que des exactions de ce genre avaient été commises dans la région où il avait vu le jour, une vingtaine d'années auparavant. Des exactions qui visaient des personnes supposées appartenir à une catégorie particulière et présenter des traits distinctifs. Notamment la forme du nez.

Bond avait pris soin de ne pas nommer cette catégorie, pour que l'Iguane fasse lui-même le chemin. S'il fixait le mur avec autant d'attention, c'était parce que des images de ses virées adolescentes avec Langhendries et les Aigles de la Victoire y défilaient en continu. Ils avaient l'habitude de harceler une bande de jeunes de leur âge qu'ils n'appelaient jamais autrement que les *youpins*. Au début l'Iguane ignorait ce que ça voulait dire, puis il avait compris. Parmi les nombreux groupes que les Aigles haïssaient, les *youpins* occupaient une place à part, transversale, ils étaient de toutes les nationalités, de toutes les classes sociales, de toutes les époques, on pouvait les pointer du doigt partout et tout le temps. Des objets de détestation idéaux.

Que sa mère et par conséquent lui-même aient pu faire partie de ce groupe-là, ça relevait de l'impensable, un impensable qu'il avait gardé enfoui jusqu'à ce jour, jusqu'à sentir ses jambes se dérober à l'écoute des phrases contournées de l'ambassadeur. S'il ne lui avait pas emprunté le fauteuil, il se serait retrouvé allongé sur le tapis à sa place, dans la position de la victime.

Il avait sa petite idée sur l'identité de celui qui avait tenu le scalpel. Ses grands-parents maternels lui avaient répété que son père s'était enfui quelques jours après sa naissance, ajoutant invariablement qu'il ne fallait pas qu'il soit triste car il ne s'agissait pas d'une bonne personne. Il ne les avait pas crus, il leur en avait même voulu d'abîmer une image paternelle qu'il préférait redessiner à son goût. Il les avait peu connus. Sur le mur où se projetaient ses souvenirs, il n'y avait que des taches floues à la place de leurs visages.

Le point de départ de son histoire pouvait s'énoncer de façon simple. Une jeune femme juive et un jeune homme antisémite font un enfant dans une banlieue misérable d'un pays où on n'aime pas parler de ce qui s'est passé pendant la guerre. Tout le reste en découlait.

Bien sûr, l'histoire dans son ensemble était probablement plus compliquée. Qu'avait-elle su, qu'avait-elle espéré ? Et lui ? L'Iguane avait mille questions à poser et plus personne pour y répondre. En tout cas, il ne pouvait plus se considérer comme le fruit de la malchance. Il pensait que son visage avait fait de lui à la fois un assassin et un apatride. En quelques mots, Bond venait de briser une certitude profondément ancrée. Non, son sort ne relevait pas d'une fatalité organique, mais d'une mécanique sociale aussi prévisible qu'un mouvement d'horlogerie. Ce n'était pas lui qui avait suscité le rejet, c'était le besoin de trouver quelqu'un à rejeter qui s'était abattu sur lui.

— Vous vous croyez en marge de la société, a ajouté Bond dont les mains ne tremblaient presque plus, en réalité vous êtes au centre. Le rôle dans lequel on vous a enfermé permet à des criminels de rejeter leur culpabilité sur d'autres. Bien entendu, ils vous sacrifieront une fois votre mission accomplie, puisque ce rôle est celui du bouc émissaire.

Cette dernière phrase a rappelé à l'Iguane l'arme toujours présente dans sa poche. Elle avait été une alliée fidèle, elle lui faisait soudain horreur. Par ailleurs, il devenait urgent de décamper. Sur le seuil, il s'est retourné vers Bond, qui avait déjà repris place à son bureau et empoigné son stylo, comme si tout cela n'avait été qu'une interruption malvenue dans une journée de travail chargée. L'ambassadeur a paru hésiter, puis a tourné vers lui une tête de médecin bienveillant.

— Je dois vous mettre en garde. Si, comme je l'ai fait, vous arrêtez de jouer les victimes expiatoires, il vous faudra affronter de multiples périls. Le destin est rancunier, il n'aime pas qu'on démasque ses supercheries.

L'Iguane se demande encore ce que Bond entendait par là. Cependant, il a compris quelque chose d'important. Il n'a pas changé de camp par gratitude, mais pour avoir une chance de poursuivre un jour cette conversation.

II

LA FIN DU VOYAGE
2026-2027

La mémoire est le pire ennemi des nationalistes. Non seulement parce qu'elle peut mettre en évidence leurs affabulations, mais parce que se souvenir, c'est déjà se libérer des frontières.

F. B.
(conférence de Berlin)

Le puzzle renversé

La lumière qui filtre à travers le store éveille la femme allongée sur le lit. Elle entrouvre les paupières, se redresse avec effort. D'après l'angle des rayons du soleil, c'est la fin de la matinée. Cette chambre n'est pas la sienne, mais elle ne se rappelle plus à quoi peut bien ressembler sa chambre. Dans une cascade d'effroi, elle se rend compte qu'elle n'a aucune idée de l'endroit où elle se trouve. Ni du jour, ni même de l'année.

Une légère rumeur urbaine vient de la fenêtre, du côté de la porte se font entendre des voix entrecoupées de petits bruits métalliques. Il fait chaud. Où a-t-elle déjà vu des draps de cette couleur ? Elle remarque enfin la perfusion et l'aiguille plantée dans son avant-bras. Ceci est une chambre d'hôpital. Voilà j'ai été opérée la désorientation n'est qu'un effet de l'anesthésie pas la peine de s'inquiéter suffit d'attendre que ça passe. Sa tête pèse des tonnes, elle la laisse retomber sur l'oreiller et ses paupières se referment aussitôt.

Elle se réveille, c'est déjà le soir. Dans sa mémoire, elle cherche ce qui pourrait expliquer cette chambre et ce lit et cette fatigue absurde.

Mais dans sa mémoire

il n'y a

rien.

Incrédule, elle la fouille comme la victime d'un pickpocket fouille ses poches, encore et encore. La panique monte lentement en elle avant d'exploser.

Elle ne se souvient pas de son propre nom.

On lui a volé son identité.

Elle ne sait qu'une chose, il n'existe rien de plus terrible au monde. Elle s'abandonne au désespoir, se tord comme une enfant sous les vagues successives de sanglots. Ça n'aura jamais de fin, se dit-elle, puisque je ne suis rien d'autre que ces larmes. La porte de la chambre s'ouvre elle perçoit vaguement une ombre qui s'affaire près du lit le tube de plastique palpite sur son bras l'inconscience l'emporte à nouveau.

La fenêtre est ouverte, c'est le matin, il y a des odeurs d'éther et d'urine. Un bataillon de blouses blanches s'active autour de son lit. Dans sa tête défilent en boucle des images qui semblent sans rapport entre elles.

Un immeuble éventré.

Des bouches qui crient leur haine.

Un petit homme parlant devant une assemblée.

Le corps à demi nu d'une femme allongée sur un parquet.

Elle comprend que ce sont les miettes des rêves de la nuit. Au moins je rêve, se dit-elle, je suis pas un légume. Une des blouses blanches enroule des bandes autour de sa tête. Un homme s'approche, qui parle avec un curieux accent sous son masque. Il demande si elle le comprend, comme si le problème venait d'elle. Elle veut répondre *stop taking me for a fool, you asshole*, mais aucun son ne sort de ses lèvres, elle doit se contenter de faire oui avec les yeux. Il explique lentement vous avez eu un accident il y a quelques jours *do you understand what I say* traumatisme crânien les zones de la mémoire et du langage sont touchées. À l'intérieur de votre tête c'est comme un gigantesque puzzle qu'un petit farceur aurait renversé. Si vous n'arrivez pas à parler, si vous ne vous souvenez pas de l'accident, si vous vous sentez tout le temps fatiguée ou très en colère, c'est normal. L'œdème est en train de se résorber les pièces du puzzle vont se remettre en place petit à petit.

Les choses se présentent bien, il est confiant. Mais ce qu'elle retient, c'est la maladresse avec laquelle il s'exprime. Il s'y reprend à deux fois pour prononcer correctement le mot *optimistic*. Elle en rit, un drôle de petit rire cruel. J'ai oublié mon nom mais je sais rire. Je suis incapable de parler mais dans ma tête je parle mieux que ce type. J'ai le droit de me foutre de lui. Alors que l'homme en blanc continue à pérorer, elle soutient son regard en l'injuriant mentalement.

Elle n'est pas une enveloppe vide. Cette langue qui est restée en elle, personne ne pourra la lui prendre.

Jabberwocky

Maintenant elle marche et va pisser toute seule mais faut faire gaffe à la perfusion. Le miroir de la salle de bains lui renvoie un visage décalé, ni familier ni complètement inconnu. Elle n'avait pas ces rides d'incrédulité autour des yeux, ni ce désarroi dans le dessin de la bouche. Elle est sûre que ses cheveux n'étaient pas si courts. Et il n'y avait pas cet hématome violacé qui déborde du bandage sur son front.

Après plusieurs tentatives, elle parvient à prononcer ses premiers mots d'une voix aigrelette : *Julia Chanéac-White*. Elle s'est réveillée avec ça en tête. Un prénom qu'elle reconnaît peu à peu comme le sien, et ce double patronyme à la sonorité hybride. Elle les répète, comme on essaie des vêtements retrouvés dans un placard, jusqu'à faire surgir l'image d'une femme élancée et virevoltante qui lance des *Julia !* sur tous les tons, de la tendresse maternelle à la colère froide en passant par le rire et l'agacement, dans une petite maison en briques du nord de Londres. La silhouette d'un homme trapu apparaît à l'arrière-plan. Mon père, c'est lui qui s'appelle Chanéac, il ne parle que *French* à la maison. Elle remue les lèvres à la recherche de cette autre langue, la langue paternelle, mais le seul mot qui vient est *jabberwocky*. Celui qu'elle employait pour se moquer de ce père et de sa langue si lente et si sérieuse.

Dans le miroir, la fille aux cheveux courts émet sa première phrase entière : *You are a press attaché*. C'est sorti de l'oubli d'un coup, ce métier dont le nom réunit lui aussi les deux langues, celle qui est restée et celle qui manque. *A press attaché*, c'est justement quelqu'un qui travaille contre l'oubli qui téléphone aux journalistes qui organise des conférences de presse. Mais le souvenir s'arrête là. Pour qui elle travaille, où ça se passe, tout le reste demeure dans le vague. Elle en pleure de déception, puis retourne au lit à petits pas pour ne pas perdre le peu qu'elle a retrouvé.

Julia est maintenant capable de prononcer des phrases courtes, comme :

You shall not pass.
Winter is coming.
Oh no, don't say it's true.
To be or not to be.
There is no alternative.

Elle entrevoit des vieillards hirsutes de films fantastiques, une femme politique à la moue dédaigneuse, un type en noir contemplant un crâne et un chanteur pop marchant sur une plage dans un costume d'ange. Parfois, ces phrases charrient même des expressions étrangères, dont quelques mots français : *Déjà vu, rendez-vous, souvenir, cul-de-sac.*

On dirait que quelqu'un veut lui raconter quelque chose avec sa propre voix, mais qu'elle est trop stupide pour comprendre. C'est insupportable, alors elle crie et jure beaucoup. Dans les périodes de calme, elle essaie d'écrire les phrases retrouvées sur un carnet que lui a donné l'infirmière.

Quand on l'a emmenée au scanner, elle s'est rendu compte qu'un flic montait la garde devant la porte. Elle lui a demandé pourquoi, il a répondu : Pour vous protéger. Il n'a pas dit contre qui. Le genre silencieux, avec une belle peau couleur café et de larges yeux bruns qui clignent souvent au-dessus de son masque. Il l'accompagne quand elle se promène dans le jardin de l'hôpital à la recherche d'un peu de fraîcheur. Pourquoi tous ces masques pourquoi on n'a pas le droit de se toucher c'est parce que je suis contagieuse ? Le flic rit, lui dit de ne pas s'inquiéter, un simple virus qui traîne.

Le neurologue a dit à Julia que son goût pour les gros mots fait partie des conséquences du traumatisme. Une histoire de levée d'inhibition. Je m'en fous, elle répond, du moment que ça fait du bien. Le carnet se remplit, avec une forte proportion d'obscénités. Parfois il suffit de relire pour que de nouvelles pièces du puzzle surgissent. Pourtant, une vaste zone reste obstinément dans l'ombre. Les souvenirs les plus récents sont les plus affectés, on lui a expliqué. Elle comprend que ce n'est pas seulement la langue française qui manque à l'appel, mais une durée, toute une plage de temps. Son âge sur la feuille de températures : quarante-quatre ans, abstraction qui ne renvoie à rien. Comme on divulgue un secret, une aide-soignante lui donne le mois et l'année en cours : *june twenty twenty-six*, juin 2026. Sensation de se réveiller sur une planète inconnue.

Le joli flic a réveillé quelque chose. Penser à lui provoque des réactions organiques intéressantes. Il est peut-être là en ce moment à quelques mètres, derrière la porte, en train de s'ennuyer ferme. Elle passe la main gauche sur ses seins dont les pointes se dressent d'un coup pendant que la main droite descend à la recherche de nouveaux indices. C'est facile il suffit de suivre la cicatrice qui montre la bonne direction. L'opération qui l'a rendue stérile est un des premiers souvenirs à s'être manifesté, mais pour l'heure ce qui l'intrigue est d'une autre nature. Elle se caresse avec la curiosité d'un détective novice et son corps se montre un témoin coopératif. Des figures oubliées ne tardent pas à apparaître, répandant le parfum entêtant des rêves érotiques. Une femme et deux hommes, dont les corps se mélangent dans un brouillard de peaux de bouches de sexes. Elle ne se souvient pas de leurs noms. Le plaisir la prend par surprise, lui arrachant un long gémissement. La porte s'ouvre mais ce n'est pas le bon flic qui entre, c'est un maigrichon qu'elle n'a jamais vu et qui lui demande dans un mauvais anglais ce qui lui arrive. Laissez-moi tranquille, elle fait, j'ai une enquête en cours.

L'aide-soignante lui a appris qu'elle se trouve dans un hôpital universitaire du sud de la Pologne. Elle sait que la Pologne se situe dans une certaine région du monde, une sorte de conglomérat de pays, comment ça s'appelait déjà ? Elle se rappelle être née et avoir passé son enfance en Grande-Bretagne qui est une île puis avoir fait ses études à Paris avant d'habiter une autre ville plus à l'est. Elle est toujours incapable d'émettre une seule phrase en français, mais elle est sûre de l'avoir parlé sans accent. Elle possédait deux langues, il n'en reste plus qu'une. Impression d'avoir été coupée en deux comme dans un stupide numéro de cirque.

Pourquoi personne ne vient la voir ? Pourquoi personne ne lui parle ? Le médecin passe dans l'après-midi et explique que les visites sont encore interdites pour ne pas la perturber. Si elle continue à progresser, elles seront bientôt autorisées. Elle demande quand, il répète stupidement *soon*. Elle réclame des détails sur son accident, il préfère ne rien dire c'est trop tôt il faut procéder par paliers comme un plongeur qui remonte à la surface. Elle proteste elle manque d'air elle a besoin de faire surface tout de suite sinon elle va se noyer et il aura ça sur la conscience. Elle insiste, s'énerve, il se défend avec du jargon de neurologue mais finit par perdre la bataille et s'enfuir de la chambre sous une pluie d'injures.

Sept ans

C'est un ronflement qui réveille Julia. Il y a un homme assoupi dans le fauteuil des visiteurs. Elle lui touche le bras, il s'éveille à son tour, l'aperçoit et abaisse son masque. Elle a besoin de quelques secondes pour reconnaître Fergus car, dans son souvenir, il n'a pas cette barbe grisonnante. Sur la peau brune et la barbe, son sourire fait comme une lampe qui s'allume. Elle voudrait lui renvoyer la même lumière mais ses muscles faciaux ne répondent pas encore très bien.

Fergus lui dit quelque chose en français qu'elle ne comprend pas. Il avait l'habitude de lui parler dans cette langue, elle se demande pourquoi. Elle lui sort d'un trait :

— *I can't speak fucking French anymore but I remember a lot of other things.*

Il reste interloqué quelques secondes, puis passe à l'anglais. Il se dit heureux qu'elle se rappelle autant de choses et demande quoi, par exemple.

— *Canopy bed*, elle fait.

C'est sorti comme ça, les mots ne lui demandent pas son avis. Fergus a compris qu'elle parle du lit à baldaquin dans lequel ils se sont frottés à Venise. Il commence une demi-douzaine de phrases avant de parvenir à en prononcer une complète. Puisqu'elle aborde cet aspect de leurs relations, il chuchote, la vérité oblige à dire qu'ils se sont retrouvés dans des circonstances analogues à Madrid et à Ljubljana.

Julia ne se souvient ni de Ljubljana ni de Madrid et ça la rend triste. Cette sorte de souvenirs devrait être protégée dans un compartiment spécial du cerveau. Le goût des lèvres de l'amant la texture exacte de sa peau. Le chemin qu'a pris la jouissance ce jour-là. Dans le même temps, la pudeur de Fergus l'amuse. Ça fait contraste avec l'absence d'inhibitions et la naïve excitation sexuelle qui l'ont saisie depuis que les mots sont de retour.

Il fronce soudain les sourcils, comme s'il avait oublié un détail, et ajoute en regardant ses chaussures :

— *And also in Dublin two years later.*

Deux ans plus tard, à Dublin ? Où est-ce ? Combien de villes oubliées ? Combien de rendez-vous amoureux ? Mais surtout combien d'années effacées ?

Julia est reprise par le vertige temporel. Bond relève une tête inquiète, lui demande quelle est la dernière conférence dont elle se souvient. Elle sent qu'il y a dans cette histoire de conférences un truc qui lui tient à cœur, quelque chose de noble et généreux. Du coup elle a un peu honte avec sa libido et son lit à baldaquin. Elle cherche, ne parvient à citer que l'Autriche et la Grèce. Il se lève comme un ressort, se plante devant la baie vitrée et se lance dans l'observation d'un oiseau en vol stationnaire.

— *Seven years have passed since Athens*, il annonce d'une voix neutre.

Sept ans depuis Athènes, sept ans dont elle ne garde aucun souvenir. Elle voit défiler en accéléré les saisons qu'on lui a prises. Sept hivers sept étés sept automnes sept printemps les feuilles mortes les flocons les bourgeons. Toute cette pulsation vitale. Faudrait un service de réclamations pour ça. Le Bureau des saisons perdues. Le gouffre de l'amnésie est là devant elle, tellement plus large et plus profond que ce qu'elle pouvait imaginer.

L'oiseau a disparu mais Fergus n'a pas bougé, il continue à fixer le même point dans le ciel.

— *We're getting close to the end*, il déclare. *There're only two steps left before closing the Union tour.*

— *What Union ?*

Elle ne comprend rien à cette histoire. Plus que deux étapes avant quoi ? De quelle union il parle, et pourquoi en faire le tour ? Il se retourne brusquement, les yeux écarquillés, comme si elle venait de commettre le pire des blasphèmes. Une scène inédite lui revient : Fergus Bond et un groupe de jeunes gens traversant d'un pas décidé une cour ovale dans une tour aux parois de verre et d'acier. Elle les retrouve assis autour d'une table rectangulaire dans une salle de réunion, perçoit la rumeur lointaine de discussions passionnées. Une fille à la coupe afro que tout le monde appelle Diversité, pas d'accord avec un grand blond nommé Institutions. Il s'agit de choisir une ville comme on plante une épingle sur une carte d'état-major. C'est Julia elle-même qui se lève et plaide pour Venise ou pour Londres.

Mais elle ne se rappelle plus *pourquoi*.

Elle tremble, envie de vomir. D'un seul coup Fergus abandonne sa réserve se jette sur le bord du lit manque de faire tomber la perfusion lui prend les mains lui baise les doigts.

— *My dear friend, don't be afraid, I swear memory will be given back to you.*

Mystérieusement, elle se rappelle à quel point ce genre d'effusions est rare chez lui. Sans prévenir, le film de leur première rencontre se projette dans sa tête. C'était à Strasbourg le nom de la ville est revenu c'est dingue le vertige que ça lui fait quand les souvenirs reviennent elle marchait vite ils s'étaient carrément rentrés dedans au coin d'une rue. Fergus s'était aussitôt excusé avec une politesse surannée. Il n'était qu'un petit homme à tête ronde perdu dans la masse grise des migrants. Elle l'avait pris dans ses bras. Ses yeux agrandis par la même stupeur, cette même expression de dessin animé.

Sa minuscule victoire sur l'amnésie la rassure. La respiration revient lentement à la normale. Il doit y avoir un lien entre cette scène et sa présence dans cet hôpital, quelque chose qui expliquerait tout. Elle est prête à affronter l'inconnu, à rétablir le contact avec aujourd'hui.

Que lui est-il arrivé ? Le moment est venu de poser la question.

— *What the fuck happened to me ?*

Fergus contemple à nouveau ses chaussures, se racle la gorge et prend une profonde inspiration.

L'araignée dans la toile

Dans la pièce unique de sa petite maison de bois, seul devant son écran, l'Iguane a lâché un vibrant cri de colère. Ce qu'il redoutait depuis des années a fini par arriver. Comme d'habitude, il s'était connecté au site de l'ambassade du Multilinguisme pour suivre en direct la conférence de Cracovie. Mais cette fois des identitaires ont réussi à entrer, se sont mélangés au public et ont saboté l'événement. Dès la prise de parole de l'ambassadeur, ils sont montés sur leurs fauteuils, ont sorti des drapeaux de couleurs variées et se sont mis à brailler en plusieurs langues des slogans nationalistes, générant une cacophonie qui brouillait leur propre message. Alors, pour éliminer toute ambiguïté, ils ont envahi la tribune et commencé à frapper les intervenants. L'ambassadeur a aussitôt été exfiltré par ses gardes du corps mais le reste de l'équipe a subi les coups des agresseurs pendant une longue minute avant que les flics polonais n'interviennent. L'Iguane a reconnu la silhouette de l'attachée de presse qui s'effondrait, et puis l'écran a viré au noir.

Son cri s'est transformé en un long murmure, consacré à la description des actes de barbarie qu'il se promettait de faire subir aux perturbateurs. Derrière la rude précision de la langue holothurienne, la fureur se mêlait de culpabilité. Lorsque les médias avaient annoncé que le Bond Tour ferait étape à Cracovie, à quelques centaines de kilomètres de son repaire danois, l'Iguane avait d'abord envisagé de s'y rendre en personne pour reprendre enfin contact avec l'ambassadeur.

S'il avait été présent dans la salle, les choses ne se seraient sûrement pas passées de la même façon.

Six ans auparavant, beaucoup avaient cru que le cycle de conférences ne survivrait pas à la première pandémie. Un virus qui se transmet par la parole ne pouvait qu'être fatal à un tel projet. Mais l'Iguane avait compris à Venise que Bond n'est pas le genre de type à lâcher l'affaire pour si peu. Après une interruption de plus d'un an, les conférences avaient repris devant un public modeste mais fervent. Et puis l'invasion de l'Ukraine par les troupes russes et le choc énergétique qui a suivi ont rebattu les cartes. Réveillée par le fracas de la guerre à sa frontière, l'Union s'est soudain souvenue des raisons de son existence. Les conflits irréconciliables des Holothurie et des Tichodrome de service se sont évanouis comme par magie.

Quant aux gouvernements qui manifestaient envers l'Union européenne une défiance chronique, ils sont revenus à de meilleurs sentiments. La Hongrie et la Pologne ont renoncé à certains de leurs projets liberticides pour ne pas se faire virer comme des malpropres de la famille, pendant que s'allongeait la file des pays qui toquaient à la porte. Le nouveau Premier ministre anglais a lâché une bombe médiatique en évoquant l'hypothèse d'un référendum sur la réadhésion. À Lisbonne, à Stockholm, à Amsterdam, à Sofia, les conférences attiraient des foules de plus en plus nombreuses et de plus en plus jeunes, avides d'avenir, assoiffées de sens, venant humer ce parfum envoûtant évoqué dans les livres d'histoire et le récit des anciens : celui des grandes causes.

Peut-être que le soufflé serait retombé au fil des ans, s'il n'y avait eu la conférence de Kiev.

Après Vilnius et avant Cracovie, l'ambassadeur a sorti de son chapeau une étape supplémentaire, confirmant les rumeurs qui couraient depuis plusieurs mois. Une entorse au principe du Bond Tour, puisque Kiev n'avait pas encore été formellement admise dans le club de l'UE, mais surtout une gifle à l'ogre russe. Lequel ne s'y attendait pas, trop occupé à digérer les morceaux de chair arrachés à l'Ukraine et à essayer de soigner ses petits soucis domestiques, un pouvoir devenu impopulaire et une économie en lambeaux.

Oui, l'Iguane avait bien failli céder à la tentation de se rendre physiquement aux conférences de Kiev et de Cracovie. Pourtant, malgré son désir de faire partie du mouvement, désir aussi puissant qu'informulé, il ne pouvait toujours pas prendre le risque d'être identifié par la police ou, pire, d'être jeté dans un panier à salade avec la horde hurlante des crétins anti-Bond. Grâce à la confiance gagnée jour après jour auprès de certains de ses acheteurs de cannabis, il était devenu l'heureux titulaire d'un patronyme tout neuf et d'une carte d'identité du royaume du Danemark, ornée de la photo d'un visage presque ordinaire, le sien, à peine retouché sur Photoshop. Pas question de laisser une garde à vue salir cette innocence.

L'Iguane s'est repassé en boucle la séquence de l'agression, à la recherche d'un indice. Malheureusement les images demeuraient trop floues et les médias en ligne ne donnaient encore aucun détail. Il s'est surpris à souhaiter que l'attachée de presse ne soit pas grièvement blessée. Chanéac avait été victime de ses idées, ce qui la rendait désagréablement sympathique.

Perturbé par le surgissement de plus en plus fréquent de pensées altruistes, il s'est mis à tourner en rond en shootant dans divers objets traînant sur le parquet disjoint. Après un grand nombre de tours, s'étant rendu compte que l'activité physique ne suffirait pas à le calmer, il a poussé un long soupir et a entrepris de *déconstruire* l'événement dont il venait d'être témoin.

À sa façon, l'Iguane est devenu un intellectuel. Pendant les années passées à Christiania, sa conscience s'est transformée à la façon d'une chenille qui devient papillon. Ça avait débuté avec le premier confinement, pendant lequel il avait dévoré tous les essais historiques de la bibliothèque collaborative locale, avec une préférence pour le XXe siècle, la Seconde Guerre mondiale, la Shoah, la chute du communisme. Fasciné par les liens entre hier et aujourd'hui, il s'était mis à écrire, d'abord de petites choses, des phrases qui lui venaient comme ça, puis des analyses de portée planétaire envoyées sous divers pseudonymes aux sites d'expression libre. Après l'Ukraine, il avait commencé à intervenir en ligne lors des conférences, signant *The world sentinel*, pourfendant les nationalistes de tout poil au nom d'un mondialisme radical drapé dans le lyrisme des causes désespérées. Bien plus que la commercialisation de différents produits à base de cannabis, c'est son goût pour le débat d'idées qui structure maintenant sa personnalité. Il ne doute pas que si ses écrits étaient publiés, ils ridiculiseraient en peu de temps les tribunes prétentieuses qui, dans les pages Opinion des grands médias, n'en finissent plus de rebâtir le monde à coups de lieux communs. C'est sur leurs auteurs qu'il aurait dû exercer ses talents d'assassin, mais la vie n'offre pas toujours le choix.

Pour peu qu'on se donne la peine d'y réfléchir, l'affaire de Cracovie ressemblait beaucoup à une réponse coordonnée à la conférence de Kiev. Les drapeaux brandis par les assaillants correspondaient à de nombreuses nationalités différentes, et même leurs slogans avaient été hurlés en une grande variété de langues. Or les jeunes identitaires ne sont pas connus à l'échelle européenne pour leur sens de l'unité, même si l'internationale nationaliste est prête à toutes les alliances quand il s'agit de combattre ses ennemis. Il y avait dans l'agression quelque chose de planifié à grande échelle, qui rappelait davantage l'épisode d'Athènes que les minables provocations des dernières années.

D'un clic décidé, l'Iguane a activé un programme illégal qui lui avait coûté une fortune en herbe de bonne qualité. Puis il lui a donné à manger une série d'images et de mots clés liés à l'épisode de Cracovie, comme on fait renifler des vêtements à un chien policier. La recherche lancée, il est resté parfaitement immobile durant une heure, son regard fiévreux rivé à l'écran, pendant que l'intelligence numérique sillonnait le réseau en tous sens à la recherche de correspondances, utilisait les premiers résultats pour reparamétrer ses algorithmes, se risquait jusque sur le darknet pour recouper certaines infos.

Les intelligences de ces programmes ramènent les *data* à leur maître en remuant la queue. Les résultats sont apparus sous forme de scénarios animés, classés selon leurs pourcentages de pertinence. En les faisant défiler, l'Iguane a conclu que le signal de l'assaut avait probablement été donné par un seul individu, lui-même en liaison téléphonique avec un commanditaire distant. Pour s'introduire en nombre dans la salle, les agresseurs avaient dû bénéficier de complicités parmi les fonctionnaires locaux, mais aussi d'une coordination transfrontières. Le changement de tactique des identitaires ne devait rien au hasard. Sur tous les organigrammes on retrouvait la même personne, tapie à l'intersection des réseaux telle une araignée au centre de sa toile.

La patience de l'Iguane était récompensée. Il faisait de nouveau face à une vieille connaissance : Jorg Langhendries, bien sûr, petite frappe de quartier devenue assistant parlementaire, puis eurodéputé en 2019, réélu en 2024 et promu chef de groupe dans la foulée.

Son icône envoyait des liens vers les sites identitaires de la Mitteleuropa, vers les partis institutionnels de la droite tradi et, de façon plus contournée, vers certains milieux sécuritaires proches du Kremlin. Sous le pseudo *Adelaard*, il était toujours présent sur plusieurs forums activistes alors que son visage avantageux figurait en bonne place dans le trombinoscope du Parlement.

Les incidents de Cracovie n'avaient tué personne. La police polonaise ne perdrait pas son temps à lancer ses coûteuses cyber-intelligences dans des enquêtes similaires. Et même dans ce cas, la simple présence de Langhendries dans l'arborescence ne prouverait rien. Seul l'Iguane savait ce qu'elle signifiait : Fergus Bond était redevenu une cible prioritaire.

Il a posé un vinyle sur le tourne-disque et hésité entre un joint et un verre, avant de choisir l'alcool en hommage au passé. Puis il s'est lové dans son fauteuil fétiche en position fœtale, a fermé les yeux et s'est laissé emporter par les boucles évolutives du *In C* de Riley, une valeur sûre, un classique.

Une identité d'identitaire

— *I don't remember, please stop asking, this is just torture !*

Julia a crié de toutes ses forces sur le dernier mot, qui résonne sinistrement dans le cabinet du Dr Ginzberg. Celle-ci accuse le coup, ce qui se traduit par de petits mouvements de tête vers le bas. Julia l'a retrouvée en consultant son agenda. Son nom correspondait à plusieurs dizaines de rendez-vous ces dernières années. Des séances qui avaient lieu en français et dont elle n'a gardé aucun souvenir.

La psy relève avec effort un visage d'enfant pris en faute, puis, dans un anglais râpeux, propose de repartir de la scène de l'agression. Plus précisément, de ce que Julia a ressenti quand l'ambassadeur la lui a racontée, puisqu'elle ne s'en souvient pas non plus. Pour toute réponse, celle-ci croise les bras et un silence tendu s'installe. La thérapeute ne change pas de cap, elle garde tranquillement ses yeux posés sur la patiente sans ouvrir la bouche.

Julia craque la première et résume ce qu'elle sait d'un ton maussade. D'après ce que Fergus lui a dit, un des agresseurs lui a donné un coup de tête. Il a réussi à s'enfuir, on ne le voit pas bien sur les images, on ne le retrouvera jamais. Elle n'est même plus en colère, c'est comme si c'était arrivé à quelqu'un d'autre. Pas seulement l'agression, mais tout ce qui l'a précédée. Le Parlement les réunions les conférences les taxis les gares les aéroports les interviews les journalistes les articles la télé Twitter Facebook les polémiques les sondages. Le grand manège qui a été sa vie lui semble aujourd'hui le sommet de l'absurdité.

Les référent-es de l'équipe se comportent avec elle comme avec une collègue fragile mentalement et en arrêt maladie de longue durée, ce qui est le cas. Leurs messages attentionnés ne font qu'aiguiser sa colère. La conférence de Paris est officiellement retardée, le temps qu'elle guérisse, mais personne n'y croit. Ça tourne à la mascarade.

— *Why do you say that ?* s'étonne la psy.

Parce que, répond Julia du tac au tac, c'est justement à cause de cette Europe-là qu'elle s'est retrouvée à l'hôpital avec un trou dans la tête. Elle ne doit plus rien aux référent-es. Elle va les envoyer se faire foutre, en bon anglais *to go fuck themselves*.

Après une longue contemplation de ses ongles, la psy demande à sa patiente de lui parler de son père. Celle-ci proteste, elle pensait en avoir fini avec ça, elle a déjà tout expliqué, elle a très peu de souvenirs de son père et aucun de sa langue, c'est comme ça. Ginzberg insiste, on n'arrive jamais à tout effacer, on n'efface pas une langue entière. Il lui faudrait un indice, un point de départ, un mot, un détail infime. Elle joue l'affrontement, ne laisse à sa patiente que le choix entre collaborer et sortir. De nouvelles minutes pénibles s'écoulent.

— *Don't worry, half of what I say is meaningless*, fait soudain la voix de Julia.

Elle reste figée par la surprise. Le souvenir a surgi sans lui demander son avis. C'était la seule phrase que son père lui adressait en anglais, généralement après une dispute, comme pour s'excuser. *Ne t'en fais pas, la moitié de ce que je raconte n'a pas de sens.*

Écartelé entre deux langues, il dévaluait sa propre parole, abandonnait déjà son rôle de père. Après tout, en se suicidant, ce père s'est effacé lui-même. En effaçant à son tour la langue qu'il lui a laissée, Julia ne fait que finir le travail. Tout est rentré dans l'ordre. L'anglais est aujourd'hui la langue du monde, pas besoin d'en parler une autre, ça n'amène que des emmerdements.

Sans rien manifester, la psy note la phrase sur son carnet. Quand elle reprend la parole, c'est pour expliquer d'une voix douce, un peu hésitante, qu'une partie de Julia nie une autre partie d'elle-même. Quelque chose dans son inconscient essaie de faire en sorte que *deux* redevienne *un*. On peut parler d'opération, mais davantage au sens d'amputation que d'arithmétique.

Une sorte de Brexit mental.

Julia se dresse devant sa psychanalyste, tremblante d'indignation, comme une cliente furieuse devant le guichet du service après-vente. La mention du Brexit lui a fait l'effet d'une gifle. Une thérapeute n'est-elle pas censée soigner les gens plutôt qu'ajouter à leurs traumatismes ?

Parfaitement indifférente à l'humeur de sa patiente, Ginzberg finit d'exposer son point de vue. Elle n'est pas sûre que Julia ait besoin d'aide. Peut-être faut-il seulement attendre qu'elle fasse le tour de l'espace restreint qu'elle habite désormais. Car tout se passe comme si le coup de tête de l'identitaire lui avait donné une autre identité. Une identité d'identitaire.

Après un instant d'effarement, Julia réagit de la seule façon qui lui semble envisageable devant une telle insulte. D'un revers de main, elle balaie tout ce qui se trouve sur le bureau de Ginzberg. Papiers et stylos volent dans la pièce, le carnet atterrit dans la poubelle, les pots des bonsaïs se brisent sur le sol à grand bruit. Un petit sourire satisfait passe sur les lèvres de la psy, qui ne semble voir dans l'épisode que l'éclatante confirmation de son hypothèse.

C'en est trop pour Julia, qui prend la fuite en lâchant quelques grossièretés comme on tire des rafales au hasard pour se couvrir.

Maintenant elle court sans but à travers la ville. Dans le cyclone de rage se faufile une pensée incongrue, la forçant à s'arrêter. Elle s'assoit sur un banc, laisse les larmes sécher et la respiration se calmer. En fait ce n'est pas une pensée, c'est un bruit, celui de la porte du cabinet claquée le plus fort possible. Un bruit qu'elle a déjà entendu, qui correspond à cette porte et à nulle autre. Ce qui signifie que par le passé elle l'a déjà claquée avec la même vigueur. L'exaspération ne date pas d'hier. Voilà un souvenir auquel elle peut faire confiance. Au fond, Ginzberg ne l'a jamais comprise. Julia se promet de ne plus remettre les pieds dans son putain de cabinet.

Ordinateur de Hubert > La vérité sur Fergus Bond > Fragment 48

Je peux bien l'écrire ici, dans l'intimité de mon disque dur : jusqu'à l'Ukraine, je n'ai jamais cru que Fergus avait la moindre chance de réussir.

Dès le début, l'utopie foldingue de l'ambassadeur du Multilinguisme aurait dû se fracasser contre le mur du réel. D'abord, il n'a jamais fait semblant d'employer le langage du peuple. Ensuite, il aurait dû se perdre dans les basses manœuvres des institutions européennes qui le financent. Certes, son rôle dans l'apaisement de la crise entre Holothurie et Tichodrome a plutôt redoré son blason. Mais aussitôt après a surgi le coronavirus, qui a remis nations et frontières au goût du jour et, plus prosaïquement, l'a envoyé lui-même à l'hôpital pendant deux semaines. Ce qui aurait dû mettre fin au débat.

Il n'en a rien été. Alors que le voyage touche à sa fin, la popularité de l'ambassadeur a atteint un niveau stratosphérique. L'invasion de l'Ukraine a redonné un coup de fouet à l'UE, ce qui n'explique pas tout. Certes, il est très probable que Fergus ait joué un rôle décisif dans les pourparlers qui ont permis d'arrêter la guerre, mais il n'est jamais apparu au premier plan. Quelque chose d'important nous a échappé.

Nous, c'est-à-dire mes remarquables collègues journalistes et autres esprits éclairés issus de la gauche du siècle dernier, qui ont regardé Fergus Bond se jeter dans la gueule du dragon en lui faisant au revoir de la main. Nous, nous savions qu'on ne peut pas gagner contre l'hydre toute-puissante qu'est le sentiment d'appartenance à une patrie.

Je me souviens de Madrid, la conférence de reprise après le grand confinement. À la surprise générale, Fergus avait consacré une bonne partie de son discours à faire le lien entre deux des bouillonnements qui agitaient la marmite européenne, l'angoisse de la fin du monde et celle de la fin du mois. À l'époque nous avions jugé le propos sympathique, mais sortant de son domaine de compétence. Il aurait eu beau jeu de nous rétorquer ceci : pendant des années, vous vous êtes plaints d'une Europe sans âme qui ne fait rêver personne, même pas ceux qui en bénéficient. L'idéal européen ne pouvait se réduire à délimiter un espace de paix où le bizness s'ébattrait en toute liberté. À coups d'analyses pertinentes et d'éditoriaux inspirés, vous avez réclamé un *nouveau récit*. Et vous faites la gueule quand ce nouveau récit s'écrit enfin sous vos yeux.

Mais Fergus n'a pas pris la peine de nous répondre. C'est à la nouvelle génération qu'il s'adresse. D'abord à ceux qui l'attaquent le plus durement, identitaires de rues ou souverainistes de plateaux télé, qu'il persiste à vouloir convaincre avec tact, comme si leurs pires accès de violence verbale ou physique cachaient le douloureux appel au secours d'êtres à la sensibilité à fleur de peau. Ensuite à ceux qui le soutiennent et en particulier aux Terrestres, avec qui il essaie d'écrire pour de bon le nouveau récit européen. Vexés, nous estimions que ni les uns ni les autres ne méritaient un tel honneur.

Alors oui, je devrais sans doute faire amende honorable. Et écrire ici face à vous, lectrices et lecteurs potentiels, que Fergus pourrait bien gagner son pari. Du moins si ce pari ne consiste qu'à ramasser le drapeau européen tombé dans la boue de l'horreur économique pour le brandir à nouveau au firmament de la liberté, de l'émancipation et de la paix entre les peuples. Ne croyez pas que j'ironise. Réussir ça, ce serait déjà beaucoup.

Sauf que l'ambassadeur n'a pas passé un quart de siècle à défier les petits chauvinismes européens pour en créer un plus grand. Son pari est incomparablement plus ambitieux.

Quelque chose comme un glissement de conscience, à la fois profond et subtil, qui remplacerait notre rapport névrotique à un territoire par une autre façon d'être au monde. Bref, qui rendrait caduque, inutile et pour tout dire ridicule l'idée même de patrie. Bien que ça n'ait aucune chance d'arriver dans ce millénaire, je reconnais que ça a de l'allure.

Les retombées de l'agression contre l'Ukraine laissent apparaître un paysage différent. De sondages d'opinion en sommets européens, les wagons bringuebalants de l'Union se sont spontanément réalignés vers une destination simple et compréhensible par tous, une Europe-puissance fière d'elle-même, une Europe-forteresse qui protégera ses heureux habitants des turpitudes du monde extérieur. Tant pis s'il faut pour cela relancer la croissance, l'agriculture intensive, le nucléaire et un certain nombre d'autres sales manies, il faut avoir le sens des priorités.

Le Fergus que je connais ne pourra jamais se contenter de ça. Pour défendre sa ligne, il lui faut des alliés. Ce n'est pas un hasard si dans ses discours sont apparus des appels du pied de plus en plus explicites à la mouvance terrestre. Laquelle ose élargir l'appartenance à un territoire jusqu'à sa limite physique ultime, la planète Terre, une entité qu'on ne peut mettre en concurrence avec aucune autre, les exoplanètes habitables étant définitivement trop éloignées. Ce qui laisse à ceux qui marchent à sa surface le loisir d'imaginer un autre idéal que la guerre éternelle. C'est tellement beau. J'aimerais tellement lui donner raison.

L'ambassadeur a commencé ses conférences au passé, comme un historien consciencieux, il les termine au futur, comme un politicien qui se serait mis à croire à ses promesses. Plus il gagne en audience, plus je renâcle comme un cheval ombrageux. Rejoindre Fergus ne me donnerait pas seulement l'impression de renier le peuple, mais de me renier, moi. Je ne suis d'aucune utilité dans la bataille qui se joue.

Ordinateur de Hubert >
La vérité sur Fergus Bond >
Fragment 49

Après le fragment précédent, mal dormi cette nuit.

Vouloir écrire pour éclairer l'avenir, quelle prétention. Ce que des commentateurs confinés avaient appelé *le monde d'après*, c'est encore et toujours la bataille pour le monde d'après. Elle dure maintenant depuis six ans, et personne ne sait de quel monde elle pourrait bien accoucher.

À quoi servira ce que j'écris ici ? Peut-être à témoigner de ma honte. Fergus, lui, a mis sa vie en jeu, au sens propre. Quoi qu'on pense de son entreprise, il ne pourra réussir qu'à condition de ne pas se faire assassiner avant. Sur la fachosphère courent des appels au meurtre en langage codé. Plus le cycle de conférences approche de son terme, plus la tension monte. Au Parlement, les services de sécurité sont sur les dents. Et moi je compte les points, bien à l'abri derrière mon écran. Mes subtiles objections, mes petits commentaires pusillanimes, c'est de la non-assistance à idées en danger.

Ces fragments ne formeront jamais un essai digne de ce nom. Certes, j'ai l'habitude d'écrire sur du sable, de voir mes papiers démentis par l'actualité le lendemain de leur publication. Ça ne m'a jamais posé de problème moral. Mais je ne sais pas si je vais continuer à travailler à ce livre. Car le plus probable, c'est qu'il sera balayé par le vent de l'Histoire avant même d'être publié.

Jogging

Langhendries attend à côté du kiosque, comme convenu, mais cet imbécile est venu à visage découvert. Lapis-lazuli s'immobilise et envisage sérieusement la possibilité de faire demi-tour. Trop tard, il l'a aperçue et se précipite déjà vers elle.

— Je t'ai reconnue grâce à ton masque, claironne-t-il. C'est drôle, non ?

Lapis-lazuli garde pour elle la réponse acide qui lui vient en tête : *Et moi, grâce à ta bêtise.* Décidément, il ne comprendra jamais rien à ce qu'elle fait. Autour d'eux, un bon quart des passants portent des masques sanitaires, une proportion stable depuis la dernière pandémie. L'objet est devenu un atout majeur pour la confidentialité des contacts à hauts risques, ce qui est le cas du rendez-vous d'aujourd'hui. Mais Langhendries met un point d'honneur à ne jamais en porter, d'une part pour plaire à sa base, d'autre part pour continuer à montrer au monde sa jolie petite gueule.

Sans un mot, elle l'entraîne dans le parc de l'Orangerie. Comme à chacune de leurs rencontres, elle doit commencer par faire redescendre le niveau d'agacement pour laisser place à l'analyse rationnelle. À la réflexion, l'élu peut s'exhiber sans compromettre le rendez-vous. Sa présence n'a rien de surprenant au cœur du quartier de l'Europe. Il est un député parmi les sept cents et quelques qui siègent tous les mois à Strasbourg. L'important, c'est que l'agente ne soit pas vue, elle, et que jamais personne n'apprenne de quoi ils auront parlé.

Avec leurs tenues sport haut de gamme, ils ont l'apparence d'un couple des classes dirigeantes qui se retrouve pour son jogging matinal. À petites foulées, ils se lancent dans une allée ombragée. De loin, il est quasi impossible de capter la conversation de deux personnes en mouvement dans un espace public. Quand même, elle ne peut s'empêcher de lever la tête au moment où passe une cigogne. Langhendries a un bref ricanement.

— Sans doute un drone, avec plumage factice et micro directionnel. On annule tout ?

Au début de leur relation, elle trouvait un certain charme à ses blagues, mais ce n'est plus le cas. Elle décide d'entrer tout de suite dans le vif du sujet.

— Tes petits copains nous ont mis dans la merde. Agresser physiquement l'équipe Bond à Cracovie, c'était une connerie majeure.

Elle a lourdement appuyé sur *strootch*, le terme holothurien pour *merde*. Ça fonctionne : il a un sursaut indigné.

— Écoute, il y a eu quelques débordements. C'est la loi du genre.

— Ce genre d'incident ne doit pas se reproduire.

— Je peux rien te garantir. Tu connais pas le milieu. Ces gens ne sont pas de petits soldats disciplinés comme vous.

Lapis-lazuli décèle dans la réticence de l'eurodéputé un reproche implicite. L'homme est tout simplement vexé. Ils n'ont pas baisé depuis un bon moment, ce qui n'arrange rien. Dans son profil psychologique, ne pas sous-estimer l'orgueil du parvenu. Le siège au Parlement lui a ouvert les portes des cercles mondains de Bruxelles et de Strasbourg, très fréquentés par les dirigeants du Parti populaire. Les restaurants gastronomiques sont devenus son terrain de chasse favori. Ses connexions avec les groupes identitaires font de lui un allié précieux. Pour un type de son extraction, ça doit représenter beaucoup, alors ce n'est pas une obscure barbouze qui va lui donner des leçons de politique. Il la force à s'arrêter, ce qui annonce une de ses déclarations solennelles.

— Je crois que tu te rends pas bien compte de la situation. Jusqu'en 2021 on avait encore le vent en poupe, mais la malheureuse affaire ukrainienne a produit beaucoup de divisions dans notre camp. On a commencé à perdre le peuple, et aujourd'hui nos alliés dans les partis bourgeois menacent de nous trahir à leur tour. On est la résistance, on se bat tous les jours dans ce putain de Parlement gangrené par les mondialistes. Je suis en première ligne. J'en prends plein la tronche.

La voix s'est soudain assourdie sous le poids d'une douleur probablement sincère. Au moins, on est sorti de la séquence petites blagues. Lapis-lazuli préfère cette version de l'eurodéputé, où elle entrevoit une fragile lueur d'authenticité dans le brouillard habituel de mythomanie.

— Restons en mouvement, murmure-t-elle.

Ils trottent un moment côte à côte, sans parler. Tête haute et sourcils froncés, Langhendries cherche à conserver son aura de dignité mais il lève les genoux trop haut, ce qui le fait ressembler à un poney de concours. C'est le moment de porter l'attaque.

— J'ai pour ton combat la plus haute estime. C'est pour ça que je suis là. Que tes amis continuent à faire du bruit sur les réseaux, qu'ils perturbent les forums des européistes en agitant leurs petits drapeaux. Mais qu'ils laissent les poings américains et les battes de baseball au vestiaire. T'as accès aux médias, t'es porteur d'une part de la fierté nationale. Si tes diverses fréquentations nuisent à l'Holothurie, on sera obligés de te désavouer. Ni toi ni moi n'avons envie de ça.

Langhendries, qui sait reconnaître une menace quand il en entend une, s'immobilise à nouveau. Lapis-lazuli soutient tranquillement son regard furieux. C'était brutal mais nécessaire. Avec leur vie cosmopolite, ces eurodéputés ont tendance à perdre de vue les intérêts du pays. Et s'il a perçu en prime une allusion à ses liens avec les *Uursid* (terme holothurien péjoratif pour *Russes*), alors tant mieux.

— Restons en mouvement, répète-t-elle doucement.

Juste avant qu'ils se remettent à trotter, Lapis-lazuli a vu passer sur le visage de Langhendries une expression de bouderie enfantine qu'elle ne lui connaissait pas.

— D'accord. Je veux bien donner à mes amis tous les conseils que tu voudras, mais pour être convaincant il faudrait que j'en sache un peu plus sur ce que vous manigancez.

Le brave militant souffre de n'être qu'un rouage dans cette affaire. Pour le remobiliser, il faut faire semblant de lâcher des infos. Après le bâton, la carotte.

— Je vais te dire deux choses, glisse-t-elle. La première, c'est que notre opération mettra fin à l'emprise idéologique que les bondistes exercent depuis plusieurs années sur les gouvernements européens, y compris sur le nôtre.

— Aussi douce que soit cette musique à mes oreilles, je dois te prévenir. En tant que parlementaire, je ne peux pas être associé à quelque chose d'illégal. J'ai trop le respect du débat démocratique.

Il se fout complètement du débat démocratique, se dit Lapis-lazuli, mais il n'a pas envie de perdre son mandat.

— Tu risques rien, fait-elle. On se connaît pas, on s'est jamais vus. Et si je t'en dis pas plus, c'est pour ta propre sécurité.

— Vous voulez compromettre Bond lui-même, c'est ça ? Vous avez fait bosser votre intelligence-réseau, elle vous a pondu des scénarios, vous allez fabriquer un scandale et bombarder l'ennemi sur internet juste avant la dernière conférence. Pas de violence, pas de contact physique. C'est la nouvelle doctrine.

Contrairement à ce que pense Langhendries, Lapis-lazuli n'a que mépris pour la guerre numérique. Elle a été formée à l'école du renseignement humain, où on prend ses risques sans se cacher derrière des lignes de code. Pourtant elle ne dément pas. Il est bon qu'il croie en cette version.

— La deuxième chose, c'est que je rends compte régulièrement au Chancelier, ment-elle. Rien ne m'interdit de citer ton nom. Il s'en souviendra. En retour, je te demande seulement de tenir les chiens en laisse.

Langhendries fait semblant d'hésiter en tournant deux fois autour de la fontaine avant de s'arrêter.

— Je vais voir ce que je peux faire, souffle-t-il. Paraît que l'attachée de presse va s'en sortir, t'as des infos ?

Elle ouvre la bouche et la referme. Heureusement, l'hésitation peut s'expliquer par le passage d'un groupe de joggers.

— C'est toi qui sièges au Parlement, riposte-t-elle.

L'eurodéputé hausse les épaules et reporte son attention sur les postérieurs des trois réfugiées qui viennent de les doubler. D'une façon ou d'une autre, il a compris que Julia Chanéac-White faisait partie du scénario. Ce type est moins con que je ne croyais, se dit Lapis-lazuli, il va falloir faire attention.

Déjà-vu

Peu après sa sortie de l'hôpital, Julia a demandé à Hubert un résumé des événements importants des dernières années, en principe un journaliste sait faire ça. En réponse, il l'a invitée à dîner en tête à tête et lui a infligé un long cours d'histoire contemporaine portant sur les années 2018 à 2026, illustré de son activité de correspondant à Bruxelles et d'invité régulier de divers plateaux télé. Mais aucun des faits marquants de cette période pourtant extraordinaire ne lui rappelait le moindre souvenir.

— *What happened to you is really fascinating*, a-t-il lancé avec son effroyable accent français.

Il a émis l'hypothèse qu'après avoir été constamment aux avant-postes, Julia était devenue une butte-témoin du vieux monde, une sorte de vestige. Elle a jugé la remarque offensante et boudé ostensiblement pendant qu'il engloutissait ses profiteroles. Puis, au détour de longues phrases alambiquées, il lui a proposé de réveiller par le sexe sa mémoire endormie, après tout on ne sait jamais, ça pourrait marcher. Trouvant l'idée originale, elle a accepté de passer la nuit avec lui dans son hôtel favori.

L'expérience a porté ses fruits, mais pas dans le sens espéré par Hubert. Très motivé, il a commencé par tourner autour de la patiente en la débarrassant de ses vêtements, puis s'est lui-même livré à un bref strip-tease s'achevant sur la révélation d'une érection modeste mais prometteuse. Il estimait sans doute qu'une absence totale de préliminaires serait plus à même de provoquer un choc de réminiscence. Constatant que sa partenaire montrait plutôt la déception mâtinée du dégoût que l'on peut éprouver devant un mollusque pas frais servi dans un restaurant étoilé, Hubert a subitement perdu ses moyens et s'est confondu en excuses. C'est alors seulement que Julia a éprouvé une réelle sensation de *déjà-vu*.

L'affront au patriotisme

La grande salle de l'opéra Bastille est pleine à craquer. La conférence de Paris va enfin commencer. C'est l'avant-dernière étape du Bond Tour, la première depuis Cracovie. Tous les observateurs s'accordent à en souligner l'importance. Julia s'est perchée au bord d'un balcon pour profiter de la vue plongeante sur la scène et les fauteuils d'orchestre : la rumeur excitée du public, la frénésie des journalistes, la dignité affectée des ministres prenant place sous les flashs, la fausse décontraction des stars, la nervosité des flics, l'omniprésence des caméras et la fébrilité des référent-es qui s'agitent en tous sens pour conjurer une nouvelle catastrophe. Si ce spectacle ne lui permet pas de retrouver les souvenirs de son activité d'attachée de presse, rien ne le pourra.

Elle concentre son attention sur le jeune type qui a pris sa place au sein de l'équipe. Il fait la tournée des médias présents, serrant des mains et échangeant des plaisanteries avec une aisance certaine. Quelque chose dans sa façon de faire inspire à Julia une antipathie diffuse. Il était auparavant le référent Com, et ceci explique sans doute cela.

Sur un des côtés de la scène sont posés quelques fauteuils et une table basse. Soudain les lumières baissent et un couple de médiateurs surgit, faisant brutalement enfler la rumeur de la salle. L'homme prononce une longue phrase en français où Julia ne reconnaît que le mot *bienvenue*. Puis, comme s'il s'agissait de l'ultime come-back des Rolling Stones, la femme hurle :

— *Ladies and gentlemen, the ambassador Fergus Bond !*

On ne distingue plus que la loupiote de la tribune, qui luit comme un phare dans la nuit pendant qu'une lourde pulsation de basses installe le suspense. Dix secondes interminables passent, la rumeur devient clameur, enfin les premières notes de l'*Hymne à la joie* explosent en version techno. La régie lumière fait danser la traditionnelle myriade d'étoiles sur les visages du public et l'ambassadeur paraît, semblant minuscule sur la scène immense, affichant une expression de bonze impénétrable dans le déluge sonore et l'éclatant faisceau qui le poursuit jusqu'à la tribune.

Julia ne peut retenir un *fuck !* Le souvenir qu'elle vient de retrouver n'est ni une image ni un son, c'est une émotion, un mélange détonant de surprise, de gêne et d'exaltation. Elle se rappelle qu'à chaque conférence de l'ambassadeur, son enthousiasme se trouvait renforcé par la vulgarité tape-à-l'œil de la mise en scène. Il y avait là une forme de lâcher-prise, d'abandon à un mouvement plus grand que soi. Ça devait avoir quelque chose à voir avec ce qu'on appelle l'*engagement*.

Le vertige disparaît d'un coup quand Fergus commence son discours dans cette langue étrange qu'est le français. Ne rien comprendre à ce qu'il raconte donne à Julia la sensation d'être en exil dans un pays lointain. Elle s'est placée de façon à pouvoir suivre la traduction simultanée qui s'affiche en anglais sur un des écrans géants, mais le texte acide qui défile paraît sans rapport avec la voix de l'orateur, avec la monotonie nasale et feutrée d'un parler où tout semble se dire du bout des lèvres pour ne pas déranger l'ordre des choses.

— Au hit-parade des imbécillités patriotes entendues lors des manifestations d'hostilité aux migrants, le fameux "On est chez nous !" est longtemps resté numéro un. Mais il y a six ans, un simple virus nous a renvoyés chez nous pour de bon. Forcés d'appliquer le slogan à la lettre, nous avons compris ce qu'il signifiait vraiment. Oui, on était chez nous, enfermés avec nos chasses d'eau qui fuient, nos vêtements qui traînent, nos souvenirs collés aux murs, nos journées qui se confondent, nos petites manies et nos maltraitances domestiques. On était chez nous et on n'avait qu'une envie, c'était d'en sortir.

L'orateur s'interrompt abruptement, pareil à un acteur qui aurait oublié son texte. Un bruissement de surprise se répand dans le public, qui s'attendait sans doute à une introduction plus consensuelle. C'est alors qu'Hubert Saint-Prix fait irruption sur le balcon où se tient Julia. Il lui pose d'abord une main un peu trop propriétaire sur l'épaule, puis s'accroupit à côté d'elle pendant que les spectateurs voisins manifestent leur déplaisir par des sons inarticulés. Sur scène, Fergus regarde vers le haut d'un air rêveur, semblant hésiter entre le prêche dominical et le match d'impro. Le public flotte toujours, attendant une suite qui tarde à venir. Quand l'orateur reprend enfin la parole, c'est d'une voix plus forte et plus lente :

— Il y a quatre ans, aux frontières de l'Union européenne, l'armée du plus vaste pays du monde s'est invitée dans un pays voisin. On a pu revoir en action cet autre volet du patriotisme, celui des envahisseurs, capable de fabriquer une grande variété de fables pour justifier les pires exactions. Psychose d'État parfaitement assumée, folie historique bien rodée que le courage des agressés ne pouvait suffire à contenir. Il ne restait que la collaboration internationale, avec son ballet de pressions improvisées, avec ses insuffisances, ses hypocrisies, ses contradictions et ses ridicules. Il ne restait que la fragile pulsation des démocraties.

L'ambassadeur s'interrompt à nouveau, comme s'il mettait le public au défi de le contredire. Mais cette fois personne n'ose bouger un sourcil. Même les référent-es paraissent tétanisé-es. Derrière le phrasé fluide de l'ambassadeur, tout le monde a senti la colère. Julia se force à lire la traduction anglaise qui reste affichée à l'écran. Décidément, le style s'écarte de celui des derniers discours, récemment relus pour soigner son amnésie. Hubert se penche dangereusement par-dessus la balustrade, nez en avant, flairant à petits coups l'odeur de l'actualité tel un chien d'arrêt. Fergus balaie le public du regard, s'arrêtant sur Julia pendant une fraction de seconde avant de reprendre son propos.

— Un jour, l'Union européenne sera peut-être une fédération, voire une république. Mais j'espère qu'elle ne deviendra jamais une patrie. J'espère que personne ne viendra faire barrage à ses frontières en criant "On est chez nous !" et que plus aucun dirigeant de ce continent n'aura l'idée stupide d'envahir le pays d'à côté. Ainsi, il y aura au moins un endroit sur Terre qui échappe à la malédiction qui s'abat sur les humains dès qu'ils s'identifient à un territoire. Un endroit qui échappe au piège que nous devons appeler par son nom : le patriotisme.

Sous les yeux ronds du couple de médiateurs, l'ambassadeur quitte le pupitre, gagne le côté de la scène et s'assoit dans un des fauteuils avec le relâchement de celui qui a fait son boulot. Les murmures fusent dans la fosse d'orchestre, où VIP et journalistes ne s'attendaient pas à une intervention aussi courte. Un brouhaha stupéfait monte dans la salle, se transforme peu à peu en grondement. Au fond du parterre, des applaudissements éclatent enfin, signés du petit noyau de Terrestres qui a réussi à entrer. Quelques sifflets fusent en réponse, pendant que la plus grande partie du public hésite toujours entre les deux. Dans son fauteuil, l'ambassadeur observe les réactions d'un air détaché. Hubert s'est encore rapproché de Julia, et voilà qu'il lui chuchote à l'oreille avec l'intention manifeste de lui expliquer la situation.

C'est le dernier mot du discours qui compte, souffle-t-il. *Patriotisme*. Fergus ne l'avait encore jamais prononcé, il préfère lâcher *nationalisme* aux moments stratégiques, ce qui déclenche à chaque fois des huées complices. Depuis plusieurs décennies, les dirigeants européens ont recours à une astuce sémantique : être *patriote*, ce serait aimer son pays, tandis qu'être *nationaliste* serait détester les autres. Ce qui permet de se prévaloir du premier terme sans se faire accuser du second. Bond vient de briser le consensus.

Tout ça semble à Julia un peu ridicule, cette tendance à prendre les armes pour un seul mot, et aussi tellement français. En tout cas, il faut constater que ça fonctionne. Dans la fosse d'orchestre, photographes et cadreurs retournent leurs appareils pour saisir l'embarras de la Première ministre qui ne sait quoi faire de ses mains.

Ce n'est pas qu'une querelle de mots, continue Hubert comme s'il avait lu dans les pensées de Julia. Dès que le Bond Tour a rencontré le succès, les gouvernements français et allemand sont entrés en concurrence pour accueillir le dernier acte. Après un long suspense, l'ambassadeur a signifié aux Français qu'ils avaient perdu le duel : ils n'auraient droit qu'à l'avant-dernière conférence. L'Élysée a d'abord fait courir la menace de boycotter purement et simplement le rendez-vous. L'équipe Bond étant restée de marbre, le Président s'est défaussé sur la Première ministre qui a proposé un accord à l'amiable. D'un côté, la France s'engageait à envoyer une délégation gouvernementale de haut niveau, c'est-à-dire sa propre personne. De l'autre, l'ambassadeur oublierait son exaspérante manie de démolir à la tribune la politique du pays qui le reçoit.

L'Intérieur a pris l'organisation en main. L'opéra Bastille a été choisi, une scène idéale pour mettre en valeur les représentants de l'État et éviter les débordements. Les contrôles sanitaires ont été renforcés, le public trié avec soin, le débat cadré avec réalisme, les VIP traités avec égards et le populaire réduit à une portion raisonnable. Tout était en place pour que l'étape française se déroule de façon irréprochable. Jusqu'à la conférence de presse du Président.

Après avoir accepté de s'effacer devant une nation rivale, le Président se devait de donner des gages à la partie ombrageuse de l'électorat. Ce qui s'est traduit par l'annonce d'un nouveau durcissement de l'accueil des migrants, pour que les vrais réfugiés ne soient pas lésés. Une séquence de patriotisme ordinaire qui n'a surpris personne, car elle fait partie intégrante de la com des occupants de l'Élysée depuis des temps immémoriaux. Avec un principe cardinal, selon Hubert : ne jamais oublier d'appeler la vertu au secours du vice.

L'équipe Bond, Baroudeuses et Circonspects unis dans la même indignation, a considéré que l'accord était rompu. Le discours a été modifié et réduit à sa plus simple expression pour que la réponse soit limpide. Et si cette réponse devait sonner comme un affront, ce n'était pas plus mal.

Bercée par la voix nasillarde d'Hubert, Julia continue de regarder vers le bas avec détachement. Le couple de médiateurs de service a enfin compris que Bond n'avait pas l'intention d'effacer le malaise. Comme si de rien n'était, on passe donc à la partie débat. Autour de la table basse, les médiateurs sont rejoints par une brochette de personnalités politico-culturelles présentées comme représentatives de la société, ce à quoi personne ne fait semblant de croire. On s'assoit le plus loin possible de Bond, comme s'il était radioactif. Avec une expression d'animal pris au piège, la Première ministre s'installe à côté de l'ambassadeur dans le seul fauteuil resté libre.

La médiatrice offre la première question à un écrivain habitué des plateaux télé, qui commence par déclarer abruptement qu'il ne s'agira pas d'une question. Il n'a rien à demander à l'ambassadeur du Multilinguisme, leurs univers étant éloignés de plusieurs années-lumière. À la place, l'écrivain lance le débat par six affirmations susurrées d'une voix dépressive et entrecoupées de silences pesants, ce qui laisse le temps à Hubert de les traduire à l'oreille de Julia.

1. L'individu prime sur le collectif, il est le lieu de la conscience et de l'affect, les superstructures politiques étant vouées à l'échec.

2. Le progressisme terrestre se révélera tôt ou tard comme ce qu'il est, une escroquerie, les seules choses intéressantes dans la vie étant le sexe et les arts.

3. L'Union européenne n'est qu'une bouffonnerie chiante.

4. Les Anglais ont eu raison de se replier sur leur île pour cultiver leurs amusantes bizarreries en attendant la mort.

5. Pour l'individu, la mort est la vérité ultime. Peu importe qu'elle vienne d'un virus, d'une canicule, d'une guerre, d'un perturbateur endocrinien ou d'une arête de poisson.

6. Compte tenu de ce qui précède, il est bon de garder une certaine indulgence pour cette consolation qu'est la névrose patriote.

Si la proclamation suscite des rires approbateurs dans le public, elle sème la consternation chez la plupart des autres intervenants, en particulier chez la Première ministre qui se tortille dans son fauteuil comme pour réprimer une forte envie de pisser. La référence au Brexit produit sur Julia une sorte de choc électrique. Elle se lève sans attendre la réponse de l'ambassadeur, qui s'est saisi du micro avec gourmandise. Hubert essaie de la retenir en lui prenant les bras, elle se débat, ils quittent le balcon sous les grognements des voisins et se retrouvent face à face sur le promenoir.

Elle lui jette un regard furieux, accompagné de quelques grossièretés bien senties. La pression physique d'Hubert a réveillé de désagréables souvenirs. Cette insistance de mâle prévenant, cette façon de la toucher comme si elle était pour lui l'objet d'une légitime revendication. Il comprend qu'il est allé trop loin, bafouille, s'excuse, revient sur le terrain des mots.

— *You can't miss that. It's a piece of History.*

Il a lancé ça avec ferveur : tu ne peux pas manquer un tel moment historique. L'écho assourdi d'une tempête d'applaudissements leur parvient à travers les portes capitonnées. Fergus vient de balancer sa réponse à la provocation de l'écrivain célèbre. Il a fait court, commente Hubert, il a dû concentrer toute sa puissance de feu. Une victoire inespérée est à portée de main, Julia ne peut rester à l'écart.

Parce que rien de tout ça ne serait arrivé sans elle.

Elle sait qu'Hubert dit vrai. Les référent-es le lui ont suffisamment répété, c'est elle qui a introduit le piment écologiste dans les menus un peu convenus des conférences. Et c'est encore elle qui a changé la formule du Bond Tour pour l'ouvrir au peuple, sous les yeux intéressés des eurodéputés et des membres de la Commission. Peu après, celle-ci élaborait un Green Deal plus ambitieux qu'attendu, puis, après le grand confinement, proposait un plan de relance interprété par beaucoup comme un premier pas vers une Europe fédérale. L'Union ne faisait pas encore rêver, mais elle avait perdu en quelques mois son image de cauchemar bureaucratique. Un formidable retournement, un cas d'école en matière de communication moderne.

On entend à travers les portes déferler une nouvelle vague d'applaudissements. Une poignée de secondes plus tard, une salve d'alertes électroniques s'échappe de la poche du journaliste, qui empoigne son smartphone et fait défiler une série d'écrans, le regard de plus en plus possédé.

— C'est fait, murmure-t-il dans son anglais pathétique, la Première ministre vient de contredire le Président, elle se range publiquement derrière Fergus. Tu comprends, elle ne veut pas être accusée de dérive nationaliste par l'opposition. Et elle ne peut pas se couper davantage du mouvement terrestre et de la jeunesse. Ce que nous sommes en train de vivre, c'est un changement majeur de doctrine. C'est l'adieu au patriotisme. Tu te rends compte ? Tu viens d'assister à un tournant historique ! Tu ne t'en souviens pas, mais c'est pour des moments comme ça que tu t'es battue !

Il penche lentement la tête vers Julia, comme s'il allait l'embrasser, s'arrêtant à quelques centimètres de ses lèvres. Il est difficile de connaître ses intentions véritables, à cause de la buée sur ses lunettes.

— Je le reconnais, ajoute-t-il d'une voix d'outre-tombe, c'est toi qui avais raison.

Il attend une réponse qui ne vient pas, puis recule en manquant de perdre l'équilibre, tel un héros romantique découvrant que sa fiancée s'est transformée en zombie. Le comportement d'Hubert arracherait des larmes de pitié à un ministre de l'Intérieur. Après l'échec cuisant de la nuit à l'hôtel, il cherche à rétablir le lien avec Julia en lui rendant ce qu'elle a de plus intime, ses propres engagements. Mais ils n'ont plus de sens pour elle. Depuis qu'on a voulu la dépouiller de son identité, une part de sa conscience est d'accord avec l'écrivain neurasthénique. Celui-ci sait quelque chose qu'Hubert, ivre de politique, ne comprendra jamais. Une vérité sur l'espèce humaine, hideuse et nécessaire, qui rend caducs tous les discours et toutes les illusions.

Ce désespoir la remplit d'un étrange dégoût de soi, presque agréable, qui en retour vient nourrir ce même désespoir. Elle est prise dans un cercle vicieux. S'il lui faut une profession de foi, elle pourrait dire ceci : le seul humanisme qui vaille, c'est d'admettre une fois pour toutes que le monde court à sa perte et que les hommes sont incapables de le sauver.

Elle s'enfuit enfin, laissant Hubert pétrifié, s'échappe de l'opéra au pas de course et se met à errer dans les rues de Paris. Ginzberg avait raison, un Brexit a eu lieu dans sa tête. Comme le véritable Brexit, il n'a plus besoin de justifications, bonnes ou mauvaises. Il suffit de se laisser emporter.

L'île de la Cité

Elle reconnaît de loin l'enseigne de la salle de concert, avec à l'affiche un groupe représentatif de la tendance rétropunk qui fait fureur en Angleterre. Ses pas ne l'ont pas conduite ici par hasard. Les attentats de 2015 paraissent dater d'hier et non d'une décennie, peut-être parce qu'ils ont échappé à l'amnésie. Entre la tuerie de *Charlie* et celle du Bataclan, il n'y avait que quatre cents mètres et dix mois. Difficile d'oublier cette proximité.

Le 7 janvier de cette année-là, elle avait éprouvé cette émotion particulière : pleurer en apprenant la mort de personnes qu'on ne connaît pas. Elle ne lisait plus les dessinateurs et les journalistes assassinés, mais ils squattaient toujours une part de sa conscience. Quelques jours plus tard, elle défilait dans les rues de Paris en brandissant un pauvre crayon de carton-pâte, échangeant des sourires pâles avec celles et ceux qui avaient eu la même idée. L'ampleur des manifestations dans le monde lui avait fait du bien. Il y avait du mouvement, du sens, un combat à mener, la liberté d'expression contre l'insondable bêtise des fanatiques, quelque chose comme ça.

Après le Bataclan, elle s'était retrouvée dans un autre univers. Ce n'était plus seulement la peur de tomber mais déjà le vertige de la chute. Le gouffre apparu dix mois plus tôt était en train de tout engloutir, le dessin la musique la littérature, Paris la fête l'irrévérence, les discours définitifs les analyses subtiles les plaisirs intimes. Certains politiques lançaient *c'est eux ou nous* avec des mouvements de menton très maîtrisés, sommant chacun de choisir son camp pour la guerre qui allait suivre.

Julia se demande pourquoi elle se rappelle l'ambiance particulière de cette période, alors qu'elle n'a aucun souvenir de la pandémie ni de la guerre en Ukraine, événements mondiaux par excellence. À Cracovie, tu as été victime d'une sorte d'attentat, se répond-elle quelques mètres plus loin. Ce que tu as ressenti en 2015 n'est pas très différent de ce que tu ressens aujourd'hui.

Elle quitte le boulevard Voltaire et s'enfonce dans le Marais, cherchant d'autres morceaux du puzzle dans les noms des rues. Elle s'arrête devant la plaque de la rue des Francs-Bourgeois, essaie de la lire à voix haute mais ça ne donne qu'une bouillie informe. C'est une étrange sensation que de retrouver une ville dont on a perdu la langue. Une jeune fille brune lui donne la bonne prononciation d'un ton enjoué. Elle bredouille *meuci baocou*, regarde la passante s'éloigner.

À ce moment précis, des souvenirs reviennent comme une rangée de dominos qui s'abat. Ce n'est pas le nom de la rue, c'est la fille qui a tout déclenché. Dans ses années étudiantes, Julia lui ressemblait, même démarche légère, même disponibilité, même insouciance. Quand elle en avait marre de son studio exigu de la rue Elzévir, elle prenait la rue des Francs-Bourgeois, descendait la rue Vieille-du-Temple et allait rejoindre ses amants dans le centre de Paris.

Elle décide de suivre le même chemin, grisée par l'ivresse particulière de la souvenance. D'autant que les images qui défilent maintenant montrent avec une étonnante précision les corps oubliés. Il y avait des petits et des grands, des costauds et des maigres, des poilus et des glabres. Il y avait celui qui ne croyait en rien, celui qui croyait en Dieu, celui qui croyait en Bourdieu, celui qui changeait d'idée toutes les semaines. Tous passaient leur temps à argumenter, comme si la survie du monde dépendait de leur capacité à convaincre Julia. L'un parlait en mangeant, l'autre parlait en dormant, un troisième parlait en faisant l'amour. Ce dernier n'était autre que le jeune Hubert. Elle n'a pas la moindre idée de ce qu'ils pouvaient bien raconter.

Et puis il y a eu sa première histoire avec une femme, épouse blonde et sage d'un haut fonctionnaire du quai d'Orsay, qui ne s'exprimait pas plus que le strict nécessaire. Dès qu'elle passait la porte du studio, elle arrachait ses vêtements, faisait jaillir ses superbes seins et la suite se passait de mots. Julia était en train de comprendre qu'elle ne serait jamais monogame, quel ennui, quelle perte de temps. Il faut reconnaître que cette ville a été le lieu de son éveil sexuel, un éveil qui aura duré plusieurs années.

Elle passe sur l'île Saint-Louis, traverse le pont qui mène à l'île de la Cité et s'arrête dans le square qui jouxte Notre-Dame. C'est ici qu'elle préférait donner ses rendez-vous amoureux, dont certains ont franchi les limites du raisonnable. Elle s'y sentait en sécurité, c'était bien avant 2015, bien avant que le rire et le plaisir eux-mêmes ne deviennent cibles d'attentats. Dans ce jardin, elle était chez elle, à la fois sur une île et au cœur de la cité, protégée par une quantité appréciable de lieux de pouvoir et de totems historiques.

Tu croyais ce fantasme typiquement français, se dit-elle, tu te trompais. Il t'appartient parce que tu es une insulaire. Tu es née à Londres, personne ne pourra te l'enlever. On ne triche pas avec ses origines. Tu as grandi dans un monde clos où même les salauds font partie de la famille. Où même les excentriques, tôt ou tard, se retrouvent au centre. Si tu venais régulièrement ici, c'était pour te réfugier sur une île. La Cité n'était qu'un avatar de la *City*. On est d'un seul pays. Plutôt que courir après un rêve chimérique d'Europe, autant se reposer sur une identité sûre. Pas celle qu'il serait bon d'avoir, celle qu'on a.

Elle s'assoit sur un banc, heureuse de constater que le square ressemble à ce qu'elle a toujours connu. Il est en effet envahi de touristes qui mitraillent au téléobjectif la flèche de la cathédrale, reconstruite à l'identique après l'incendie de 2019. Hubert et Fergus peuvent continuer à fustiger conservatisme et patriotisme, à se payer de phrases, à prendre leurs désirs pour des réalités. Mais il n'y a pas de honte à vouloir durer, à rêver à des frontières qui protégeraient enfin des bombes et du temps. Il n'y a pas de honte à laisser le présent s'appuyer sur l'épaule du passé.

Soudain Julia se rend compte qu'un mendiant attend patiemment devant elle, la main tendue. Tout son corps se contracte sous l'effet de la terreur. La figure aplatie de l'homme fait elle aussi partie des images qu'elle n'a pas oubliées.

Mendicité

L'Iguane a vite repéré le jeune type qui a pris l'attachée de presse en filature à sa sortie de l'Opéra. Il porte les signes de reconnaissance d'une bonne partie de la jeunesse européenne : vêtements recyclés, bijoux en bois, badges arc-en-ciel, casquette végétale et masque vert et or, les couleurs des Terrestres. C'est précisément le côté passe-partout de la tenue qui a attiré son attention.

Le type suit exactement le même chemin que sa cible en maintenant une distance d'une vingtaine de mètres, ce qui n'est pas assez. Ces choses-là ne s'improvisent pas. Il s'agit soit d'un débutant, soit d'un incompétent, il y a des incompétents chez les barbouzes comme partout ailleurs. Dans les deux cas, sa présence est une mauvaise nouvelle. Établir le contact avec Chanéac s'annonce encore plus délicat que prévu.

Il décide de ne rien tenter pour le moment. Difficile de neutraliser le type en pleine rue sans se faire remarquer. Au moins, il n'est pas là pour éliminer la fille. L'Iguane est bien placé pour savoir qu'on ne confie pas ce genre de choses à n'importe qui. À l'inverse, ce n'est pas non plus une mission de protection des services européens. Dans ce cas, l'homme passerait son temps à surveiller les alentours, alors qu'il ne lâche pas l'attachée de presse des yeux. Plus probablement, ça vient de quelque part dans la vaste mouvance des ennemis de Bond, qui s'intéressent aux fréquentations d'une de ses ex-collaboratrices. L'Iguane ne peut que leur donner raison.

Il file Chanéac et son suiveur jusqu'à l'île de la Cité. Elle entre dans le square et s'assoit sur un banc. Le jeune type se place près de l'entrée et fait mine de consulter son smartphone dans une pose qui manque de naturel. C'est le moment de tenter quelque chose. L'Iguane a choisi le look SDF, un des plus efficaces pour détourner les regards, avec vêtements troués, chaussures dépareillées et masque sanitaire aux couleurs d'une association caritative. Plus une petite coquetterie : pour dissimuler son crâne, un bonnet péruvien. Il entre dans le square à son tour et commence à mendier auprès des touristes, se rapprochant insensiblement de Chanéac. Les yeux du type sont passés sur lui sans s'arrêter.

L'alliance du masque et du bonnet multicolore a son petit succès : l'Iguane a déjà ramassé quelques pièces quand il fait face à Chanéac. Il abaisse son masque. Elle lève la tête, le reconnaît instantanément, il le voit dans ses pupilles dilatées, mais par chance aucun cri ne sort de sa bouche. Ça laisse à l'Iguane le temps de chuchoter en globish quelques phrases apaisantes. Il ne lui veut aucun mal, il a seulement un message à faire passer à l'ambassadeur. Elle reste sans réaction. Selon toute probabilité, elle est paralysée par la peur, un phénomène qu'il a eu l'occasion de constater chez certaines de ses cibles. Ça rendait alors le travail plus facile, maintenant c'est l'inverse. Le plus doucement possible, il lui fait observer que s'il avait voulu l'éliminer, il en aurait eu l'occasion depuis longtemps. D'un hochement de tête, elle reconnaît la validité de l'argument. La glace est rompue.

À voix basse, il lui explique la marche à suivre : elle va lui donner une pièce et, pour la remercier, il lui serrera la main. Dans sa main, elle trouvera un petit papier plié en quatre. Elle ne l'ouvrira pas, le mettra tout de suite dans sa poche. Elle restera encore dix minutes sur place avant de rentrer à son hôtel. À la première occasion, elle remettra le papier à l'ambassadeur, en mains propres et sans témoins. Elle ne fera rien d'autre que ça et n'en parlera à personne, surtout pas au téléphone. Si elle a compris, il faut simplement dire oui.

Chanéac a retrouvé ses esprits. Elle fait *yes* et ajoute un clin d'œil où l'Iguane croit déceler une touche d'ironie. Elle lui donne la pièce et fourre le papier dans sa poche. Il lui retourne le clin d'œil, remet son masque et va mendier un peu plus loin. Derrière son smartphone, le jeune type a l'air de s'ennuyer ferme.

Un peu plus tard, l'attachée de presse quitte le square d'un pas nonchalant, suivie par le jeune. L'Iguane compte ses pièces et sourit sous son masque. Il y a assez pour aller boire un verre.

Convocations

Contrairement à l'écrasante majorité des amants de ce premier quart du XXIe siècle, Julia et Sophie avaient l'habitude de s'écrire des lettres à la main, chacune des deux cherchant à exciter l'autre dans un style qu'on pourrait qualifier d'érotico-symboliste. C'est devenu impossible, la première ayant perdu l'usage du français et la seconde ne parlant que cette langue. Elles échangent maintenant par mail des messages préalablement moulinés sur des sites de traduction. Voici le dernier, envoyé par Julia :

Mes gentils doigts de pirate
rêvent des trésors enfouis
dans ton petit navire.

Une Sophie écarlate sonne à sa porte une demi-heure après réception. Un instant plus tard, allongée nue sur le parquet où se déroulent la plupart de ses entrevues avec Sophie, Julia se réjouit que le pouvoir évocateur de son haïku ait résisté à la traduction automatique.

Le smartphone sonne au plus mauvais moment, c'est-à-dire quelques secondes avant que toute pensée cohérente ait abandonné le terrain aux frissons annonciateurs de la jouissance. Malgré les protestations de sa partenaire, Julia prend l'appel et reconnaît la voix sèche d'Andersen, la cheffe des services de sécurité du Parlement. Celle-ci la convoque dans ses bureaux pour le lendemain soir et raccroche sans lui laisser le temps de répondre.

L'ambiance s'est brutalement refroidie. Sophie a beau déployer tout son savoir-faire, Julia est incapable de reprendre l'activité interrompue. Cette convocation est sûrement liée à sa rencontre avec l'homme à la face aplatie. En passant le message à l'ambassadeur sans prévenir personne, elle a violé plusieurs règles de sécurité. Une belle séance d'engueulade en perspective.

Bien entendu, elle connaît la teneur du message, ayant ouvert le papier de l'homme-reptile dès son retour à l'hôtel. Il ne portait qu'un numéro de téléphone, suivi de ces simples mots :

Venice, Room 21, June 2018

Pour Julia, le message dégage l'odeur poisseuse de la menace. Monsieur Face Aplatie rappelle à l'ambassadeur leur entrevue de Venise, près de huit ans auparavant. Pourtant, quand elle a transmis le papier à l'intéressé dans son bureau de la tour de Babel, celui-ci n'a eu qu'un bref sourire, comme devant la carte postale d'un ami un peu collant. Il a glissé le papier dans sa poche et n'a répondu à aucune question, fidèle à sa manie de traiter par le mépris tout ce qui ressemble de près ou de loin à un danger. Julia n'a pas insisté.

Alors qu'une partie de sa conscience enregistre tristement le départ de Sophie dans un fracas de porte claquée, une autre reprend le dessus sur l'offense téléphonique. Qu'est-ce qui permet à la cheffe de lui parler sur ce ton ? Où était la Sûreté quand elle s'est fait tabasser à Cracovie ? Elle caresse un moment l'idée de ne pas se rendre à la convocation. Non, trop radical, ça pourrait poser des problèmes à Fergus. Il y a mieux à faire pour remettre la cheffe à sa place.

L'homme qui voulait tuer l'ambassadeur du Multilinguisme a repris contact avec lui. Elle connaît un certain journaliste qui vendrait père et mère pour ce genre d'information.

X, Y ET Z

Hubert Saint-Prix n'a pas de mal à reconnaître le mal qui l'accable. Il est en train de subir une attaque de doute, une des plus violentes depuis sa première carte de presse. Cultiver le doute constitue une des forces d'un journaliste, sauf quand il se l'applique à lui-même.

En ligne depuis plusieurs jours sur le *Démon de l'actu*, son dernier article a suscité peu de réactions. Il proposait pourtant une fine analyse de la conférence de Paris, enrichie d'un vaste survol de l'Union européenne, perspectives et réalités. Toujours à la recherche d'images nouvelles pour rendre la politique attrayante auprès du grand public, Hubert avait fait appel à sa théorie des trois axes.

Le premier axe, c'est celui de la fin du XXe siècle. Est contre Ouest, socialisme contre capitalisme, gauche contre droite ou, dans une version plus douce et plus ambiguë, progressisme contre conservatisme. Multiples occurrences observées dans l'histoire, la culture, la philosophie et les querelles de repas dominicaux. Ceux qui avaient espéré que la chute du mur de Berlin y mettrait fin ont vite déchanté. Tout laisse penser qu'il s'agit d'un duel fondateur dans l'histoire des idées, d'un combat farouche et essentiel auquel nul ne peut prétendre échapper.

Le deuxième axe a fait irruption dans les années 2000 avec la montée des populismes. Principe de base : le peuple contre les élites. Se décline aussi en patriotes contre mondialistes, identitaires contre immigrés ou l'en-bas contre l'en-haut. A connu un succès fulgurant en Europe et dans le monde avant de marquer le pas dans la période récente.

Le troisième axe est celui dans lequel s'inscrit l'ambassadeur du Multilinguisme, bien qu'il ne le dise jamais de cette façon. Temps long contre temps court, sociétés ouvertes contre sociétés fermées, partage contre égoïsme, planète contre patries et même, si on aime les oppositions tranchées, démocratie contre dictature. Longtemps, cet axe a été considéré comme mineur. Depuis la crise climatique, la première pandémie et le retour de la guerre en Europe, son pouvoir d'attraction est tel qu'il a forcé les deux autres à se réaligner comme de vulgaires épingles dans un champ magnétique.

Hubert pensait avoir frappé un grand coup avec ses trois axes qui, selon lui, traduisent un redéploiement de la politique, passée en peu de temps de l'affrontement linéaire (axe des x) à une surface (x, y), puis à un volume (x, y, z). Mais d'après ce qu'on peut lire sur le forum du *Démon de l'actu*, la plupart des lecteurs-lectrices se foutent complètement de cette histoire d'axes. Soit ça ne leur dit rien, soit ça leur rappelle l'ennui profond des cours de maths au lycée. Ce qui leur plaît, c'est le fracas des épées et l'odeur du sang, quels que soient les protagonistes de la bataille du jour.

Il se rappelle avec nostalgie que ses premiers papiers lui avaient valu des tombereaux d'insultes, parfois émaillées de menaces physiques. Il avait été rangé dans le camp de Bond par les adeptes de l'axe y, qui ne faisaient pas dans la nuance. Aujourd'hui, les papiers d'Hubert ne déchaînent plus les passions. Sa petite voix n'est qu'une goutte d'eau dans la tempête européenne permanente. Et comme si ça ne suffisait pas, Julia lui a filé entre les doigts lors de la conférence de Paris, alors que tous les éléments étaient réunis pour rétablir avec elle un partenariat fructueux doublé d'une liaison épanouissante. Il est devenu le dépositaire unique de leur longue histoire commune, une situation profondément déprimante. Rien de tel que l'amnésie persistante d'une personne chère pour vous pourrir la vie.

Cependant il faut croire que le doute lui-même peut connaître des absences. Quelques jours après l'épisode de l'opéra Bastille, l'écran du téléphone d'Hubert s'illumine et le visage de Julia apparaît, tel un rayon de soleil dans la grisaille. Comme au bon vieux temps, elle propose au journaliste une info confidentielle. Rien de moins qu'un message secret, transmis à l'ambassadeur par l'inconnu qui s'était introduit dans sa suite à Venise.

Il n'a pas oublié cette histoire, jamais éclaircie, qui a entretenu nombre de rumeurs jusqu'au sein du Parlement européen. À l'époque il n'était pas seulement question d'une intrusion, mais bien d'une tentative de meurtre, attribuée selon les sources à la mouvance nationaliste ou aux islamistes. Quelques mois plus tard avait éclaté la crise entre l'Holothurie et le Tichodrome, que Fergus avait réussi à circonscrire *in extremis*. Certains avaient laissé entendre que les deux événements étaient liés et que planaient sur eux les ombres équivoques de la barbouzerie internationale.

Pour toi, c'est l'occasion rêvée de voler au secours de Fergus, chante une petite voix intérieure. Ça fait trop longtemps que tu brûles d'envie de retrouver le frisson du journalisme engagé.

Pareil à un prédateur affamé qui nettoie jusqu'à l'os la carcasse de sa proie, Hubert arrache à Julia tout ce qu'elle peut donner. Avec en apothéose la photo du message en bonne définition, qu'elle commence par nier avoir prise, puis qu'elle refuse catégoriquement de lui envoyer, et qu'il finit par obtenir grâce à son numéro bien rodé sur la protection des sources.

Il transfère l'image sur son ordinateur portable, l'agrandit au maximum, examine longuement la calligraphie du mystérieux message manuscrit. *Venise, chambre 21, juin 2018*. Que s'est-il passé dans cette chambre il y a huit ans ? Chantage, menace, tentative de corruption, affaire de mœurs ? Qui était l'intrus, et que cherche-t-il aujourd'hui ? Il sauvegarde le numéro de téléphone sur quatre supports distincts. Pendant des années, il a disséqué les actions des autres au scalpel d'une morale exigeante, confortablement installé dans son bureau parisien. Le temps est venu de renouer avec ses premières amours : l'investigation. Il va falloir prendre des risques, se confronter à la perversité du réel. Un glapissement aigu lui échappe, qui tient à la fois de la jubilation et de la peur.

Double appel

En holothurien, l'anxiété se traduit par l'évocateur *aarghst*. Depuis plusieurs jours, l'Iguane se terre dans un hôtel discret de Strasbourg, attendant un appel qui ne vient pas. Soit l'ambassadeur craint un piège, soit Chanéac ne lui a pas transmis le message. L'Iguane a peut-être sous-estimé le type qui la suivait, à moins qu'il n'ait été dupé par Chanéac elle-même. Plus il examine les possibilités, plus elles font des petits qui à leur tour viennent nourrir l'*aarghst*.

Quand retentit enfin la sonnerie attendue, il se précipite sur le téléphone à carte prépayée acheté pour l'occasion. Son cœur habituellement placide fait un bond dans sa poitrine. C'est bien la voix du polyglotte, il la reconnaîtrait entre mille.

D'emblée, l'ambassadeur le traite en égal, commençant par s'enquérir de sa santé avant de le mettre à l'aise en précisant qu'il appelle d'une ligne sécurisée, ce qui allait sans dire mais mieux encore en le disant. Il est heureux de pouvoir enfin lui exprimer ses plus chaleureux remerciements pour ses interventions de Vienne et d'Athènes, qui lui ont probablement sauvé la vie. Avec pudeur, l'Iguane confirme n'être pas étranger à l'échec du complot tichodro-holothurien, tout en se demandant comment Bond a eu vent de sa présence à Athènes. Mais il ne pose pas la question. Chacun reste dans l'allusif, gardant à la discussion la douceur ouatée des amitiés au long cours.

Arrive cependant le moment de revenir à l'urgence du présent. Sans détour, l'Iguane révèle ce qu'il a découvert :

certains rescapés des services holothuriens ont fait alliance avec Langhendries, lequel était derrière les incidents de Cracovie. Tout porte à croire qu'ils n'ont pas renoncé à l'assassinat de l'ambassadeur, et qu'ils ont l'intention de le commettre avant l'Ultime conférence.

L'intéressé reste longtemps silencieux, comme s'il pesait le pour et le contre de sa propre disparition. Quand il reprend la parole, c'est avec une touche de contrariété. Depuis les premières étapes, avance-t-il, on ne compte plus les rumeurs d'attentat le concernant. L'Iguane et lui sont bien placés pour savoir que la seule qui avait quelque consistance n'a finalement pas abouti, et qu'ils ont tous deux fait ce qu'il fallait pour enlever à ses commanditaires l'envie de récidiver. Quant à Langhendries, ses outrances sont bien connues au Parlement et les services de sûreté gardent sur lui un œil vigilant. Ils ont examiné les images du forum de Cracovie et en ont conclu que l'incident était imputable à des négligences locales. Bond tient cependant à remercier son correspondant du souci qu'il manifeste à propos de sa modeste personne.

Un nouveau silence s'ensuit, plus lourd que le précédent. L'Iguane n'avait pas prévu cette réaction. Il lui semblait que ce qui s'était passé à Venise faisait de lui un lanceur d'alerte suffisamment crédible. Et voilà que l'ambassadeur refuse de le prendre au sérieux, allant jusqu'à lui infliger un de ses accès de langue de bois, célèbre dans l'Europe entière, disséquée par des spécialistes et parodiée à la télé comme sur YouTube. Après quelques raclements de gorge, Bond essaie de renouer avec le registre amical. Il souhaite d'un ton léger que leur prochaine conversation n'attende pas six ans, laisse passer quelques secondes et raccroche.

Le téléphone à la main, l'Iguane reste parfaitement immobile, concentré sur sa déception (en holothurien, *schüüghst*). Tout ce à quoi il a rêvé n'était que chimère. Il n'y aura jamais de deuxième rencontre. Trop d'années ont passé depuis Venise, pendant lesquelles l'ambassadeur est devenu un politicien comme un autre. Rien ne peut plus empêcher la catastrophe qui s'annonce.

Quand le téléphone sonne à nouveau, il se reprend à espérer. Hélas, ce n'est pas l'ambassadeur pris de remords, c'est un type qui se présente comme journaliste et refuse de donner son nom. Le type parle anglais avec un accent français très marqué, ce qui laisse penser que Chanéac a montré le message à un vulgaire chasseur de scoop.

Dans la première partie de sa vie, l'Iguane a entretenu avec la presse un rapport purement utilitaire : il ne la lisait que pour acquérir des informations sur ses cibles. Mais depuis qu'il s'est investi dans le monde des idées, la relation s'est transformée en un mélange attirance/répulsion, où la répulsion l'emporte régulièrement. Il résiste pourtant à l'envie de raccrocher. Puisqu'il n'a pas convaincu l'ambassadeur, pourquoi ne pas utiliser les médias pour lancer l'alerte ?

Le journaliste a une curieuse façon de s'exprimer, avec des formules inutilement contournées, comme s'il n'avait pas le droit de prononcer certains mots. L'Iguane comprend mal, il est obligé de lui demander de parler plus fort et moins vite. L'homme prétend être tombé par hasard sur un message adressé à une personnalité européenne de premier plan, dont il a déduit qu'ils pourraient échanger d'utiles informations. L'Iguane répond par un silence, ce qui n'est pas la même chose que ne rien répondre. Après de longs atermoiements, le journaliste s'enhardit et lui propose un rendez-vous dès le lendemain dans un café de la périphérie de Strasbourg. Sûrement un des correspondants européens que l'attachée de presse fréquente. Il serait bon de voir ce que ce type a dans le ventre.

L'Iguane accepte par monosyllabes, raccroche et se sert un verre de *single malt*, regrettant de ne pouvoir écouter sa musique dans cet hôtel de seconde zone. Pour le reste il sait ce qu'il a à faire, choisir la tenue la plus adaptée, se procurer deux nouveaux téléphones à cartes, aller reconnaître en avance le lieu du rendez-vous. La désillusion laisse place à une étrange sérénité. En ne respectant pas ses consignes, l'attachée de presse lui a rendu service. Si l'ambassadeur ne vient pas à lui, c'est lui qui ira à l'ambassadeur.

Les perdants magnifiques

Assise dans un couloir de la DGSP (Direction générale de la sûreté et de la protection), Julia laisse aller ses pensées en attendant qu'on vienne la chercher. À chaque fois qu'elle se rend au Parlement, de nouveaux souvenirs reviennent par grappes. Ils ne font que souligner la distance qui l'en sépare aujourd'hui.

En marchant sous la double rangée des drapeaux européens qui conduisent à l'entrée, elle se sentait autrefois protégée par une grande famille cosmopolite et bienveillante. Aujourd'hui, il y a des drapeaux en plus et un en moins. L'Union Jack, fière bannière du pays où elle est née, ne flotte plus au pied de la tour. Ni ailleurs. Dans l'explosion du Royaume-Uni qui a suivi le Brexit, elle a été amputée des croix écossaise et irlandaise pour ne conserver que celle de St-George, deux simples bandes rouges sur fond blanc. Presque rien. Ce n'est même plus un drapeau, à peine un pictogramme pour costume de film médiéval, le triste symbole du déclin. Mais c'est le sien.

Reléguée depuis vingt minutes dans un couloir blafard, elle se sent comme un corps étranger. L'administration du Parlement va se débarrasser de Julia Chanéac-White, ressortissante d'un pays qui a quitté l'Union après de pénibles tergiversations, attachée de presse en congé maladie longue durée, déjà remplacée dans l'équipe Bond par un jeune Français aux dents longues et en pleine possession de ses moyens.

Une porte s'ouvre, la cheffe Andersen fait enfin son apparition, une rousse réfrigérante déjà croisée dans deux ou trois réunions, qui s'excuse de l'attente occasionnée alors que ça fait sûrement partie de la mise en condition. Julia la suit dans un bureau orné d'un nombre impressionnant de portraits de dirigeants européens, au milieu desquels trône un Fergus refusant obstinément de sourire. D'un ton lugubre, Andersen révèle que des informations convergentes font craindre un attentat imminent sur la personne de l'ambassadeur. Julia fait observer qu'elle vient justement de passer plusieurs semaines à l'hôpital à la suite d'une agression visant toute l'équipe. Si la Sûreté n'était pas au courant, elle tient les détails à sa disposition.

Andersen ignore la provocation et lui demande si elle a des informations sur un individu surnommé l'Iguane et doté d'un visage curieusement aplati.

Pour se donner le temps de réfléchir, Julia laisse son regard partir dans le vague comme si elle cherchait dans ses souvenirs. Elle doit reconnaître que le nom d'*Iguane* va comme un gant à l'individu en question. Contrairement à Fergus, la Sûreté semble le considérer comme un tueur potentiel. Et Andersen la soupçonne de le connaître. Mais il est peu probable que Fergus lui ait parlé du message. Dès lors, Julia peut laisser son instinct répondre à sa place.

Elle déclare que la seule personne que *l'Iguane* lui évoque est un chanteur punk-rock des années 1970. Elle regrette de ne pouvoir renseigner la Sûreté. Comme chacun sait, sa mémoire est devenue capricieuse. Cependant elle va redoubler de vigilance, et si jamais le plus petit lézard passe dans son champ de vision elle ne manquera pas de sonner l'alarme.

Ça ne fait pas rire la cheffe Andersen, qui produit un de ses regards polaires les plus réussis et met fin à l'entretien d'une formule dénuée de la moindre trace de politesse. Dans le couloir, Julia respire un grand coup et active son smartphone, lequel recense plusieurs appels d'Hubert, et surtout ce texto de Fergus :

I know you're here.
Meet me at the English translation booth.

L'exceptionnelle concision du message a de quoi intriguer. L'ambassadeur lui donne rendez-vous dans la cabine de traduction anglaise de l'hémicycle, un endroit tout à fait inhabituel. Soit il a quelque chose de confidentiel à lui confier, soit il connaît une brusque poussée hormonale, les deux cas méritant éclaircissements.

Elle quitte l'étage de la Sûreté, passe de la tour à l'arche par les hautes passerelles de bois, longe les murs végétaux et les grandes parois sphériques de l'hémicycle. À cette heure, on croise peu de monde dans le labyrinthe du Parlement. Les services ont une fois de plus remis à demain ce qu'ils n'étaient pas parvenus à régler la veille et les commissions ont jeté l'éponge devant la complexité du monde. Le soir tombe sur la ruche européenne, l'enthousiasme du matin a fondu face aux assauts répétés de la réalité et plus personne ne croit en rien. Julia peut filer à son mystérieux rendez-vous sans susciter de curiosité déplacée.

Elle pousse doucement la porte de la cabine de traduction. Fergus l'accueille avec sa pudeur anglo-saxonne, c'est-à-dire en évitant de la toucher. La perspective d'ébats amoureux s'éloigne à grande vitesse. Elle s'assied à côté de lui, devant les pupitres de traduction simultanée, micros dressés et voyants allumés. La cabine est toujours en usage, l'anglais étant resté langue officielle de l'Union. À travers la longue baie horizontale, Julia remarque avec surprise que l'hémicycle désert est illuminé, comme pour une séance plénière. Fergus a soigné la mise en scène.

Après une dizaine de secondes de méditation, l'ambassadeur fait sa déclaration. Dans un style exceptionnellement direct, il propose à son ancienne attachée de presse de revenir travailler avec lui. L'intéressée restant sans réaction, il comprend qu'il va lui falloir argumenter. Il fronce les sourcils, se racle la gorge et se lance dans un avant-propos dont voici une traduction en français :

— *Il y a huit ans, le modeste vaisseau du Multilinguisme appareillait dans les eaux tranquilles de la lagune de Venise. Au cours de notre long voyage sur l'océan européen, nous avons dû faire face à de redoutables tempêtes, de la pandémie à la guerre en passant par la crise sociale et l'accélération du changement climatique. Malgré les viles attaques des pirates populistes, nous avons tenu bon, et les joyeuses lumières du port d'arrivée brillent à l'horizon de nos fragiles espoirs. Demain, quand nous ferons le compte des trésors rassemblés lors de notre audacieuse campagne, il nous faudra prendre garde à n'être pas moins ardents dans le partage que dans le combat.*

Julia se demande d'où viennent les accents quasi shakespeariens que Fergus laisse entendre. Peut-être d'une légitime nervosité due à l'approche de l'Ultime conférence, qu'il essaierait d'alléger par l'autodérision. Mais la question s'envole aussitôt devant le spectacle qui se présente à ses yeux. C'est la première fois qu'elle pénètre dans une cabine de traduction, dotée d'une vue imprenable sur le vaste hémicycle. Certains lieux resteront toujours à l'abri de la banalité. Les milliers de photos et de vidéos prises dans cette enceinte ne parviendront jamais à effacer sa singularité : une assemblée élue, censée représenter un demi-milliard d'habitants et une trentaine de pays.

Maintenant qu'elle ne croit plus au rêve européen, elle en perçoit toute la grâce. Ici, on a fait tout ce qui était possible pour réconcilier les irréconciliables. On leur a construit des pupitres bleus en cercles concentriques pour qu'ils se sentent à l'aise, on leur a dessiné des travées vers une arène centrale pour qu'ils essaient de visualiser un avenir commun, on a rangé leurs drapeaux par ordre alphabétique pour ne froisser personne, on les a entourés de murs lumineux en ellipse, d'une guirlande de traducteurs dévoués et d'un plafond acoustique pour que tout soit clair et intelligible, pour que jamais leurs discordes ne trouvent l'excuse de l'incompréhension. Ça n'a pas suffi à empêcher son rude pays de naissance de claquer la porte, ce qui, curieusement, ajoute au charme du lieu. Le Parlement est un perdant magnifique.

Quand Julia a subi l'opération qui l'a rendue stérile, elle travaillait comme attachée de presse des écologistes. Ils ne s'appelaient pas encore les Terrestres, leur groupe n'était que le sixième en nombre d'élus. Elle s'était mise à voir l'hémicycle comme une matrice, un utérus bleu et blanc de deux mille mètres carrés où sept cent cinquante élus/spermatozoïdes se battent tous les mois pour féconder l'ovule du Droit. Chaque fois qu'un texte soutenu par le groupe était voté, elle avait la sensation d'avoir participé à l'improbable coït de la Justice et du Réel. Un orgasme citoyen, dont certaines manifestations n'avaient rien à envier à l'orgasme tout court.

Saisie d'une mélancolie inattendue, elle doit faire un effort douloureux pour revenir à la tirade de Fergus, qui semble s'approcher de la fin.

— *Aucune victoire n'est acquise avant l'heure, et les démons que nous avons cru défaire ont déjà léché leurs plaies. Ils volent avec nous vers la dernière étape, où vont se confronter les trois grands récits qui se disputent le futur : la Nouvelle Guerre des nations, la Légende libérale et l'Âge du vivant. Seul un des trois pourra être conté aux hommes de ce temps. Il serait bien sot, le capitaine qui ne laisserait pas celle qui a bravé les tempêtes à ses côtés prendre toute sa place dans l'ultime bataille du monde.*

Julia n'a pas très bien saisi quelle était la bataille en question ni quelle place elle pourrait y prendre, mais ça n'a aucune importance. La mort dans l'âme, elle s'apprête à rejeter l'offre de Fergus. Quelque chose s'est cassé qu'aucun argumentaire n'a le pouvoir de recoller. Le désespoir de l'écrivain misanthrope s'est installé en elle, répétant d'une voix lancinante que la politique ne peut rien contre la biologie.

L'ambassadeur ne s'est pas rendu compte que Julia restait pour une fois insensible à son pouvoir de conviction. Alors qu'il conclut sur une comparaison entre le projet européen et le siècle des Lumières, les grands murs lumineux s'éteignent d'un coup, plongeant la cabine dans la pénombre et l'hémicycle dans l'obscurité. On ne distingue plus qu'une myriade de petits points rouges sur les pupitres. Bond s'arrête net, figé dans l'indignation muette de l'acteur interrompu par une panne de courant en pleine tirade contre l'obscurantisme.

Un bruit de pas rapides se fait entendre. La personne qui a éteint l'hémicycle vient nous faire une petite visite, se dit Julia dont le rythme cardiaque s'emballe. La porte de la cabine s'ouvre à la volée et la cheffe Andersen fait irruption, un pistolet de type Glock à la main. Elle braque aussitôt son arme sur l'ambassadeur.

Plus encore que ce geste invraisemblable, c'est son visage qui frappe Julia de stupeur. Andersen a perdu son expression arrogante et glacée, elle a seulement l'air d'un soldat heureux d'accomplir la tâche qu'on lui a confiée.

Un peu de journalisme de terrain

Au comble de l'excitation, Hubert pousse la porte du Trock Café. Il ne sait rien de l'homme qu'il doit rencontrer. Pas de nom, pas de visage, aucun signe de reconnaissance n'a été convenu, il avisera sur place. Il espère seulement que la personne sera sensible à l'atmosphère du lieu, géré par une de ces associations qui ont fleuri ces dernières années et dont le principe est d'accepter les échanges en nature et les gens tels qu'ils sont. Pour un premier contact, ce choix lui a semblé pertinent.

Il s'installe au fond de la salle, devant des étagères pleines d'objets disparates. Puis fait mine de se plonger dans la *Gazette de l'Union*, une feuille destinée aux fonctionnaires européens pour laquelle il signe régulièrement des critiques de films. Ainsi l'homme le reconnaîtra, lui. De plus il trouve amusant de pervertir le cliché des romans d'espionnage en se planquant derrière un journal dans lequel figure sa propre prose.

Alors qu'Hubert relit sa dernière critique pour la troisième fois, la trouvant de plus en plus pertinente, l'homme ne s'est toujours pas manifesté. Il appelle Julia, qui ne répond pas. L'excitation est nettement retombée. Il remarque quelque chose de bizarre, un des clients installés en terrasse s'est effondré sur la table en renversant sa bière bio. Il s'approche, c'est un jeune au look terrestre, cheveux longs, bijoux recyclés et casquette en liège. La tenancière accourt et lui prend le pouls, le jeune est vivant, seulement il refuse obstinément de se réveiller. On échange les propos de circonstance sur les ravages de la drogue et on appelle les pompiers. Hubert n'en mène pas large, il se demande s'il ne s'agit pas de l'homme avec qui il avait rendez-vous. Il observe les alentours sans rien remarquer d'anormal, avant de trouver sur sa table un petit papier plié en quatre. L'écriture est la même que celle du message transmis par Julia.

South bank, third bench after the bridge.

Il quitte le Trock Café, longe la rivière et s'approche lentement du troisième banc après le pont. Son homme y est assis, silhouette maigre et barbue, borsalino porté avec aplomb, look de privé des années 1950. Tout cela ferait plutôt bonne impression sur Hubert qui apprécie le second degré, s'il n'y avait ce visage.

L'homme lui fait signe de se taire et, dans un anglais métallique marqué d'un accent d'Europe centrale, exige qu'il lui remette son téléphone portable. Son premier mouvement est de refuser mais quelque chose dans l'expression du type l'en dissuade. Celui-ci empoigne son téléphone et, d'un mouvement ultra-rapide, le balance dans la rivière. C'est ça le vrai journalisme de terrain, se dit Hubert.

L'homme se présente sous le nom d'Alex et propose un premier échange d'informations. Hubert avoue qu'il n'est pas sûr d'avoir compris ce qui s'est passé au Trock Café. L'explication ne tarde pas : il était suivi par le jeune, sans doute depuis son hôtel. Ne pouvant se permettre d'être lui-même repéré, le nommé Alex a neutralisé le jeune avant leur prise de contact. Selon lui, la présence d'un tiers sur le lieu du rendez-vous signifie que le smartphone du journaliste était sur écoute. Hubert en conçoit un intéressant mélange épouvante/excitation et pose aussitôt une série d'autres questions (qui, pourquoi, comment ?), n'obtenant cette fois aucune réponse. Alex lui rappelle que c'est à son tour de livrer une info. Sans trop savoir ce que ça vaut, il signale que Julia Chanéac-White a été convoquée par la direction de la Sûreté du Parlement, où elle doit se trouver à l'instant même.

Pendant une poignée de secondes, l'homme au chapeau reste d'une immobilité de statue. Puis, sans transition, Hubert voit le visage difforme se matérialiser à quelques centimètres du sien et la bouche sans lèvres jurer dans une langue inconnue, pendant que des mains longues et noueuses lui broient les épaules avec une force herculéenne. De la conversation qui suit, il comprend que Julia et Bond sont en danger, qu'Alex a besoin de sa collaboration et que refuser le conduirait à affronter de graves problèmes de santé.

L'homme lui donne les termes du contrat. Son badge d'accréditation au Parlement, contre le scoop de sa vie.

Un instant délicieux

Lapis-lazuli s'abandonne à l'émotion qu'elle préfère entre toutes : la fierté. Un feu d'artifice de fierté, un shoot de fierté à dose massive. Elle tient enfin Bond dans sa ligne de tir. L'ambassadeur européen du Multilinguisme, une des dix personnes les plus influentes au monde, tremble comme un lapin tétanisé par la peur.

Contrairement à ce que beaucoup pensent, l'élément essentiel dans ce genre de mission n'est pas la rapidité, c'est la patience. Lapis-lazuli est devenue rousse, a infiltré les rangs de l'ennemi grâce aux contacts de Langhendries, a gravi sous le nom d'Andersen les échelons de la direction de la Sûreté du Parlement. Ça a pris une demi-douzaine d'années. Et une fois au sommet, encore fallait-il attendre que l'occasion se présente. Elle a été longue à venir.

Suprême ironie, c'est l'Iguane qui a tout déclenché en passant un message à Bond par l'intermédiaire de Chanéac-White. Obéissant à ses réflexes professionnels, Chanéac n'a pu s'empêcher de mettre un journaliste dans le secret. Lapis-lazuli avait eu la bonne idée de placer son téléphone sur écoute. Elle devait agir vite, elle a convoqué Chanéac et s'est arrangée pour que Bond soit au courant. Ce qu'elle attendait depuis tout ce temps s'est enfin produit : Bond et Chanéac dans la même pièce, sans témoin.

Il était temps, l'Iguane commençait à se rapprocher dangereusement. Il a neutralisé l'agent de la Sûreté qu'elle avait envoyé pour couvrir son rendez-vous avec le journaliste, mais ça ne change rien. Elle a un coup d'avance.

Ce que les Tichodromes n'avaient pas compris, c'est qu'il ne suffit pas d'éliminer Bond et de détourner les soupçons. Il faut le faire en abîmant son image, en renversant son projet, en jetant le discrédit sur les mots qu'il a semés pour que plus personne ne soit tenté de s'en servir. Cet exploit, elle est enfin en mesure de l'accomplir.

Dans très peu de temps, l'ambassadeur du Multilinguisme mourra, assassiné par son ancienne attachée de presse.

Pour le mobile, Chanéac coche toutes les cases. Collaboratrice évincée, ou maîtresse jalouse, ou en désaccord idéologique, ou prise d'une crise de folie due à son traumatisme. Ou tout ça à la fois. Peu importe, du moment que ce sont les européistes qui s'éliminent entre eux.

Sur les enregistrements de vidéosurveillance, on verra une Andersen affolée marcher à vive allure vers la cabine de traduction où Bond et son ancienne attachée avaient rendez-vous. Malheureusement, Andersen sera arrivée trop tard pour sauver l'ambassadeur. Dans la cabine, elle se sera à son tour trouvée menacée par Chanéac. Elle n'aura eu d'autre choix que l'abattre et appeler les secours. L'écoute téléphonique prouvera qu'elle la soupçonnait depuis un moment. Les enquêteurs trouveront les bonnes empreintes sur les bonnes armes, et ce scénario deviendra vérité officielle.

La cheffe Andersen reconnaîtra son échec avec humilité et démissionnera pour retourner à la vie civile. Si des flics s'avisent d'enquêter sur elle, ils tomberont sur les fausses traces que le Twist, service holothurien qui a succédé à l'Opax, a patiemment semées dans plusieurs pays.

Cerise sur le gâteau, ça va se passer au cœur de la place forte ennemie, dans l'hémicycle même. Lapis-lazuli n'avait pas osé en rêver. L'événement sera puissamment relayé par les réseaux patriotes, l'Union européenne ne s'en remettra pas. Même si très peu de gens connaîtront un jour la vérité, la grande nation holothurienne aura réussi là où les bouffons de Tichos ont échoué. Il y a des cas où la fierté est trop précieuse pour se partager.

Bond et Chanéac sont maintenant assis devant elle, résignés, à sa merci. Elle les a fouillés, les a délestés de leurs téléphones, a fermé la porte à clé. Elle tient en main le Glock qui abattra Bond, et le Sig Sauer qui abattra Chanéac attend sagement dans la sacoche. Les cabines de traduction sont insonorisées et, comme tous les bureaux du Parlement, exemptes de caméras de surveillance. C'est vendredi soir, fonctionnaires et élus européens sont rentrés chez eux. Finalement, il n'y a aucune raison de se précipiter. Elle a tout le temps. L'instant lui appartient.

Et l'instant est délicieux.

Elle félicite Bond pour l'exploit qui a fait sa réputation dans le monde du renseignement : parvenir à retourner un tueur venu l'éliminer, rien qu'avec des mots. Elle a toujours pensé que la légende était bidon. L'occasion de le vérifier est trop belle.

Elle donne à l'ambassadeur trois minutes pour la convaincre de les laisser en vie.

Une voix dans la pénombre

En passant le badge du journaliste sur le lecteur, l'Iguane ne cherche pas à dissimuler sa figure. C'est un risque à prendre. Ce bâtiment reçoit chaque année une dizaine de milliers de visiteurs réguliers qui n'ont pas tous des têtes de présentatrices télé. En outre, il a mis son nez standard, qui selon lui le rapproche d'une forme de normalité. Le gardien le regarde franchir le portique de détection, constate qu'aucune sonnerie d'alarme ne retentit et relance sa série favorite sur son iPhone 18. L'Iguane attend d'être parvenu au pied des ascenseurs pour appeler le journaliste.

— *Doug ? I'm in.*

Le profond soupir de soulagement d'Hubert, alias *Doug*, siffle dans l'oreillette de l'Iguane, alias *Alex*. L'utilisation de noms de code tient de la superstition pure et simple : avec ces téléphones à cartes prépayées, le risque d'être écouté est quasi nul. De plus, compte tenu de leurs accents respectifs, les noms choisis ne tromperaient personne.

— *Good, Alex. Now cross the agora and take the elevator to floor 5.*

La voix du journaliste le guide jusqu'à un bureau du cinquième étage. Il toque plusieurs fois, tourne la poignée. La porte n'est pas fermée. Avec la sensation de commettre un sacrilège, il entre dans le temple de l'ambassadeur du Multilinguisme.

— *Alex, tell me. Tell me what you see.*

L'angoisse d'Hubert grésille dans son oreille gauche comme un insecte énervé. Non, pas de cadavre d'ambassadeur baignant dans une mare de sang. Le bureau est encombré de piles branlantes de documents, de dossiers, de journaux, de livres, le tout décoré d'une série d'objets à la signification inconnue, dont une fusée aux couleurs européennes et un petit dromadaire en peluche. Le niveau de désordre peut être qualifié d'élevé, mais un désordre bienveillant, loin de la scène de crime.

Ce qui frappe l'Iguane, c'est le lointain murmure qui émane des volumes de la bibliothèque et des portraits accrochés aux murs, une musique intemporelle qui parle toutes les langues à la fois. Il reste quelques instants à retourner les livres et à contempler les photos, identifie le sémiologue italien Eco, le philosophe français Serres et quelques autres, un romancier portugais, une politologue allemande et même l'unique sociologue holothurien connu, photographié dans sa prison. Il y a aussi des images de migrants en noir et blanc, et une série de photos de guerre, souvent insoutenables. Une tranchée de 14-18, Stalingrad, Oradour-sur-Glane, Dresde, le siège de Sarajevo, celui de Marioupol.

On ne peut pas dire que l'Iguane ait montré beaucoup de considération pour la vie humaine dans la première partie de son existence. Pourtant il partage la répulsion viscérale de Bond pour la guerre. Il est en train de réfléchir à la contradiction quand Hubert le rappelle à l'ordre :

— *Hey ! What are you doing ?*

Il sursaute violemment, explique qu'il cherchait des traces de lutte mais que l'ambassadeur semble avoir quitté les lieux de son plein gré. Prenant son rôle de plus en plus au sérieux, Hubert l'oriente vers les autres bureaux de l'ambassade, lesquels se révèlent déserts. À travers la baie de la salle de réunion, l'Iguane remarque que le dôme de l'hémicycle est allumé.

Il en informe Hubert, qui se montre surpris. On n'est pas dans une semaine de séance plénière et ça ne correspond pas aux horaires du service d'entretien. Comme pour leur donner raison, le dôme s'éteint. Les deux hommes tombent d'accord, il se passe quelque chose là-bas. Guidé par la voix nerveuse qui s'échappe de son oreillette, l'Iguane fonce à travers couloirs, escaliers et passerelles jusqu'à l'entrée principale de l'hémicycle. Une fois encore, les portes ne sont pas verrouillées. Dans la grande salle elliptique, l'obscurité est presque totale. On ne distingue que le motif concentrique des centaines de petites lueurs rouges qui brillent sur les pupitres vides des eurodéputés et se reflètent sur les coques de protection sanitaire. Le plus silencieusement possible, il s'assied à l'une des places du haut.

— *What's going on ? Talk to me Alex !*

La panique du journaliste empêche l'Iguane de se concentrer. Il arrache son oreillette, coupe la communication et reste dix secondes parfaitement immobile, guettant les bruits en provenance de l'hémicycle. Mais il ne perçoit à nouveau qu'un murmure venu de toutes les directions. Cette fois ça ressemble à la voix de Bond lui-même. Il se demande s'il n'est pas en train de devenir dingue.

Grâce à la lueur rouge du voyant, il commence à distinguer le pupitre devant lui : le micro qui permet à l'élu d'intervenir de sa place, le casque audio pour suivre les débats. Il empoigne le casque et le pose sur ses oreilles. C'est bien de là que vient la voix de l'ambassadeur, qui s'exprime en anglais.

— *Vous croyez que la planète sera toujours le décor complaisant de vos guerres perpétuelles. Vous croyez en cette idée absurde selon laquelle, parce que vous êtes née à un certain endroit et moi à un autre, vous seriez investie du devoir de me combattre et du droit de disposer de ma vie. Vous croyez aussi qu'en assassinant deux personnes dans un parlement, on peut assassiner la démocratie. Mais le monde a changé. Le monde vous voit. Le monde vous entend. Dès l'instant où vous appuierez sur la détente, vous scellerez votre défaite.*

Avec un frisson, l'Iguane reconnaît le style employé par l'ambassadeur dans sa suite vénitienne, huit ans plus tôt. En revanche, le contenu semble radicalement différent.

— *Je ne suis pas surpris de votre venue. Votre parfum vous avait précédée. Qui passe toute sa vie langée dans le même drapeau finit par puer atrocement, répandant partout l'odeur des pensées excrémentielles qui s'y sont accumulées.*

Bond ne cherche pas à susciter l'empathie, remarque l'Iguane. Il n'essaie même pas de sauver sa peau. Mais à qui parle-t-il vraiment ? Probablement pas à la personne qui le menace. À l'autre personne à laquelle il a fait allusion, sans doute l'attachée de presse ? Ce serait une façon particulièrement détournée de lui dire adieu. À moins qu'il n'essaie de se convaincre lui-même, à l'instant ultime, que son combat n'aura pas été vain, que ses idées lui survivront. Toutefois, le pouvoir consolateur de tels propos n'a jamais été démontré. Alors ?

Reste une hypothèse vertigineuse. C'est à lui, l'Iguane, que l'ambassadeur s'adresse. Il a activé la sono de l'hémicycle pour qu'un témoin l'entende, pour sauvegarder ce moment pour la postérité. Ce moment où, au bord de l'abîme, il se sera défendu à l'aide de la seule arme dont il dispose, la parole, confondant son ennemi avec panache, le couvrant à chaque phrase d'encore plus de déshonneur et de ridicule.

— *Mais au fait, d'où vient votre odeur infâme ? De la répétition. Comme pour tous les fanatismes, l'obsession identitaire se nourrit de la répétition perpétuelle d'un petit nombre de mots, qui jamais n'accèdent au stade du langage.*

Reste une question plus triviale. L'hémicycle paraissant désert, d'où parle l'ambassadeur ? Maintenant habitués à l'obscurité, les yeux de l'Iguane repèrent une lueur rectangulaire et horizontale de l'autre côté de la salle, au milieu du mur. Dans ce qui ne peut être qu'une des cabines de traduction.

— *Car votre ennemi ultime n'est autre que le langage lui-même. Son extraordinaire capacité à produire du nouveau, à nous faire changer d'avis, à nous transformer en d'autres personnes. Obscurément, vous avez compris que le langage a le pouvoir d'accomplir ce que vous redoutez le plus au monde, vous sauver de vous-même.*

La voix de l'ambassadeur continue de couler des écouteurs, mais de plus en plus lentement, comme à Vienne. Comme pour annoncer la fin, comme s'il voulait dire à l'Iguane qu'il ne reste plus beaucoup de temps.

L'agression

Dans la cabine de traduction, le corps entier de Julia est agité de tremblements incoercibles, mais la peur n'a rien à voir là-dedans. L'indignation a pris toute la place.

La mine réjouie de la cheffe Andersen, son arme brandie comme un argument définitif, les gants de latex qu'elle porte pour ne pas laisser d'empreintes, ce petit théâtre du traître jouissant de sa traîtrise, tout ça lui donne envie de hurler. Andersen ne se contente pas d'afficher son envie de tuer, elle inflige à ses victimes une mise en scène qui les privera de la seule chose qu'elles pouvaient encore espérer, une vérité qui leur survivrait. Pire encore, elle profite de la situation pour jouer avec ses proies, daignant accorder trois misérables minutes de parole au plus grand orateur vivant.

Oui, cette indignation qui brûle tout sur son passage comme de la lave, Julia ne l'a pas ressentie depuis longtemps. Depuis quand, au fait ?

Depuis l'agression.

Les souvenirs de Cracovie reviennent en cascade, surgissant enfin du néant.

Trois jours avant la conférence, toute l'équipe avait pris le train pour se rendre à une soixantaine de kilomètres de là, sur le site du plus grand camp d'extermination de la Seconde Guerre mondiale. La visite n'avait pas été médiatisée. Au début du Bond Tour, le choix avait été fait d'éviter les sorties historiques pour laisser aux conférences le maximum d'impact. Cependant l'ambassadeur avait fait une exception pour cet endroit, expliquant qu'il n'envisageait pas de finir son tour d'Europe sans passer par ce qu'il considérait comme le véritable centre de l'Europe. Des sourcils s'étaient haussés mais personne n'avait moufté.

Les images se sont remises en ordre et le film se déroule. Pour la première fois de sa vie, Julia passe sous l'écriteau *Arbeit macht frei*. Pousse la porte des baraquements de briques alignés. Regarde les photos, les dessins, les vêtements, les chaussures, les cheveux. Lit les témoignages et les documents administratifs. Longe les barbelés, en silence, avec le reste de l'équipe. Entre dans la chambre à gaz.

Elle en ressort vite, marchant à petits pas pour ne pas tomber, puis s'assoit sur un muret. Elle reste là quelques minutes, à se parler à elle-même.

— Si tu n'es pas venue plus tôt, c'est que tu savais depuis longtemps que t'attendait ici quelque chose de plus terrible que le mal : la banalité du mal. Ce n'est pas seulement la chose qui te fait peur, c'est le sentiment qu'elle t'inspire, ce dégoût global pour l'espèce humaine. Tu appartiens à cette espèce, le mal serait donc tapi en toi, il suffirait de certaines circonstances pour le réveiller. Pourtant, maintenant que tu es là, il se passe autre chose. Le choc que tu ressens t'oblige à regarder les coupables de plus près. Ils portent en effet des noms communs et des visages ordinaires, c'est leur réunion qui est monstrueuse, c'est leur alliance historique qui explique ce lieu. Racisme d'État plus régime totalitaire plus guerre plus soumission à la hiérarchie plus les habituels compagnons de route, cupidité sadisme lâcheté bêtise. Chacun à sa place, pour que la machine infernale tourne à plein régime. Et le patriotisme, oui ce cher vieux patriotisme, pour mettre de l'huile dans les rouages. Aussi humains que soient ces maux, ce n'est pas la nature humaine qui alimente le moteur, ce sont des idées. Contrairement aux apparences, il s'agit d'une bonne nouvelle. Car on peut se battre contre ça, avec d'autres idées et en tant qu'humains.

Tu viens de découvrir que tu étais innocente. Tu as le droit de jeter ta culpabilité aux orties ou, mieux, de la transformer en colère.

En sortant du camp, Julia a l'impression d'habiter une nouvelle version d'elle-même.

Sur le parking, il y a une vingtaine de jeunes gens qui crient des slogans et agitent des pancartes. Fergus explique que depuis quelques années, les négationnistes manifestent au plus près des lieux de mémoire. Une stratégie mûrement réfléchie. Fascinée, Julia se rapproche. Un des manifestants semble très jeune, sans doute moins de vingt ans. C'est lui qui hurle le plus fort, en anglais pour être compris du plus grand nombre, que ce musée est une imposture et la Shoah une invention des Juifs.

Elle se voit le prendre doucement par la main et retourner dans le camp avec lui, parce que c'est comme ça qu'il faudrait faire, il faudrait leur montrer ce qu'ils ne veulent pas voir et leur expliquer ce qu'ils ne veulent pas comprendre jusqu'à ce qu'ils le voient et le comprennent. Elle veut penser que ce jeune homme n'est pas perdu. Sauf qu'il refuserait de mettre les pieds dans le camp, évidemment. D'ailleurs, même s'il y entrait, ses yeux refuseraient de voir. Elle est très en colère contre lui. Trois camionnettes de police arrivent enfin. La séquence s'arrête là.

Les images qui suivent sont celles de la conférence. Julia se souvient, il fait un temps magnifique, elle descend de la colline du Wawel, traverse la Vistule parmi une foule heureuse de touristes pour rejoindre l'auditorium du superbe palais des congrès de Cracovie. Difficile de croire que cet endroit et le camp d'extermination appartiennent au même univers.

Dès l'entrée en scène de Fergus, des hommes au fond de la salle sortent des drapeaux et commencent à faire du bruit. Puis ils se lèvent et marchent vers la tribune. Les quelques flics locaux sont débordés et appellent des renforts. Julia et le reste de l'équipe s'interposent pendant que les gardes du corps emmènent l'ambassadeur en lieu sûr. Les perturbateurs envahissent la scène et bien sûr les référent-es refusent de partir. Bousculades, cris, et puis coups. Sécurité encaisse et rend la monnaie. Institutions a instantanément adopté la position de base de la boxe anglaise. Organisation tombe à terre en poussant un hurlement aigu. Diversité fait une crise de nerfs.

Julia se retrouve face au jeune négationniste rencontré trois jours avant.

La boucle est bouclée. Ceux qui nient l'existence des camps s'attaquent à une figure trop belle pour être vraie, un réfugié arabe devenu ambassadeur européen. Et le pire, c'est que personne ne peut en être surpris. D'ailleurs, des avertissements avaient été lancés à l'équipe Bond par une foule de modérés/démocrates/pas racistes : si vous ne voulez pas réveiller la bête immonde, arrêtez de la provoquer. C'était pourtant simple à comprendre.

Julia reconnaît l'explosion de révolte qui l'avait saisie à Athènes devant le geste obscène de l'homme en costume, en mille fois plus fort. Une déflagration sphérique, un big bang de particules émotionnelles à haute énergie qui rendent dérisoire toute tentative de raisonnement.

Ce coup de tête effacé de sa mémoire, elle le visualise maintenant au ralenti, avec tous les détails. L'étrange sentiment d'impunité qui l'envahit soudain. Sa détermination, une fois la décision prise. Sa vitesse d'exécution, quand elle bascule la tête en arrière et la projette de toutes ses forces contre celle du jeune. Après, il n'y a plus d'image ni de son.

Dans la cabine de traduction, Julia ne tremble plus. Elle vient de comprendre l'origine de son amnésie.

L'agression de Cracovie, c'est moi qui l'ai commise. J'ai balancé ma tête contre la tête de ce type pour chasser la merde qu'il y avait dedans. Et c'est l'inverse qui s'est produit.

Sidérée par la révélation, elle met du temps à revenir au présent. L'ambassadeur a accepté le défi cynique de la soi-disant Andersen et a commencé à parler. Mais son discours ne ressemble pas à celui d'un otage qui implore son bourreau de lui laisser la vie sauve. Au contraire, il s'ingénie à provoquer la tueuse, déroulant un acte d'accusation implacable. Prise à son propre piège, celle-ci grimace à plusieurs reprises, visiblement tentée d'appuyer sur la détente avant la fin des trois minutes.

En plus des mots qui pleuvent sur elle comme une averse d'été, la pseudo-cheffe doit subir un autre affront : Bond ne la regarde même pas. Dès le début, ses yeux se sont posés sur Julia et ne l'ont plus quittée. En réalité, c'est à elle qu'il parle, c'est elle qu'il cherche toujours à convaincre.

Si l'on admet que les derniers instants de l'existence font ressortir ce qu'il y a de plus important, alors Fergus Bond préfère les consacrer à son ex-attachée de presse, amnésique, démissionnaire et amante occasionnelle, afin de la persuader de poursuivre leurs aventures ensemble. Pour la beauté du geste, puisque d'aventures il n'y aura plus.

Cette aimable folie mérite une réponse. Julia n'a pas à se forcer pour envoyer à l'orateur un sourire qui a déjà fait chavirer un nombre appréciable de cœurs et excité un nombre encore plus grand de libidos, masculines ou féminines. L'ambassadeur ne s'y trompe pas, ferme brièvement les yeux et arrête son discours sur une dernière pique particulièrement assassine. Il a obtenu ce qu'il voulait.

La fausse Andersen consulte sa montre d'un mouvement agacé.

— Il vous restait seize secondes, observe-t-elle.

— J'ai dit ce que j'avais à dire, rétorque Bond. Si vous n'avez pas compris, tant pis pour vous.

Les caprices du destin

En jetant ses armes dans le Sund, bras de mer qui sépare le Danemark de la Suède, l'Iguane savait qu'il le regretterait un jour. Ce jour est arrivé.

La lumière qui filtre sous la porte montre qu'il se trouve devant la bonne cabine. Cette fois, elle est fermée à clé. Pour avoir une chance d'entrer, il doit faire sauter la serrure du premier coup. Il recule de quelques pas, s'élance, prend son appel et donne le coup de pied en visant un point situé juste en dessous de la poignée. Un fort craquement se fait entendre, issu de la porte et d'un os du talon de l'Iguane qui ont cédé en même temps.

Il est dans la place. L'ambassadeur et l'attachée de presse lui jettent des regards lunaires, assis par terre au fond de la cabine, ce qui signifie qu'ils sont en vie. Une femme rousse et athlétique lui fait face. L'Iguane reconnaît le visage de Lapis-lazuli et réciproquement. Pendant trois secondes pleines, les adversaires se fixent sans bouger.

Aucun n'est surpris de trouver l'autre là. Ils savent qu'il n'y aura pas de négociation. Ces trois secondes ne sont ni une marque de respect, ni un rituel de chevalerie, elles permettent à chacun d'acquérir les informations essentielles pour l'affrontement qui va suivre. Lapis-lazuli a un Glock à la main, son expression est déterminée. L'Iguane sait que l'image qu'il renvoie n'a rien pour impressionner une professionnelle de son niveau. Il a perdu son chapeau et son nez en enfonçant la porte, il se présente seul et sans arme.

L'initiative lui revient donc. Il joue son atout majeur, la vitesse, et franchit la distance qui le sépare de Lapis-lazuli en un temps remarquablement bref. Pourtant il sait tout de suite qu'il a raté son attaque car son poing ne fait qu'effleurer la tempe de l'adversaire. Tout en faisant feu sur lui, elle s'est déplacée latéralement et il n'a pu compenser la trajectoire à cause de son talon blessé.

Déséquilibré, il rebondit sur la paroi latérale et s'écroule devant l'ambassadeur. Sa cuisse gauche ne répond plus, il comprend qu'il ne pourra pas se relever. Levant la tête, il voit Lapis-lazuli se rapprocher tranquillement pour le coup de grâce.

— Vous n'êtes pas idiote, lui lance-t-il en holothurien. Vous savez que Bond a raison. Vous ne gagnerez pas. Vous appartenez déjà au passé.

Son apostrophe improvisée n'est pas plus satisfaisante que son attaque. Il aurait aimé lancer quelque chose de raffiné et cinglant à la fois, dans l'esprit de la diatribe de l'ambassadeur, qui aurait atteint l'orgueil de l'adversaire et permis de gagner de précieuses secondes. Décidément, tout va mal.

Lapis-lazuli hoche la tête, semblant hésiter entre tirer tout de suite et chercher une réponse plus fine à la provocation désespérée de l'Iguane. Elle ouvre finalement la bouche, mais on ne saura jamais quelle repartie elle avait choisie car elle n'émet qu'un long hurlement.

Elle lâche le Glock, lève lentement devant ses yeux une main mutilée dont le sang gicle par saccades. Toujours à terre, l'Iguane se jette en avant, parvient à lui attraper la cheville et à la faire tomber, aidé par Chanéac qui fauche l'autre jambe. Cette fois, son poing ne rate pas la tempe de Lapis-lazuli, qui perd conscience aussitôt. Chanéac détourne la tête et crache quelque chose qui a la forme d'un pouce humain.

Épuisé, l'Iguane se laisse aller sur le dos. Ce n'est pas la cuisse qui l'inquiète, c'est cette douleur au ventre. Il l'oublie quand la tête ronde de Fergus Bond apparaît, grossissant jusqu'à occuper la moitié de son champ de vision.

— Il semble que je vous doive une autre vie, mon cher Iguane.

C'est enfin le moment dont il a rêvé, celui de poursuivre une vieille conversation. Une réplique tentante lui vient à l'esprit. Il doit faire un violent effort pour la prononcer.

— La deuxième que j'ai vécue grâce à vous suffira, monsieur l'ambassadeur.

Bond manifeste son désaccord par une moue ennuyée. Son visage grossit encore, dans sa voix pointe un soupçon de mauvaise humeur.

— Lors de notre dernière rencontre, je vous ai conseillé de ne pas obéir aveuglément aux caprices du destin. Vous allez me faire le plaisir de poursuivre votre existence, afin de m'aider à payer ma dette.

L'Iguane s'accorde un moment pour réfléchir à cette idée. C'est difficile car il a de plus en plus de mal à se concentrer. Il se rend compte qu'il a vécu ces dernières années porté par le sentiment de devoir quelque chose à l'ambassadeur. Et maintenant ce serait l'inverse ? Permettre à une autre personne de payer sa dette, est-ce une raison suffisante pour vivre ?

Au moment où il croit avoir trouvé la réponse, tout disparaît dans la nuit.

— Faut jamais oublier son badge, m'sieu Saint-Prix. Vous avez de la chance que je vous aie reconnu.

Hubert se force à sourire au gardien, attend d'être hors de sa vue et se met à courir à toutes jambes dans les allées du Parlement, mû par la désagréable sensation d'avoir commis une erreur mortelle. La communication a été coupée juste après qu'Alex soit entré dans l'hémicycle, comme si l'homme était arrivé où il voulait et n'avait plus besoin de son guide. Julia et Fergus en danger de mort ? Et si Hubert s'était fait berner par un ennemi de l'ambassadeur ou, pire, par un journaliste concurrent ? En ce moment même, un crime est peut-être en train d'être commis au cœur d'une institution majeure de l'Union européenne. Et lui, correspondant accrédité ici depuis des années, va rater le scoop du siècle parce qu'il a refilé son badge d'accès à un parfait inconnu.

Il entre à son tour dans l'hémicycle obscur et perçoit une sorte de crachotement à peine audible qui vient de partout à la fois. Sans le savoir, il refait les gestes d'Alex, s'assied à une place, se coiffe d'un casque audio. Juste à temps pour y entendre claquer deux détonations évoquant irrésistiblement des coups de feu. Il repère la cabine de traduction anglaise et s'y précipite aussi vite que le lui permet son corps de quinquagénaire amateur de vin blanc et de cigarette électronique.

Derrière la porte béante, l'intérieur de la cabine ressemble à un tableau surréaliste. Deux corps sont allongés sur le sol, mais Julia et Bond sont vivants. Le visage livide, la première reste prostrée dans un coin. Le second est agenouillé auprès d'une des deux personnes, qui se révèle être Alex, privé de chapeau et de nez, remuant faiblement dans son costume taché de brun. L'autre gisante est une femme rousse à la main droite ensanglantée. Difficile de deviner si elle est morte ou seulement inconsciente. En plus des larges traces de sang, Hubert remarque sur le sol un pistolet de type Glock et un truc qui ressemble à un pouce humain.

Il s'approche de Julia et lui touche légèrement l'épaule. Pour seule réaction, elle porte la main à sa bouche et s'échappe de la cabine en courant. Bond n'accorde à Hubert qu'un bref signe de tête, comme si sa présence allait de soi.

Aucune de ces réactions n'a de sens évident. Le journaliste doit comprendre ce qui s'est passé, et vite. Dans ces cas-là, il faut tout de suite mettre le grappin sur le bon témoin, celui qui a assisté à l'événement et se montre capable de le restituer sous une forme à peu près intelligible. Toujours agenouillé auprès d'Alex, Bond est en train d'appeler les secours. Hubert décide d'attendre Julia à la porte des toilettes où elle est allée vomir. Elle en sort encore plus livide et paraît ne rien comprendre à ses questions.

Quand il revient à la cabine, les secours sont arrivés, une petite foule de gens responsables s'active, des perfusions ont été posées, la rousse et Alex partent déjà sur des civières. Bond a disparu, les flics ne vont sûrement pas tarder, il est le seul journaliste présent et il ne sait toujours pas ce qui s'est passé. La situation n'est pas seulement absurde, elle est humiliante.

Après quelques minutes d'angoisse, il retrouve Bond affalé dans une des tulipes, ces petits stands de presse circulaires qui fleurissent autour de l'hémicycle. L'ambassadeur a l'expression maussade qu'il arbore parfois après ses conférences. Pour l'amener à parler, Hubert doit mobiliser des trésors de patience. L'événement correspond à un niveau de réalité que le polyglotte n'a pas l'habitude de mettre en mots.

Le point le plus délicat s'éclaircit : il s'agit bien d'une tentative de meurtre, que Julia et l'homme au chapeau ont réussi à déjouer. Finalement, le laisser entrer au Parlement n'était pas une si mauvaise idée. Peu à peu, le scénario se précise, et il a de quoi faire saliver tout rédac' chef qui se respecte. Le journaliste du *Démon* ne peut s'empêcher de noter sur son carnet quelques accroches possibles.

Des coups de feu tirés dans l'hémicycle
Fergus Bond échappe à un attentat en plein Parlement
La directrice de la Sûreté était un agent à la solde des identitaires

Factuel et romanesque à la fois. Il n'est pas fanatique des phrases-chocs, mais il faut savoir faire certaines concessions devant l'enjeu, et l'enjeu dépasse son style personnel pour toucher à la défense du rôle du journalisme dans une société démocratique. Il s'agit aussi, quoique de façon contradictoire, de lancer un buzz d'enfer pour la bonne cause. Bref, l'ambiguïté habituelle de sa profession, portée à l'incandescence. Tout irait bien s'il n'avait l'impression d'avoir oublié quelque chose d'important.

La chose sort lentement du brouillard, elle ressemble à un rectangle de plastique jaune avec son nom écrit dessus, son numéro de carte de presse, une piste magnétique, le QR code de son dernier certificat vaccinal et le drapeau européen en haut à gauche. Le tout formant son badge d'accréditation. Hubert sent le sol s'effondrer sous ses pieds.

Les flics vont retrouver son badge dans une des poches de la veste de l'Iguane. Sur leur tableau de suspects, ils vont tracer un joli trait rouge entre lui et un barbouze international au passé douteux. Il va devoir répondre à des questions gênantes posées par des gens odieux dans des endroits déplaisants. Pire encore, il ne sera plus en situation d'écrire un seul mot sur une affaire dont il sera juridiquement devenu partie prenante. Il laisse échapper une bordée de jurons et se prend la tête à deux mains. Quand il la relève, Bond l'observe avec dans les yeux une lueur amusée.

Le badge jaune est posé devant lui sur la tablette.

Pendant qu'une lente mais puissante vague de soulagement le traverse, Hubert s'étonne que l'ambassadeur du Multilinguisme ait eu le réflexe de faire les poches d'un agonisant. De la conversation qui suit, riche d'allusions et de formules elliptiques, il ressort qu'ils ont tous deux intérêt à laisser dans l'ombre leurs relations avec l'Iguane. Ils scellent leur accord d'un regard pudique.

Ce n'est pas la première fois qu'Hubert s'engage à garder pour lui des informations que ses lecteurs, ses supérieurs et les polices de plusieurs pays auraient pourtant trouvées passionnantes. Mais il n'en a jamais tiré autant de jouissance. Il fonce vers sa chambre d'hôtel et son clavier pendant que dans sa tête s'écrit déjà l'article de sa vie.

La valse aux souvenirs

À quelques centaines de mètres du Parlement, dans son confortable trois-pièces de la Neustadt, Julia se donne du bonheur toute seule, c'est plus simple comme ça. Trois semaines ont passé depuis l'arrestation de la fausse Andersen. Devenue du jour au lendemain une héroïne médiatique, l'attachée de presse s'est retrouvée elle-même plongée dans le tourbillon qu'elle avait l'habitude de susciter pour d'autres. Décliner les interviews n'a pas suffi à tarir le flux des félicitations intéressées, menaces de mort, déclarations d'amour, insultes sexistes, offres d'embauche, propositions douteuses et révélations d'illuminés. Elle a changé de numéro de mobile, d'adresse mail et de comptes de réseaux sociaux, mais a refusé de déménager, obligeant les services européens à placer un vigile en bas de son immeuble.

L'article d'Hubert, publié dans le *Démon* quelques heures après le fiasco d'Andersen, a sonné comme un coup de tonnerre et donné le *la* à des centaines d'autres, suscitant un buzz médiatique de première ampleur. L'espionne a été dénoncée par un site tichodrome comme membre des services secrets d'un pays d'Europe centrale, ayant adhéré à l'UE avant la chute du Mur et réputé pour ses méthodes expéditives. S'étant reconnu, le chancelier de la République holothurienne a aussitôt démenti, ajoutant qu'il ne répondrait à aucune accusation tant qu'elle n'aurait pas été prouvée parce que le Peuple a droit à la Vérité. Pressé par les journalistes, Langhendries a profondément regretté l'attentat, réaffirmé son indéfectible attachement à la démocratie et condamné par avance toute instrumentalisation de l'événement par les immigrationnistes.

Dans les médias de grande diffusion, le rôle exact du mystérieux personnage blessé par Andersen est resté dans le flou. Après sa sortie des soins intensifs, la chambre d'hôpital de l'individu a été placée sous protection policière. Aucun journaliste n'a pu y pénétrer mais des sources généralement bien informées rapportent que le patient refuse de donner son identité, prétendant n'en avoir aucune. Des blogs patriotes de plusieurs pays affirment qu'il s'agit d'un agent de Bond issu de la mouvance anarchiste, mouillé depuis des années dans les manœuvres occultes menées par l'Union européenne pour affaiblir les nations. Pour une fois, Julia trouve à la rumeur un fond de réalité.

Dans son article, Hubert a minimisé le rôle de l'Iguane, jamais nommé, préférant projeter toute la lumière sur la vaillante attachée de presse qui sauve la vie de l'ambassadeur en arrêtant le bras de la tueuse. Toutefois, la façon précise dont elle a procédé a été passée sous silence. Les autres journalistes n'ont pu que reprendre la version de l'unique confrère présent sur les lieux, même si certains ont émis des doutes par le truchement de perfides conditionnels.

Quand la sonnerie de la porte d'entrée retentit dans le confortable trois-pièces, Julia décide de poursuivre ce qu'elle était en train de faire mais le sonneur, lui aussi, continue de sonner. Dans un vertige de frissons orphelins et de jurons bien sentis, elle enfile une robe de chambre et entrouvre la porte. C'est Hubert, elle aurait dû s'en douter, le vigile qui monte la garde ne laisse passer qu'une très courte liste de personnes. Le journaliste a le regard brillant et une sacoche à la main.

— Tu dormais déjà, fait-il en anglais, je te dérange.

Elle répond *no* et *yes*, l'invite quand même à entrer. Elle a hésité, craignant qu'il soit venu pour un motif analogue à celui qui la mobilisait. Il se pose au milieu du salon et ouvre sa sacoche sur un fatras de photos et de papiers. Puis il pointe le doigt vers un des murs, celui qui présente la plus vaste surface libre. En réponse, elle hausse les épaules. Si ça peut lui faire plaisir.

Hubert empoigne une boîte d'épingles et couvre méthodiquement le mur d'un patchwork d'images et de coupures de presse.

— Ça va t'aider, explique-t-il, ça va t'aider, tu verras.

Il fixe la dernière photo, prend du recul et observe le résultat avec une grimace de satisfaction, avant de tourner la tête vers Julia. Mais elle ignore le mur et le fixe jusqu'à ce qu'il comprenne. Il ébauche un geste vers elle, ramasse sa sacoche vide et s'en va.

Elle peut enfin reporter son attention sur le mur. Les pièces du puzzle semblent accrochées au hasard. Hubert n'a pas cherché à reproduire un ordre chronologique, un bon point pour lui. Elle reconnaît spontanément plusieurs photos : les hurleurs identitaires vêtus de cuir sur la place Syntagma, Fergus parlant avec un ministre à l'air fourbe dans la Redoutensaal, Julia marchant d'un pas enjoué dans une rue de Kensington, Fergus et quelques journalistes posant sur le Grand Canal comme de vulgaires touristes. Athènes, Vienne, Londres, Venise, les premières étapes. C'est elle qui a pris certaines de ces photos. Elle n'a aucun mal à reconnaître les lieux et les visages. Ces souvenirs-là ont échappé à l'effacement.

D'autres images lancent leurs énigmes. Cette foule jeune et attentive, Prague ou Bratislava ? Ces tours médiévales à toits coniques, Tallinn ou Helsinki ? Ce restaurant aux murs blancs, Madrid ou Lisbonne ?

Prague. Tallinn, bien sûr. Ni Madrid ni Lisbonne, Ljubljana.

Julia vacille, comme si le sol avait tremblé. Dans son cerveau, des milliers de connexions délaissées se rétablissent par vagues, de nouvelles images déferlent sur l'écran mental. La balade à pied dans le vieux Prague avec les journalistes. La dispute avec Hubert à Tallinn. La chambre d'hôtel à Ljubljana, cette nuit volée à la raison et à la prudence, passée avec Fergus à parler d'Europe, puis à parler d'autre chose, puis sans parler.

Toutes ces villes, toutes ces conférences, toutes ces années. Quelle folie.

Face aux situations imprévues et aux émotions fortes, Julia applique sa tactique fétiche : elle va dans la cuisine faire bouillir de l'eau. De retour dans le salon, une tasse de thé à la main, elle ferme les yeux et se place devant le mur. Décide de se concentrer sur la première photo sur laquelle son regard tombera. Fais quelques pas d'un côté, puis de l'autre. Ouvre à nouveau les yeux.

Une femme en métal de cent mètres de haut, vêtue d'une toge et brandissant un glaive et un bouclier.

Julia lâche la tasse de porcelaine qui se brise sur le parquet, gaspillant le bon Darjeeling de ses ancêtres maternels.

La conférence de Kiev. Ou plutôt de Kyiv.

La femme de métal représente la Mère Patrie, *Rodina Mat*, sculptée dans le plus pur style réaliste-socialiste. Au sommet du vaste parc qui domine le Dniepr, elle rappelle aux oublieux la *Grande Guerre patriotique*, celle de 1941-1945. La statue a été inaugurée par Leonid Brejnev, dix ans avant l'indépendance de l'Ukraine. La patrie en question est donc russe. Pourtant le glaive et le bouclier sont tournés vers Moscou.

Le vertige s'aggrave, Julia se laisse tomber dans un fauteuil. Comme à Paris, une longue série de dominos s'abat d'un seul coup.

L'effervescence autour du Centre international de la culture et des arts, à deux pas du Maïdan, la place de l'Indépendance encore traversée des barrières des chantiers de reconstruction.

Le silence dans la salle, quand Fergus entre sur scène avec sa traductrice ukrainienne.

La formidable ovation, à nulle autre pareille, à la fin de la conférence.

Le débat douloureux avec les référent-es, deux mois auparavant.

— La question ne se pose même pas, attaque Fergus. Les restrictions viennent d'être levées. Si nous voulons que notre entreprise ait un sens, nous devons nous rendre à Kiev. Nous le devons à celles et ceux qui croient en nous.

— Trop dangereux, objecte aussitôt Sécurité. Là-bas, ça grouille d'espions russes et de malfrats armés jusqu'aux dents.

— On risque faire tout rater alors que près du but nous sommes, ajoute Stratégie.

— Vous ne parlez pas ukrainien. Le principe des conférences en langue locale ne sera pas respecté.

— Dans le contexte de l'après-guerre, notre critique de tous les nationalismes pourrait être mal comprise.

— Et en prime, nous allons attiser la colère du grand prédateur à l'Est.

— Ne nous précipitons pas. L'Ukraine n'est pas encore membre de l'Union. Il ne reste plus que trois conférences. Concentrons-nous sur celles-là.

— Ça mérite un vote, non ?

Fergus ne s'y oppose pas. Institutions et Diversité s'abstiennent avec lui. Seule Géopolitique vote pour Kiev. Julia vote contre avec les autres. C'est la première fois que l'ambassadeur est désavoué par ses propres troupes. Dans le petit bureau du cinquième étage de la tour de Babel, il se plante devant la baie vitrée et fixe l'horizon en se raclant longuement la gorge. Toutes les têtes se sont tournées vers lui.

— Je me vois dans l'obligation de ne pas me plier à ce vote, annonce-t-il sans se retourner. C'est précisément parce qu'il y a des risques de tous ordres que nous devons y aller, tenir notre discours, répondre aux questions. Les Ukrainiens ne se sont pas seulement battus pour leur patrie, c'est-à-dire pour une communauté liée à un territoire et à un imaginaire, mais contre un envahisseur rendu fou par son propre imaginaire. Ils ont récapitulé tout ce que les guerres doivent à la folie patriotique, de l'héroïsme sans calcul à l'abjection la plus noire. Le seul imaginaire viable à long terme est celui qui réussira à englober toute la communauté humaine. C'est cela qu'il faut dire aujourd'hui, à cet endroit précis du monde, et je le dirai.

Les référent-es échangent des regards mortifiés. Sécurité s'est pris la tête à deux mains. Géopolitique semble sur le point d'exploser de rage, et Terrain de fondre en larmes. Fergus se retourne enfin vers son équipe, le visage rigoureusement inexpressif.

— Inutile de vous rappeler que, pour le Parlement comme pour la Commission qui nous financent, je reste le seul décisionnaire. Bien entendu, je n'oblige aucun d'entre vous à m'accompagner à Kiev. Au besoin, je m'assurerai de la collaboration d'autres fonctionnaires européens.

Personne n'ose faire un mouvement. Il y a un silence glacial, que Diversité brise d'une voix timide :

— Dans le discours, je propose d'employer plutôt *Kyiv*.

La clé

Dans le trois-pièces de la Neustadt, face au mur d'images, Julia s'est endormie dans le fauteuil, épuisée par l'avalanche des souvenirs. Elle se réveille en sursaut au milieu de la nuit et décide de remettre un peu d'ordre dans sa vie. D'abord ramasser les morceaux de la tasse brisée et les sous-vêtements qui traînent au sol, peut-être se faire un autre thé pour repartir sur de bonnes bases. Finalement elle se découvre une faim de loup, ayant complètement oublié de s'alimenter la veille, et revient dans le salon avec un plateau chargé de maquereau en conserve, de pain rassis, d'un yaourt périmé depuis une semaine, d'une tomme de brebis sur le point de retourner à l'état sauvage, de deux minuscules mandarines et d'un grand verre de pinot gris.

Glissant son plateau sur la table basse, elle en fait tomber une enveloppe rectangulaire standard. Laquelle, curieusement, ne porte que son prénom écrit à la main. Un autre petit cadeau laissé par Hubert, pourtant ce n'est pas son écriture. L'enveloppe contient un seul objet, une clé USB avec un nom imprimé dessus en fines lettres italiques :

Dr Deborah Ginzberg, psychanalyste

Ginzberg est probablement la seule psy au monde à faire sa pub sur ce genre de support. Elle est censée ne connaître Hubert que par les propos de sa patiente, mais il faut croire que ces deux-là se sont débrouillés pour monter un coup ensemble. Julia pose la clé au centre de la table basse et l'observe comme s'il s'agissait d'une araignée venimeuse. D'abord s'alimenter correctement, pour faire face à ce qui l'attend.

Son en-cas englouti, elle prend une profonde inspiration et entre la clé dans l'ordinateur. Comme à chaque fois qu'on le réveille en sursaut, celui-ci affiche sa mauvaise humeur par un écran zébré de couleurs criardes. Une trentaine de secondes plus tard, il annonce d'une voix flûtée que la clé contient un unique fichier, déjà analysé et jugé inoffensif. Julia demande l'ouverture du fichier.

Elle s'était résignée à voir apparaître le dernier diagnostic loufoque de la psy, mais c'est une chanson qui s'échappe des enceintes. Dès les premières notes, elle sait qu'elle l'a déjà entendue il y a très longtemps, bien avant l'épisode amnésique, bien avant les conférences, bien avant sa rencontre avec Fergus. Sur fond de guitare acoustique, une voix d'homme entame une ballade douce-amère.

Half of what I say is meaningless
But I say it just to reach you
Julia

Elle arrête la chanson et demande à réécouter le premier vers. C'est la phrase qu'elle a donnée en pâture à Ginzberg avant de claquer la porte de son cabinet. *La moitié de ce que je raconte n'a pas de sens*, seul propos de son père dont elle se souvienne. Par cette phrase, il dévalorisait sa propre parole, avouait sa dépression à sa fille, renonçait à son rôle de père. Comment la comprendre autrement ? Il l'abandonnait, pire, il se faisait par avance complice de l'oubli. Pour cette seule phrase, elle lui en veut encore.

Et puis voilà qu'il y avait une suite qui change tout : *Mais je ne le dis que pour arriver jusqu'à toi Julia*. Et puis voilà que tout ça était le début d'une chanson.

Elle écoute la chanson jusqu'au bout. L'écoute à nouveau. L'écoute encore. Ce prénom *Julia* qui revient sans arrêt, comme si la chanson avait été écrite pour elle.

Il y a là-dedans bien plus qu'une simple mélodie folk, minimaliste et entêtante. Il y a cette note unique du début, scandée dans un long suspens jusqu'au decrescendo final sur le *lia* de *Julia*. Et surtout la voix traînante, qui parle de sourire venteux, de sable qui dort, de nuage silencieux, de cheveux qui étincellent au soleil. Une chanson d'amour désespéré. Douceur et souffrance, avec une touche de colère lointaine.

Elle reconnaît enfin la voix. C'est celle d'un chanteur assassiné quelques mois avant sa naissance. C'est la voix de John Lennon. Donc les paroles n'ont pas été écrites à son intention. Elle en éprouve un soulagement qu'elle n'essaie pas de s'expliquer.

Les parents de Julia ont toujours écouté beaucoup de musique, mais elle a compris que cette chanson-là remonte à sa petite enfance. Peut-être est-ce le souvenir le plus ancien, le morceau d'elle-même le plus éloigné qu'elle puisse atteindre. L'horizon de sa mémoire, qui réaffirme ses droits sur tout le reste.

Dans son trois-pièces de la Neustadt à Strasbourg, elle s'abandonne à un nouveau plaisir solitaire, celui de laisser couler ses larmes sans témoin, sans personne pour lui demander pourquoi.

Une troisième vie

Le parc arboré de la Pitié-Salpêtrière est l'endroit préféré de l'Iguane, qui a exigé d'y faire sa promenade quotidienne. Aujourd'hui l'inévitable canicule estivale relâche son emprise, et une petite brise ose se faufiler entre les bâtiments hospitaliers et la chapelle. De plus en plus à l'aise avec sa canne, il atteint maintenant la vitesse du retraité holothurien moyen allant chercher son *zuikerkok*, sorte de viennoiserie généreuse en sucre dont lui-même est particulièrement friand. Encourageant pour un type qui est passé à deux doigts de la mort, mais loin d'être suffisant pour semer le flic en civil qui le suit à dix mètres et soigne visiblement son alimentation.

Quand l'Iguane s'est rendu compte qu'il survivrait à ses blessures, il a compris qu'il allait au-devant de graves ennuis. Ce qu'il avait réussi à éviter lors de ses vies précédentes l'avait enfin rattrapé, prenant la forme de flics lui tournant autour comme un essaim de guêpes furieuses. Son visage a été photographié sous tous les angles, ses empreintes scannées et son ADN prélevé. Comme les fins limiers d'Interpol et de l'antiterrorisme ne les retrouveront pas dans leurs archives, ils iront fouiner du côté des affaires non résolues et finiront par dénicher des correspondances. Ça pourrait aller encore plus vite si la fausse Andersen craque devant la police et balance ce qu'elle sait sur lui.

Pour l'Iguane, s'imaginer en prison pendant des années n'est pas simplement insupportable, c'est un non-sens. Une contradiction dans les termes. Il s'est construit sur la vitesse, le jaillissement, la surprise. Être privé de mouvement revient à ne plus exister, tout en existant juste assez pour que chaque seconde devienne une torture. S'il avait eu le choix, il aurait préféré la mort. Sa résistance physique, qui a épaté les médecins, s'est retournée contre lui.

Il réfléchissait au seul moyen de sortir de l'impasse, le suicide, quand l'ambassadeur a commencé à lui rendre visite. Fidèle à son style, Bond se tenait éloigné des contingences matérielles en multipliant les propos de portée générale, voire philosophique. Dès qu'il passait la porte de la chambre, les flics disparaissaient comme par enchantement. L'Iguane ne répondait que par onomatopées, persuadé que ces visites étaient une ruse pour lui arracher les infos qu'il refusait aux enquêteurs.

Un soir, l'ambassadeur a annoncé d'une voix suave que le système d'écoute était coupé et qu'ils étaient dorénavant libres de parler. À la réflexion, il n'y a là rien d'étonnant. Il fait partie des personnes qui savent suffisamment de choses sur suffisamment de monde pour disposer de ce genre de pouvoir. Les discussions sont entrées dans une deuxième phase. Le plan de l'ambassadeur a d'abord choqué l'Iguane, qui dans ses rêves les plus fous n'aspirait qu'à redevenir invisible. Il a fini par y trouver une cohérence, et même une forme de logique.

Parvenu en lisière du parc, il cherche des yeux son ange gardien. Comme prévu, le flic a disparu du paysage. En se retenant de forcer l'allure, il poursuit l'allée vers le sud et sort tranquillement du périmètre où il est censé rester sous surveillance H-24. Après avoir parcouru quelques dizaines de mètres sur le boulevard Vincent-Auriol, il repère une longue voiture électrique aux vitres fumées qui vient s'arrêter à sa hauteur. Il s'assied à l'arrière et échange dans le rétroviseur un bref regard avec le chauffeur, affublé d'un masque sanitaire aux couleurs d'un club de foot, qui embraie aussitôt. Au bout d'une vingtaine de secondes, il se retourne et examine attentivement le trafic, jusqu'à être sûr que personne ne les suit. Il n'a pas pu s'en empêcher.

Le chauffeur avance doucement, comme s'il conduisait quelqu'un de très important. L'Iguane lâche sa canne et allonge sa jambe douloureuse, caresse de la main le cuir de la banquette. Quand il errait dans les bas-fonds de Tichos en essayant de dissimuler son visage, il a souvent rêvé de cette scène. Être attendu par une puissante limousine comme une star du rap ou un chef d'État, s'asseoir confortablement et glisser vers l'avenir sans avoir besoin de prononcer une parole. La différence, c'est qu'il n'a pas la moindre idée de l'endroit où on l'emmène.

Mais il a compris que sa troisième vie vient de commencer.

Résilience

Lapis-lazuli hurle le pire juron holothurien connu, que nous n'allons pas essayer de traduire. Dans sa chambre de l'hôpital militaire, elle vient de faire tomber par terre une assiette pleine d'un appétissant risotto aux champignons. Avec la main gauche, elle n'est décidément bonne à rien.

Elle jette un regard furieux vers son autre main, toujours enveloppée d'un bandage serré qui ne laisse échapper que quatre doigts. Il y a une foule de gestes qu'elle ne pourra plus accomplir. Par exemple manipuler une arme, si jamais elle en a encore l'occasion, ce qui paraît peu probable. Mais ce n'est pas ce qui la préoccupe le plus. Pour empêcher Bond et sa clique de continuer à sévir, elle aurait pu donner jusqu'à sa vie. Alors que les images de la confrontation avec l'Iguane lui reviennent à nouveau en mémoire, elle se pose encore la question : comment a-t-elle pu échouer ?

À l'évidence, elle a sous-estimé l'attachée de presse, probablement parce qu'elle est une femme et que les femmes, dans la culture holothurienne traditionnelle, ne sont pas censées résister aux menaces physiques. Et surtout elle a tardé à exécuter l'Iguane, cherchant une réponse à son apostrophe désespérée, ce qui a laissé le temps à Chanéac de la mordre. Comme si l'important, c'était de gagner une joute oratoire contre l'adversaire plutôt que de l'éliminer. Comme si Bond, dans les trois minutes dont il disposait, avait réussi à introduire en elle une idée qu'elle était incapable de réfuter.

Une idée du genre : le langage prime sur tout le reste.

Un élancement douloureux traverse le pouce fantôme et Lapis-lazuli jure à nouveau. Elle ferme les yeux, laisse l'aigreur l'envahir. La voilà punie de son égarement. Sa capacité d'action est réduite à néant. On n'est plus au temps des échanges d'espions au petit matin sur le pont de Potsdam, en tout cas pas entre pays de l'Union. Le soi-disant avocat envoyé par l'ambassade le lui a dit sans fard, elle ne retrouvera pas la liberté avant longtemps. Toutefois l'Holothurie n'abandonne pas ses agents, elle fera pression sur le gouvernement français pour de bonnes conditions de détention et une libération anticipée. Voilà son nouvel horizon.

Toute l'équipe savait qu'il s'agissait d'une opération à hauts risques. Cette bataille-là est perdue mais la guerre paraît loin d'être terminée. L'avocat s'est montré formel, elle doit garder le silence et laisser les politiques gérer le récit alternatif. Sans donner de détails, il lui glisse à l'oreille que le Twist inonde les réseaux de posts qui attaquent l'ambassadeur sur tous les sujets et dans toutes les langues. L'équivalent numérique d'un bombardement intensif. Son image va en prendre un coup. Elle doit reconnaître que la méthode a de nombreuses réussites à son actif. L'Ultime conférence de Bond ne sera pas une partie de plaisir.

La respiration se calme, l'aigreur reflue lentement. Elle se sent en paix avec sa conscience, elle a fait son devoir. Maintenant, c'est à ses rivaux de jouer. À eux de prouver qu'en tapant sur un clavier, on peut faire mieux que dans un combat d'homme à homme. Ces jeunes gens pressés qui ne jurent que par internet vont peut-être servir à quelque chose. Par-delà les petites divergences, il est bon de partager une cause commune. Il est bon de se sentir soutenue par toute une nation.

Lapis-lazuli se surprend à sourire, son premier sourire depuis bien longtemps. Au fond Bond a raison, se dit-elle, les mots sont au cœur de la bataille. Et c'est pour ça que nous ne pouvons pas perdre.

Aller-retour

Depuis que Julia a écouté la chanson qui porte son nom, le temps ne s'écoule plus de la même façon. Elle a sauté dans le train toujours appelé Eurostar et traversé le Channel comme une somnambule. Célèbres depuis le Brexit, les tracasseries douanières lui ont paru ne durer qu'un court instant, puis la gare de St-Pancras et le métro pour Camden Town ont glissé en un éclair jusqu'à la seconde où elle a sonné à la porte de la maison en briques de Hartland Road.

Comme d'habitude, elle n'a pas prévenu. Et comme d'habitude, sa mère vient ouvrir sans manifester la moindre surprise, affichant une vitalité qui se joue des années. Mais cette fois l'angoisse affleure, un peu de laisser-aller dans le maquillage, les poches sous les yeux un peu plus marquées. Incrédule, Julia voit la femme aux cheveux gris la prendre dans ses bras. Un geste si rare qu'il en devient réellement *shocking*.

L'étreinte se prolonge, après quoi la mère emmène la fille dans le salon sans évoquer l'hypothèse d'un thé et en la tenant par la main. Elle la bombarde de questions sur ce qui s'est vraiment passé dans la cabine de traduction. Il faut reconnaître qu'un choc amnésique suivi d'une tentative d'assassinat, c'est beaucoup pour une maman. Les rapides coups de fil de Julia et ses messages lénifiants ne pouvaient rien contre les titres fracassants des médias à sensation. Elle attend le bon moment et le bon moment finit par arriver, un long silence pendant lequel sa mère comprend qu'elle n'est pas venue pour avoir cette conversation-là. Elle pose son ordinateur sur la table et lance la chanson trouvée sur la clé USB.

Dès les premières notes, des larmes se mettent à couler des yeux de la femme aux cheveux gris, comme d'un robinet qu'on ouvre d'un coup, diluant le mascara, labourant le fond de teint, laissant des traînées sombres sur le tailleur ou finissant par des *plic* sonores sur le parquet ciré. Le phénomène dure pendant toute la chanson, au point que c'est Julia qui propose un thé. Dans une absurde inversion des rôles, elle se précipite dans la cuisine, où elle lâche quelques *fuck !* avant d'empoigner une bouteille de brandy. Elle remplit deux verres et vient s'asseoir par terre, entre les jambes de sa mère qui plonge aussitôt les doigts dans la masse de ses cheveux noirs.

L'odeur maternelle qui l'entoure comme un cocon, le contact des ongles qui grattent doucement le cuir chevelu. Julia ferme les yeux et s'envole en enfance, quand Mom racontait l'histoire du soir. Elle pourrait rester comme ça toute la nuit, et c'est ce qui va se passer. Ce soir l'histoire sera la sienne. Celle de sa venue au monde, celle de son prénom.

Le lendemain, dans le train qui la ramène à Paris, elle essaie de récapituler. L'enchaînement de causes et d'effets qui a abouti à son existence ne se laisse pas décrire si facilement, d'autant qu'une migraine persistante s'en mêle. Trop de brandy et pas assez de sommeil, sans doute.

Lennon a écrit la chanson en hommage à sa mère, Julia Stanley, renversée par un chauffard ivre peu avant qu'il n'ait dix-huit ans. Le titre figure sur le neuvième album des Beatles, dit *Double White* en raison de sa pochette immaculée. En France, le Double Blanc sort six mois après Mai 68. Jérôme Chanéac, étudiant en histoire à Paris, en tombe amoureux à la première écoute comme on tombe amoureux d'une personne, c'est-à-dire sans pouvoir faire autrement, sans savoir pourquoi et pour toujours. Quelques semaines plus tard, au grand désespoir de ses parents, il abandonne ses études et traverse la Manche pour ne plus revenir. Après une décennie de galère, il rencontre Gillian White lors d'un concert de The Police à la Wembley Arena.

En plus d'être la fille de ses parents, Julia est celle de John Lennon et de sa mère à lui, d'une guitare acoustique jouée en *picking*, du *Swinging London* et de la Dame de fer. Et avant tout ça, elle est fille d'un coup de cœur paradoxal, qui a conduit un soixante-huitard français au pays du conservatisme. Par attrait pour l'inconnu, par amour d'une langue dont il comprenait un mot sur trois, par des forces que lui-même n'aurait su nommer.

S'il s'est jeté dans la Tamise trente ans plus tard, c'était bien du dépit amoureux mais ça n'avait rien à voir avec Julia ni avec sa mère. Il s'agissait d'une déception bien plus vaste, d'une désillusion qui englobait un pays entier, capable de fabriquer des Beatles et des Thatcher, de faire coexister la grâce et le cynisme sans essayer, ne fût-ce qu'un instant, de choisir entre les deux. Un pays où, suprême ironie, la seule place qu'on lui avait finalement laissée était celle de prof de français.

Un pays qu'il pouvait quitter sans regret puisque Julia était là. Traumatisé par le conservatisme, peut-être Jérôme Chanéac a-t-il voulu montrer l'exemple en disparaissant pour laisser place à la jeune génération. Si ça se trouve, il y pensait depuis des années. Peut-être est-ce pour cela qu'il a répété à sa fille le premier vers de la chanson, tout au long de son enfance, installant cet indice dans sa mémoire pour qu'elle puisse plus tard comprendre qu'il l'avait placée au-dessus de sa propre vie. Au point où elle en est, elle considère l'hypothèse avec le plus grand sérieux.

D'un autre côté, se dit-elle contradictoirement, ma naissance relève de la banalité. Le *Double White* a eu un succès mondial et une flopée de bébés ont été appelés Julia dans la foulée. J'étais étonnée de rencontrer autant de filles plus âgées portant le même prénom que moi, j'étais seulement un peu en retard. C'est une histoire européenne parmi des milliers d'autres, faites de frontières franchies le cœur battant, de rêves démesurés et d'illusions perdues. Mais c'est mon histoire, pense-t-elle juste avant de sombrer dans le sommeil.

Quand elle se réveille, le mal de crâne a disparu, remplacé par une rumeur de foule. Dans un éclair de stupéfaction, Julia se rend compte que cette foule parle français et qu'elle la comprend. Le cadenas a sauté et la porte de sa mémoire s'est ouverte en grand. Des milliers de mots oubliés se précipitent dans une cohue insensée, bruyants et malpolis, heureux de rentrer à la maison. Elle comprend que le miracle s'est produit dans son sommeil, sous la Manche, au moment exact où le train franchissait la frontière.

La langue paternelle est revenue.

Les mots de l'enfance s'avancent en premier, *tagada tsoin tsoin*, *badaboum* et *confiture* qu'il suffisait de lancer dans la conversation pour la faire rire aux éclats, *ribambelle* et *tournicoti* qu'elle n'arrivait pas à prononcer. Pas loin derrière, les insultes se bousculent. Elle doit se retenir d'accueillir le contrôleur ventripotent d'un vigoureux *bonjour connard.*

Cette langue est l'amie de celles et ceux que la réalité ennuie. Elle n'est pas là pour décrire le monde mais pour l'inventer. Pour transformer l'anecdote en conte, pour faire surgir le merveilleux d'une circulaire administrative par la grâce d'une faute de frappe. Il ne pouvait sans doute en être autrement pour une langue apprise dans un pays qui en parle une autre. Langue qui garde les petits secrets de l'écolière en uniforme, langue seconde, langue alternative, langue refuge quand la première fait trop mal, obligeant à crier *aïe* à la place du doux *je*.

Dès que le train s'immobilise, Julia descend sur le quai et fait quelques pas prudents, les oreilles aux aguets, avec la sensation d'explorer un territoire nouveau. Le hall de la gare du Nord n'est plus le même qu'à l'aller, il résonne de centaines d'histoires qu'elle comprend sans effort. Loin de rester cantonnées aux détails matériels, les conversations qu'elle attrape au vol prennent à bras-le-corps les grands thèmes philosophiques :

Le temps (à travers le retard de certains trains).

La communication (symbolisée par des connexions internet défaillantes).

Le corps (souffrant, affamé, à la recherche d'un endroit pour déféquer).

La destinée (par la métaphore du bagage trop lourd).

Le hasard (dans la collision accidentelle entre voyageurs).

L'art et l'actualité ne sont pas en reste. De la toute nouvelle tour de contrôle descendent d'immenses calicots représentant une montre molle, pour l'expo *C'est l'heure des surréalistes* au Grand Palais. Julia capte au premier coup d'œil le jeu de mots de la une de *Libération*, qui écrit *L'Amérique raque* à propos de la crise sociale aux États-Unis.

S'attardant devant l'étal de la presse étrangère, elle constate que d'autres langues ont été prises dans le même mouvement. Elle parvient à comprendre certains titres en espagnol et en italien. L'allemand, le néerlandais et le suédois affichent un cousinage avec l'anglais qui n'a jamais semblé aussi évident. Même l'arabe, qu'elle a toujours placé au sommet de l'exotisme, fait entendre une musique familière. La révélation qui l'a saisie ne concerne pas seulement le français, ce serait trop simple, le petit bout de la lorgnette, l'imbécile qui regarde le doigt. Elle éclaire toutes les langues à la fois. Celles qu'on a fréquentées et qu'on a cru perdues jusqu'à la sidération des retrouvailles. Celles qu'on n'a jamais apprises et qu'on renifle au détour d'une conversation volée ou d'un tweet incongru.

Il n'y a pas de langues étrangères, se dit-elle, il n'y a que des langues qui t'attendent. Je viens de comprendre ce que Fergus répète depuis des années.

Pendant plusieurs minutes, elle tourne lentement sur elle-même au milieu de la plus grande gare d'Europe, entraînée par le flux incessant des voyageurs. Amoureux impatients, familles inquiètes, salariés fuyant le burn-out, étudiants à la recherche d'un sens, routards aux semelles trouées, altermondialistes entre deux ZAD, commerciaux cramponnés à leurs smartphones, frimeurs exhibant leurs masques connectés, trafiquants en manque de marchandise, zonards à la recherche de la bonne zone, escrocs à l'affût, humanitaires ballottés d'un conflit à l'autre, exilés perdus dans leurs souvenirs, réfugiés montrés du doigt par la horde des crétins nés quelque part.

Leur course de pantomime vers le bon train, sans cesse contrariée par des portiques ou des galeries marchandes.

Leurs mots, tendus vers le rêve et hachés par la nécessité, qui pulsent dans les tympans de Julia comme le sang d'une humanité fiévreuse.

— Merdalors, murmure-t-elle, au comble du ravissement.

Manger son ennemi

— Ne me remerciez pas, chère amie. Je ne fais que mon travail.

— Mais je ne vous ai pas encore remerciée, docteur Ginzberg.

— J'ai seulement pris au sérieux l'indice que vous m'avez donné à propos de votre père.

— Dans tout psy, il y a un Sherlock Holmes qui sommeille.

— La phrase me rappelait quelque chose. J'ai mis du temps à faire le lien avec la chanson, qui pour moi aussi renvoie à une certaine personne.

— Votre propre père, peut-être ?

— Une amie anglaise avec qui… ce serait trop long à expliquer.

— Sherlock aussi peut connaître de grandes passions romantiques.

— Quelque chose me dit que vous n'êtes pas venue à mon cabinet dans le seul but d'y exercer votre savoureuse ironie.

— Je voulais revenir sur ce qui s'est passé avant. La tentative de meurtre au Parlement.

— Selon les médias, vous avez courageusement désarmé une tueuse internationale. Si la célébrité vous pose problème, je vous rassure tout de suite, ça ne durera pas.

— C'est la façon de procéder qui me questionne. D'où j'étais placée, j'aurais très bien pu me contenter de lui tordre le poignet.

— Ce n'est pas ce que vous avez fait ?

— Naaan. Je lui ai arraché le pouce avec les dents.

— Redites-moi ça.

— Vous avez très bien compris.

— C'est intéressant.

— Mais j'ai recraché.

— Sans vouloir vous contrarier, il est probable que vous en ayez ingéré une partie.

— Vous tenez vraiment à me voir vomir dans votre cabinet ?

— N'ayez pas honte. Manger son ennemi est probablement une de nos pulsions les plus pures, les plus archaïques. C'est beau de pouvoir la réaliser.

— Auparavant, j'avais craché dans l'œil d'un élu nationaliste et donné un coup de boule à un jeune identitaire. Ça aussi, c'étaient de magnifiques pulsions archaïques ?

— C'est probablement votre façon de réagir à un certain type d'agression.

— D'accord. Et la prochaine fois, je découpe le ministre de l'Intérieur à la tronçonneuse. Ce sera ma façon de réagir à sa dernière déclaration publique.

— Puis-je me risquer à une hypothèse ?

— Ne vous gênez surtout pas.

— Vous êtes simplement une attachée de presse qui a pris son travail au sérieux. Ce que vous ressentez comme de l'hyper-émotivité n'est qu'une façon de faire corps avec l'actualité. Vous avez un rapport organique au monde.

— Eh bien, ce rapport organique au monde, j'aimerais m'en débarrasser. Au profit d'un rapport normal, par exemple.

— La normalité n'existe pas. Tout rapport au monde met déjà en place une structure névrotique. J'ai la mienne, vous avez la vôtre.

— Ça aussi, c'est censé me rassurer ?

— Il n'y a pas que des mauvais côtés. Si votre vie amoureuse est si... riche, c'est sans doute qu'elle obéit à la même logique.

— Si je comprends bien, je mange mes ennemis et je baise avec mes alliés.

— C'est à peu près ça.

— Ça colle pour Fergus, ça colle à la limite pour Hubert. Mais ça ne colle pas pour Sophie. C'est une bourgeoise de droite fascinée par l'argent et la renommée. Je la soupçonne d'être un petit peu raciste, et même un poil homophobe quand il s'agit des autres.

— Avec Sophie, la problématique est différente.

— Pourquoi ?

— Parce qu'elle est une femme. Je vous laisse y réfléchir. On va s'arrêter là pour aujourd'hui. Voyez avec mon nouveau secrétaire pour le règlement. Mais faites attention, il a le même rapport au monde que vous.

— Il va me mordre ?

— Il va vous draguer.

— Dans ce cas, j'aviserai.

— Je n'en doute pas.

— Ça m'a fait plaisir de parler à nouveau avec vous. Je me demande si le français n'est pas la seule langue dans laquelle c'est possible.

— C'est une idée intéressante.

La Réalité B

Quand il a appris l'échec de Lapis-lazuli et son arrestation, Jorg Langhendries a appliqué la consigne : ne rien changer à ses habitudes. La moindre erreur, le plus petit écart pouvaient le faire accuser de complicité. Il devait être évident pour tout le monde qu'il n'avait rien à voir avec le baroud d'honneur de quelques barbouzes attardés. Mais à l'intérieur, il en a gardé ce qui, chez lui, se rapproche le plus d'un sentiment de culpabilité. Lors de ses rendez-vous avec Lazuli, il a tenu son rôle parce que c'était nécessaire. Si elle avait soupçonné un seul instant qu'il lui jouait la comédie depuis le début, la véritable opération se serait trouvée compromise. Savoir qu'il était pendant tout ce temps en relation avec une puissance étrangère et, pire encore, avec ses supérieurs à elle, voilà qui aurait sérieusement changé la nature de leurs relations. Tout de même, la voilà au placard pour longtemps, et avec une main salement amochée.

Elle a été formée par la vieille équipe, qui ne comprenait rien aux batailles politiques d'aujourd'hui. Mais il avait été estimé en haut lieu que leur projet d'attentat à l'ancienne avait une petite chance de réussir. Au moins Lazuli aura eu l'occasion de jouer ses cartes. Ce n'est pas la faute de Langhendries si le monde bouge.

Bien sûr, il a dû subir le harcèlement des journalistes, trop heureux de profiter à peu de frais d'une occasion inespérée : accuser un élu patriote de complicité avec une criminelle. Sa nationalité holothurienne, sa position d'eurodéputé en pointe dans le combat anti-Bond faisaient de lui une cible idéale. Il s'en est plutôt bien sorti, évitant le piège numéro un, mettre une fois pour toutes son poing dans la face d'un de ces charognards.

Un mois plus tard, dans un hôtel de luxe du quartier d'affaires d'Holothur, il rencontre discrètement Rodgeur, son contact GRU, Direction générale des renseignements de l'état-major des forces de la fédération de Russie. La poussière commence seulement à retomber. Comme prévu, l'Holothurie a accusé les Tichodromes d'avoir monté une opération de déstabilisation. Décidément, la guéguerre entre les deux États s'avère bien pratique pour détourner de Moscou l'attention des services occidentaux. Le ministre holothurien de la Sécurité et de l'Identité nationale a dû démissionner sous la pression des eurocrates, emportant dans le même mouvement quelques fusibles dont c'était l'unique fonction. Pas de regrets, le ministre commençait à sucrer les fraises et n'était plus d'aucune utilité. Il a été remplacé par un membre de la nouvelle génération du parti, sur qui Langhendries sait deux ou trois choses qui pourront se révéler précieuses.

Le courant passe avec Rodgeur, un type plein d'humour, aux antipodes de l'image sinistre qu'on colle si facilement aux agents du GRU. Tenant son nom de code d'une certaine ressemblance avec un ancien champion de tennis, il est imprégné de la culture moderne du renseignement. De façon très détendue, ils font le point sur la situation. Les graines de Réalité B ont été semées sur internet dès le lendemain des événements. La plupart ont connu une germination satisfaisante et commencent à se développer dans le terreau des médias de masse.

La Réalité alternative B peut s'énoncer comme suit : oui, une agente des services secrets holothuriens a bien infiltré la direction de la Sécurité du Parlement européen. Sauf qu'il n'était pas question d'assassiner l'ambassadeur du Multilinguisme, mais de le démasquer. Car il fricotait avec un tueur à gages, responsable de meurtres inexpliqués en marge de ses conférences. C'était de la légitime défense, ce que toute personne attachée à son pays peut comprendre. Les soupçons étaient fondés, la surveillance téléphonique de Chanéac-White l'atteste et il est prouvé que le tueur est entré dans l'enceinte du Parlement pour recevoir les consignes de l'ambassadeur. Intervenant pour le neutraliser, l'infiltrée en a été empêchée par la même Chanéac, ce qui montre une complicité évidente et sans doute l'existence d'une bande organisée au sein de l'équipe Bond. L'intervention de l'Iguane a été fatale au scénario A, mais elle donne à B une crédibilité supplémentaire.

Même si elle ne le sait pas et ne le comprendra sans doute jamais, Lapis-lazuli n'a pas échoué. Elle a été utilisée pour inoculer dans l'opinion les germes d'un récit qui va faire son chemin.

L'intelligence-réseau des collègues de Rodgeur prévoit que la Réalité B sera dévastatrice pour Bond et ses copains européistes. Les témoignages, les armes, la vidéosurveillance, la chronologie et d'autres détails ne correspondent pas mais ce ne sont pas les flics ni les juges qu'il s'agit de convaincre, ce sont les vraies gens. L'enquête prendra des mois et le procès des années. Or la Réalité B court déjà sur les réseaux sociaux, les sites et les médias amis. Pour beaucoup, elle est devenue la réalité tout court.

Et la réalité, celle qui tombe sous le sens, c'est que Fergus Bond, migrant apatride et ennemi des peuples, utilise ses fonctions d'ambassadeur du Multilinguisme pour mener un vaste complot contre les nations, allant jusqu'à recruter des tueurs sanguinaires avec l'évidente complicité de l'Otan. Quant à la fable de l'attentat raté contre lui, répétée sur tous les tons par les médias du système, elle montre seulement que l'Union européenne fera tout pour dissimuler la vérité. La meilleure preuve étant la façon dont l'Iguane s'est évaporé de l'hôpital où il était soi-disant gardé.

Langhendries restera encore silencieux quelque temps, pour que tout ça infuse dans les couches souterraines de la conscience populaire. Et puis, juste avant l'Ultime conférence, il dira tout haut ce que beaucoup auront appris à penser tout bas. Il racontera l'histoire B et dénoncera publiquement la duplicité de l'ambassadeur. Au lieu de célébrer sa victoire, celui-ci sera contraint de se défendre devant ses propres partisans. Une bonne partie d'entre eux se sentiront trahis. Ce qui aurait dû être l'apothéose finale du Bond Tour se sera transformé en naufrage historique.

Il ne faut pas s'y tromper, ce genre de construction demande un certain niveau technique. Il s'agit de parsemer le discours de faits incontestables, de l'ajuster finement en fonction de la capacité de l'opinion à l'avaler. Dans le cliquetis électronique qui monte jour et nuit des centaines de claviers du Centre de recherches sur internet, plus commodément dénommé *Troll Fabrik*, c'est une nouvelle forme d'art qui s'invente. Il faut savoir doser l'outrance, ce qui peut sembler paradoxal aux non-spécialistes. Des dangers doivent être évités, comme les aberrations logiques trop voyantes qui déclenchent les tirs des snipers du *fact-checking*. Avec un sourire malicieux, Rodgeur confirme qu'il existe des chances d'atteindre le graal de la profession, l'inversion du sens, c'est-à-dire le transfert total de la responsabilité des assaillants sur leurs victimes.

Tout en plaisantant avec l'agent russe dans l'ambiance feutrée du lounge bar, Langhendries pense à Lapis-lazuli. Au-delà de leurs différences de culture, il se demande ce qui l'a poussée à prendre un tel risque personnel. Il est toujours dangereux d'oublier ses propres intérêts au profit d'une nation. L'amour inconditionnel du drapeau, c'est bon pour le peuple, ça l'aide à accepter sa condition, mais l'élite doit garder une certaine lucidité dans l'intérêt même du peuple qu'elle dirige. Tant qu'à être nationaliste, autant choisir la nation la plus forte. La plus rentable, en quelque sorte, celle où l'investissement de l'individu est le mieux récompensé.

L'agente se voyait le fer de lance d'une opération glorieuse au profit de son petit pays, elle n'était qu'une pièce sacrifiée sur un échiquier plus vaste. L'opération scelle la victoire des jeunes gens modernes sur la vieille garde des barbouzes du

Twist (ex-Opax). Cet abruti de Nog-Maals doit se retourner dans sa tombe. En fermant le cycle des opérations humaines à risques, on laisse enfin toute sa place au numérique, et le numérique se fout des frontières.

Langhendries admet volontiers ne pas être un grand romantique. En dehors de ceux qu'il éprouve pour lui-même, on ne trouve pas trace de sentiments dans son parcours. Ses goûts en matière de femmes se sont fixés dans les magazines pornos qui ont bercé son adolescence, puis dans la fréquentation assidue de prostituées. À sa façon Lapis-lazuli entrait dans ce schéma, elle ne couchait avec lui que par intérêt et ne s'en cachait pas. Un abandon de souveraineté, qu'elle assumait jusque dans l'acte sexuel en participant le moins possible. C'était précisément ce qui l'excitait, lui. Tel était leur lien, plus solide que beaucoup de romances. Elle va lui manquer.

Pour ne pas attirer l'attention sur la nature de leurs relations, il n'a pas encore demandé de ses nouvelles au Twist, qui dispose d'un canal de communication avec elle par le biais de son avocat. Ce serait l'occasion de lui faire passer un message neutre et anonyme, du genre : *Courage, nous pensons à toi et notre victoire sera la tienne.* Elle comprendrait que ça vient de lui.

Il pèse le pour et le contre, puis décide de s'abstenir. On n'est jamais trop prudent.

Le nouveau

L'auditorium de presse a été préféré à la petite salle du cinquième. Les référent-es s'y pointent à l'heure dite et au grand complet, laissant sagement leurs téléphones dans les boîtes à l'entrée, échangeant des plaisanteries forcées, affichant une légèreté de façade. L'ambiance est déjà électrique : il s'agit de préparer l'Ultime conférence, l'apothéose du Bond Tour lancé huit ans plus tôt. Julia n'est de retour dans la famille que depuis quelques semaines. Elle fait profil bas, s'installe sur le côté et laisse Organisation animer la réunion en duo avec le référent Référent-es.

On pourrait croire que la rivalité entre Baroudeuses et Circonspects se diluerait dans l'euphorie d'un succès annoncé. C'est le contraire qui se produit. Chacun des deux camps est persuadé d'avoir joué un rôle décisif et n'entend pas se faire voler la victoire par celui d'en face. Si les premiers échanges se déroulent à fleurets mouchetés, le ton ne tarde pas à monter. Assis à l'écart dans une pose soigneusement décontractée, l'ambassadeur applique sa tactique habituelle, laisser les référent-es se débrouiller sans livrer le moindre indice sur ses propres opinions.

— Par pitié, laissons tomber ces débats avec la salle, ça ne sert plus à rien, martèle Planète. Il faut avant tout balancer un grand discours, quelque chose de structuré qui fera date. Le *I have a dream* de l'Europe.

— Pas sûr que les gens soient prêts pour ça, objecte Com.

— Les gens ne seront jamais prêts. C'est à nous d'être prêts.

— Gardons tout de même un espace de dialogue, propose Terrain. Ne nous coupons pas de notre base.

— Mais ne perdons pas notre lien avec les institutions, souffle Institutions.

— À trop vouloir gagner, on finit par tout perdre, susurre Mondialisation. Un proverbe français, il me semble.

— *Aki elégedett kevésvel, nem érdemel többet*, rétorque Stratégie. Qui se contente de peu mérite pas plus. C'est proverbe hongrois.

— Prenons tout le monde par surprise, essaie Sécurité. L'ambassadeur ne prononce pas de discours du tout. Il passe la parole aux grands témoins invités, à la salle et aux internautes. Il a fait son boulot, il ne recherche aucune gloire pour lui-même. Il redonne la main à la société civile. Tout le monde capte le message : *L'Europe, c'est vous*. Et en prime, on a moins de problèmes de sécurité.

— Hrmm, fait Politique.

Le silence se fait. Le nouveau référent Politique s'est seulement raclé la gorge, mais chacun-chacune sait qu'une suite est à venir et qu'il serait malvenu de l'interrompre.

À l'annonce de sa nomination, beaucoup ont grogné, arguant que la qualification de *politique* s'appliquait par définition à l'ensemble des référent-es. Le nouveau arrivait après la bataille, à la veille de l'Ultime conférence, prêt à se parer de lauriers chèrement acquis par d'autres. Sans doute un de ces jeunes Turcs bardés de diplômes qui leur ferait la leçon du haut de sa conscience toute neuve. Pour mettre tout de suite les choses au point, les référent-es les plus aguerri-es avaient prévu lui faire subir un petit bizutage sous forme de questions pièges particulièrement perverses.

Quand il est apparu en personne au cinquième étage, on a abandonné l'idée. Nettement plus âgé que la moyenne de l'équipe, l'homme arborait une barbe fournie sur un visage curieusement aplati, s'appuyait sur une canne et gardait la tête couverte d'un béret informe. Mais c'est sa façon de bouger qui a causé la plus forte impression. On l'a vu rester immobile pendant de longues minutes, puis exécuter des gestes dont la vitesse défiait les lois physiques. En plus d'un français qui semble d'acquisition récente et d'un anglais teinté d'un vague accent slave, on jurait l'avoir entendu parler danois et allemand, ou même portugais, grec et d'autres langues difficiles à identifier. De prime abord, tout portait à croire que l'ambassadeur avait rameuté un vieux complice rencontré lors de ses voyages en Europe centrale, comme lui hyper-polyglotte et impliqué dans certaines opérations secrètes. Le genre de type qu'on traite avec respect.

On ignore son véritable nom mais ça n'a rien de surprenant, car l'anonymat est la règle dans le Bond Band, à l'exception de Julia et de l'ambassadeur lui-même. En revanche, il est étrange que rien n'ait filtré à propos de son parcours. Tout le monde sait qu'Organisation était auparavant une jeune louve de multinationale à Berlin, qu'Opinion a fait les beaux jours d'un des plus gros instituts français de sondage, que Culture/Histoire a quitté un poste de prof à Cambridge, que Stratégie a été exfiltrée d'un cabinet ministériel hongrois. Or personne n'est capable de fournir le moindre indice sur le nouveau venu. Même sa nationalité reste un mystère. De quoi nourrir une autre rumeur, selon laquelle l'homme serait en réalité un agent à la solde de la Commission, imposé par celle-ci à l'ambassadeur pour le remettre dans le droit chemin.

Ayant obtenu le silence des référent-es, le nouveau fait enfin entendre sa voix grave et lente.

— J'écoute vous, et d'abord je pense : ils sont tous fous. Je suis entré dans maison de fous.

Il balaie le groupe du regard, par saccades reptiliennes, semblant le mettre au défi de le contredire. Malgré la vexation, personne ne s'y risque. Même Diversité laisse passer le pluriel masculin.

— Et puis je dis à moi : ils peuvent pas être fous. C'est eux qui ont travaillé. C'est eux qui ont organisé conférences et écrit discours. C'est eux qui presque ont gagné bataille. Alors c'est moi le fou.

L'hommage fleure trop l'ironie pour détendre l'atmosphère. Julia peut sentir physiquement la crispation simultanée des Baroudeuses et des Circonspects, qui redoutent la même chose : l'intervention d'un non-aligné pourrait profiter au camp d'en face.

— Et puis je comprends je suis pas fou non plus. Ici quand on parle, la moitié il pense toujours que l'autre moitié il est fou. Et moi je dis, dans cette salle tout le monde il a raison.

Julia connaît ses collègues, elle sait interpréter les discrets signaux qu'ils échangent. Il est de plus en plus évident que le nouveau conseiller ne fait pas partie de leur monde. La dernière théorie en date a gagné du terrain sur les précédentes : il ne serait autre que le mystérieux barbouze qui a fait irruption dans la cabine de traduction et ruiné la machination de la pseudo-Andersen. Pour le remercier de lui avoir sauvé la vie, le boss l'aurait discrètement mis en sécurité dans la petite troupe anonyme du Multilinguisme. On n'a pas oublié la facilité avec laquelle il s'est échappé de l'hôpital, qui évoque irrésistiblement une intervention haut placée.

Lors d'une précédente réunion, Sécurité ne s'est pas dégonflé, il a posé la question à Julia. Celle-ci a joué les ingénues : non, elle n'a pas noté de ressemblance entre le nouveau et l'homme surgi dans la cabine, qu'elle n'a d'ailleurs aperçu que de façon fugitive. Interrogé à son tour, l'ambassadeur n'a pas répondu. Mais il se murmure que sa façon de ne pas répondre sonnait comme un aveu.

Sans qu'on l'ait vu changer de place, le référent Politique se trouve maintenant debout face au groupe. Son débit s'est accéléré et il ponctue ses arguments de gestes ultra-rapides qui griffent l'espace autour de lui. Il croit à ce qu'il dit, aucun doute là-dessus. Avec sa canne, sa trogne, son béret et sa barbe noire, il pourrait être un vieux guérillero exalté préparant la contre-offensive dans une jungle perdue d'Amérique centrale. Fergus est complètement dingue, se dit Julia.

— Les Baroud et les Pas-Baroud vous avez raison ensemble. Faut le grand discours, et faut les gens qui posent les questions ils ont envie de poser. Faut pas lâcher les idées et faut discuter avec les pas-d'accord. Parler fort et laisser du silence pour les autres.

Julia voit les regards inquiets des référent-es lâcher peu à peu le nouveau pour se tourner vers l'ambassadeur. Celui-ci persiste à jouer les sphinx, la commissure des lèvres légèrement retroussée et les paupières pleines de sous-entendus. Tout se passe comme si le patron demandait implicitement à son équipe d'accueillir en son sein un mercenaire inculte recherché par toutes les polices. Comme s'il voulait partager le frisson de la clandestinité avec ses respectables conseillers, émargeant aux niveaux les plus élevés du fonctionnariat européen. Peut-être pour souligner que l'enjeu global se trouve au-dessus de ça, plus probablement parce qu'il adore ce genre de situations.

— Nous, on parle avec gens du haut et gens du bas. Faut les deux parce que ça fait levier. Europe, elle peut bouger si on fait ça. Sinon Europe c'est plus rien, c'est forteresse vide. C'est ça dialectique à nous.

Politique a terminé son intervention. Il s'est rassis à sa place et s'est transformé en statue de pierre, les yeux fixés sur un horizon lointain. Un bruissement de conversations chuchotées se répand parmi les référent-es. On a besoin de revenir d'urgence au monde réel, se dit Julia, il faut que quelqu'un fasse le sale boulot mais ça ne peut pas être moi. Après un échange de murmures tendus, ça tombe sur Organisation, qui pousse un soupir et se redresse sur son fauteuil.

— Il me semble que…

— Je suis d'accord avec Politique, crient simultanément deux voix.

Terrain et Institutions se toisent avec une surprise symétrique. De notoriété publique, elle est la plus radicale des Baroudeuses et il est le plus réaliste des Circonspects. De mémoire de référent-e, personne ne les a jamais vus d'accord sur quoi que ce soit. Ils ont seulement appliqué la même tactique, la triangulation, s'approprier une position éloignée pour prendre l'adversaire en tenaille. Seulement ils l'ont fait en même temps, ce qui crée une figure inédite, une double triangulation. Les murmures repartent de plus belle.

— Bien sûr qu'il faut tenir les deux bouts, lance une voix contrariée, on n'a jamais prétendu le contraire.

— Si. Tu viens de le faire il y a une minute.

— On veut société de dialogue ouverte, alors faut que nous-mêmes on ouvre dialogue.

— *Jawohl, natürlich.*

— *Correcto.*

— *I do agree with Politique too.*

— *Det är uppenbart.*

— *Concordo totalmente.*

Tout le monde suit le mouvement. Chaque membre de l'équipe proclame son accord plein et entier avec les propos du nouveau, leur trouvant maintenant une pertinence qui n'apparaissait pas à la première écoute. Le référent Référent-es sourit, heureux de voir pour une fois ses protégé-es converger sur un point de stratégie. Incrédule, Julia sent se poser sur elle de nombreux regards qui l'invitent à se jeter à son tour dans le grand fleuve accueillant du consensus, avec une insistance qui pourrait vite se muer en reproches. Elle capitule, levant lentement le pouce dans un mélange d'exaspération et de soulagement.

— Eh bien, il ne reste plus à Fergus qu'à nous envoyer son proverbe du soir, lâche-t-elle à mi-voix.

Elle se mord aussitôt les lèvres. Tout le monde a parfaitement entendu. Mais tout le monde considère aussi que le silence du chef a assez duré. D'ailleurs, l'ambassadeur ne relève pas l'impertinence de son attachée de presse. Il remet en place une mèche de ses cheveux raides, signe d'un réel embarras.

— Ἐν ἀρχῇ ἦν ὁ λόγος, émet-il finalement.

Le concours à qui trouvera de quoi il s'agit est lancé. Les référent-es s'agitent dans leurs fauteuils, en particulier dans le coin des Baroudeuses, où plusieurs ont fait lettres classiques. Diversité lève le doigt la première.

— *Au commencement était le Verbe*, déclame-t-elle avec une fierté d'écolière.

— J'aurais plutôt traduit ὁ λόγος par *la Parole*, glisse Culture/Histoire, vexée d'avoir été devancée.

Les traditionnels applaudissements éclatent, amplifiés par l'euphorie des grandes réconciliations. En se plaçant exactement sur la frontière qui séparait les deux camps, Politique a réussi l'exploit de l'effacer. Il a passé haut la main son premier test. Il a fait de la politique, tout simplement, et la politique c'est savoir prononcer les bons mots au bon moment et au bon endroit.

Quand elle surprend le furtif échange de regards entre l'ambassadeur et son nouveau conseiller, l'attachée de presse a un mauvais pressentiment. Alors qu'elle se lève pour sortir de la salle, ils viennent s'asseoir de chaque côté de son fauteuil, façon mafiosi.

Ne pas oublier que quand ces deux-là se sont rencontrés pour la première fois, dans la chambre d'hôtel de Venise, ils ont passé vingt minutes à *dialoguer*. Et que personne n'a jamais su de quoi il était question. Au commencement était le Verbe, se dit Julia, et avec lui sont venues les emmerdes.

Commissaire du futur

La petite troupe des référent-es quitte la salle dans une bulle de chuchotis et de regards en biais vers Julia. Avant de prendre la parole, l'ambassadeur s'assure que plus aucune oreille indiscrète ne traîne.

— L'irruption de notre excellente amie Andersen dans la cabine de traduction a interrompu une discussion passionnante. Je suis toujours surpris de constater à quel point certaines personnes manquent de la plus élémentaire courtoisie.

— Mais moment est venu parler avenir, ajoute Politique.

Après quelques circonlocutions oiseuses, le duo finit par cracher le morceau. Ils proposent à Julia d'entrer à la Commission européenne dans deux ans, après les élections de 2029, à un poste qui n'existe pas encore : la prospective de l'ensemble des programmes de l'Union.

— Commissaire chargée du futur, en quelque sorte. Ça vous irait très bien, conclut Bond.

D'abord rendue muette par la surprise, elle proteste avec énergie. Elle n'est qu'attachée de presse, ne se sent pas qualifiée, ne parle que deux langues, n'est adhérente d'aucun parti et ne s'est au fond jamais intéressée à la cuisine politique européenne. Il y a un silence, et puis Politique murmure :

— Justement, c'est pour ça tu intéresses nous.

Après quoi Fergus pilonne méthodiquement ses objections. La Commission a un besoin urgent de personnes de convictions, et non de marionnettes entre les mains des États ou des lobbies. Après l'éclaircie qui a suivi les élections de 2024, il y a eu un renversement d'alliances et les mauvaises habitudes ont repris le dessus. Les postes les mieux payés sont à nouveau préemptés par les proches du PPE et les petits copains des principaux dirigeants. Dans l'administration de base, beaucoup soutiendront celles et ceux qui auront le courage de passer un coup de balai. Dans cette perspective, le côté novice de Julia sera plutôt un atout. Si l'ambassadeur lui-même est arrivé là où il est, ce n'est pas malgré son exotisme mais grâce à lui.

— Vous êtes célèbre pour avoir contrecarré une machination nationaliste qui aurait probablement porté un coup fatal à l'Europe. Sur le plan politique, votre parcours vous rapproche plutôt des Terrestres, qui disputent aujourd'hui aux conservateurs le rôle de force centrale sur ce continent. Parmi eux, vous êtes désormais plus populaire que moi. Il y a aussi des élus qui ont remarqué le rôle essentiel que vous avez joué en ouvrant nos conférences au débat public. Beaucoup de dirigeants m'ont confié qu'ils recherchaient des profils comme le vôtre. Ils ne le disent pas par grandeur d'âme, mais pour se sauver eux-mêmes.

— Les gens ils veulent politique mais ils aiment pas politique. Alors on fait politique sans les gens, et ça ils aiment pas non plus. C'est cercle vicieux. Toi Julia tu peux briser cercle.

Elle repense à la conférence de Vienne, à la peur panique que lui avait inspirée l'homme-reptile. Le même qui lui prodigue maintenant ses conseils avisés, insistant avec une touchante coquetterie pour qu'on l'appelle *Pol*.

— Mais les commissaires sont proposés par les États, fait observer Julia. Le Royaume-Uni n'étant plus membre de l'Union, seule la France peut me nommer. Pourquoi le ferait-elle ?

Fergus sourit, laissant entendre qu'il a assez de cartes dans son jeu pour régler ce genre de détails. Il a dû profiter de la conférence de Paris pour remettre à jour ses moyens de pression sur les Français. Julia cherche à se rappeler ce qu'Hubert lui avait expliqué à ce moment, puis laisse tomber. Après un silence pesant, elle demande du temps pour réfléchir. Fergus et Pol se lèvent en même temps, lui rendant sa liberté de mouvement.

— Vous avez mille fois raison, il s'agit d'une décision importante. N'hésitez pas à m'appeler à toute heure pour de plus amples précisions.

— Prends tout le temps tu veux. Réfléchir, ça les gens ils font pas assez.

Julia reste seule dans l'auditorium de presse. Ce qui la trouble le plus n'est pas le choix en lui-même, c'est de se retrouver dans une situation aussi stéréotypée. Elle est la femme velléitaire poussée par des mâles de pouvoir, auxquels elle devra plus tard sa promotion. Si elle refuse, ils ont sûrement une autre femme sous le coude. Stratégie ou même Culture/Histoire feraient parfaitement l'affaire.

S'il faut en passer par là pour faire avancer la cause, comment être sûre qu'il s'agit de la bonne cause ? Elle n'a ni l'envie ni l'énergie de répondre à cette question, qui lui inspire une nouvelle sensation de déjà-vu.

Un point lumineux se déplace à vive allure sur l'écran géant qui affiche le plan des rues de Berlin. Dans un discret bureau de la Schützenstrasse, les flics chargés de la surveillance sifflent, admiratifs. C'est l'attachée de presse de l'ambassadeur, qui prépare l'Ultime conférence en enchaînant les rencontres avec tout ce que la capitale compte de journalistes et de personnes influentes. Comme les autres membres de l'équipe, elle a dû accepter que son téléphone soit tracé. Mais elle a droit à un privilège supplémentaire : elle est suivie à distance par un ange gardien des services fédéraux.

Julia est déjà venue deux fois ici, mais elle ne s'en souvient pas. On dirait que cet endroit a été le premier effacé par le choc contre le crâne de l'identitaire. Son neurologue a fini par avouer que les souvenirs encore manquants sont probablement perdus à jamais. Alors, entre deux rendez-vous, elle rattrape son retard. Son spot suit sur l'écran un embrouillamini de lignes brisées passant et repassant par les multiples lieux de mémoire d'une ville qui semble avoir été inventée pour tous les amnésiques du continent.

Elle sillonne l'île aux Musées, longe les vestiges du Mur, musarde autour de Checkpoint Charlie, chatouille les statues de Marx et Engels, franchit la porte de Brandebourg plusieurs fois dans chaque sens, lève le nez vers une tour de livres géants érigée sur les lieux d'un autodafé nazi, photographie les mémoriaux soviétiques du Treptower Park et du Tiergarten, se perd régulièrement dans le labyrinthe du Denkmal, le Mémorial aux Juifs assassinés d'Europe, s'accroupit devant des *Stolpersteine*, ces plaques de laiton portant le nom de certaines victimes, serties dans le sol à l'endroit de leur arrestation. À chaque étape, de nouvelles images sont sauvegardées et des émotions archivées, allant de la dérision des fresques à l'horreur géométrique des stèles. Il lui plaît d'imaginer que la figure tracée sur la carte par ses pérégrinations redessine les connexions disparues de son cortex temporal.

Alors qu'elle quitte Potsdamer Platz et prend la direction du quartier gouvernemental, un homme en costume-cravate sort d'un restaurant chic en parlant fort. Elle n'arrive pas à en détacher le regard. Le phénomène se produit parfois avec certaines figures du passé, son inconscient les reconnaît en premier. Cette gueule de playboy des années 1960, ces gestes de hussard en pays conquis. L'homme la reconnaît à son tour. Il s'immobilise à quelques mètres et lui envoie un sourire assassin.

— Hey, mais c'est l'héroïne des médias ! On peut avoir un autographe, votre sainteté ?

Julia a un haut-le-cœur. L'irruption de Jorg Langhendries n'est pas seulement absurde, elle touche à l'obscénité absolue. Que fait ce type ici, à Berlin, le sourire aux lèvres, à la veille de l'Ultime conférence, à quelques rues du Denkmal, au beau milieu d'une Histoire qu'il s'acharne à nier ? Il fait un pas dans sa direction et s'arrête en levant les mains comme s'il était menacé d'une arme.

— Ah pardon, j'oubliais. Mieux vaut ne pas vous approcher de trop près. Vous avez tendance à exprimer vos opinions de façon… physique. Je ne tiens pas à essuyer un de vos crachats, ni à prendre un coup de boule.

Son sourire s'est tordu en grimace sardonique. Des passants s'arrêtent, certains sortent leurs smartphones et les prennent en photo. Rien d'étonnant, ils sont tous deux des célébrités qu'on reconnaît dans la rue.

— À moins que vous ne vous décidiez à passer la vitesse supérieure, par exemple à m'arracher la moitié de la main avec les dents, comme vous l'avez fait pour protéger votre chef.

Julia sent le piège se refermer sur elle. Difficile de nier l'accusation sans la conforter. Elle ne peut pas non plus tourner le dos à Langhendries et partir, ce qui signerait sa défaite. Le moindre mouvement, la plus petite insulte lui donnerait raison. La voilà contrainte à l'immobilité et au silence.

— Comme je ne suis pas rancunier, je vais vous livrer un scoop. Demain, un peu avant votre grande fête de l'Europe ouverte et généreuse, je ferai un petit point de presse. Désolé, je serai obligé de révéler ce qui s'est vraiment passé au Parlement. Une attachée de presse qui donne à l'ambassadeur du Multilinguisme le numéro de téléphone d'un tueur à gages. Une scène de cannibalisme dans l'hémicycle. Les peuples ont le droit de savoir à quoi servent leurs impôts, n'est-ce pas ?

Le corps de Julia est pris des mêmes tremblements que quand elle se trouvait sous la menace d'Andersen. Autour d'eux, l'attroupement a grossi. Elle repère son garde du corps, un jeune barbu en jogging qui ne lâche pas Langhendries des yeux. Il interviendra en cas de menace physique, mais ce n'est pas sur ce terrain que se place l'eurodéputé.

— Le triomphe que vous attendez depuis huit ans, vous pouvez faire une croix dessus. Pas sûr que la clique de Bruxelles continuera à vous soutenir après ma conférence à moi. Votre patron le gentil migrant pourra enfin retourner d'où il vient et travailler pour le développement de son pays qui en a bien besoin. Si je vous dis tout ça, c'est pour que vous puissiez préparer votre défense. Le temps paraît long derrière les barreaux. Au fond, vous m'êtes sympathique. Vous me faites penser à ma propre attachée de presse.

Une blonde très maquillée traverse le groupe, prend le bras de l'eurodéputé et lui glisse quelques mots à voix basse. Ils partent aussitôt à grandes enjambées. Sans se retourner, il agite le bras en signe d'adieu. Deux ou trois jeunes mecs en blousons applaudissent en rigolant. Les badauds se dispersent rapidement en évitant de la regarder. Julia trouve que la fille ne lui ressemble pas tant que ça.

La catastrophe qui vient

Après une longue hésitation, Hubert prend la main de Julia et la serre. Elle la retire aussitôt en criant :

— Arrête, putain ! Tu me fais mal !

La maîtrise des jurons en français paraît presque complètement rétablie, se dit le journaliste. Dans le café de Prenzlauer où elle lui a donné rendez-vous, des têtes vigilantes se tournent vers leur table. Il se confond en excuses, les têtes retournent à leurs bières. Il n'a jamais vu son amie dans cet état, il ne sait pas comment se comporter.

Ce qu'elle lui a raconté fait froid dans le dos. Il a vérifié, Langhendries a bien convoqué une flopée de journalistes deux heures avant l'Ultime conférence, tout près du parc du Tiergarten où elle aura lieu. Ce salaud va profiter de l'ampleur de l'événement pour le saboter. À l'évidence, il a bénéficié de fuites sur l'affaire Andersen. Entre autres, sur la technique particulière utilisée par Julia pour désarmer la tueuse. Appliquant une recette bien connue des complotistes, il va mélanger des détails véridiques aux intox qui courent dans la fachosphère. L'équipe Bond ne pourra pas tout démentir, les *fact-checkers* des grands médias n'auront pas le temps de trier. Beaucoup de ses chers collègues journalistes vont mordre à l'hameçon, la réputation de Julia sera salie et Fergus va se retrouver en position d'accusé.

Comment ne pas comprendre la détresse de l'attachée de presse ? L'idée géniale est sur le point de virer au cauchemar. Presque une décennie de travail, des centaines de réunions, des milliers de kilomètres à travers l'Europe, les joies, l'angoisse, les déceptions, les attaques, les larmes. Avec comme cerise sur le gâteau un traumatisme crânien et des semaines de convalescence à l'hôpital. Tout un pan de sa vie. De leurs vies.

Car Hubert se retrouve dans le même bateau. Langhendries a fait allusion au message transmis à Julia par l'Iguane. Jusqu'à présent ce dernier était considéré par la police comme un acteur mineur, envoyé par les services tichodromes pour empêcher une opération holothurienne, ce qui relève de la routine. Le démenti indigné de Tichos n'avait fait que renforcer l'hypothèse. Mais après les pseudo-révélations de Langhendries, les enquêteurs vont se précipiter sur la piste du message. Ils finiront par découvrir que le journaliste en a eu connaissance et qu'il a ouvert à l'Iguane les portes du Parlement avec son badge. Le passé trouble du mercenaire refera surface. Hubert sera inquiété par la police. Ses liens avec Julia seront rendus publics, le *Démon de l'actu* devra publier des démentis, ou même, suprême humiliation, des excuses à ses lecteurs. Avec égards, on lui fera comprendre qu'il est un problème pour le journal et qu'une démission spontanée arrangerait tout le monde. Devenu un paria à plus de cinquante ans, ses chances de rebondir seront proches de zéro.

Autant pour se rassurer lui-même que pour calmer Julia, il liste les raisons pour que ça n'arrive pas. Ça fait des années que Langhendries vomit des insanités sur Bond dès qu'un micro passe à sa portée. L'aspect opportuniste de la contre-attaque n'échappera à personne et pourrait même se retourner contre l'eurodéputé, dont la proximité avec le gouvernement holothurien est connue. La police et les journalistes qui travaillent depuis des semaines sur l'affaire ne tomberont pas dans le panneau. Et Hubert, auteur de l'article de référence, défendra chèrement sa peau.

Il ignore si Julia l'écoute, car elle a détourné la tête pour lui cacher son visage. À tout prendre, il préférait encore son indifférence à ce désespoir-là.

— J'ai pas appelé Fergus, fait-elle d'une voix lasse. Contrairement aux apparences, c'est quelqu'un de très émotif. Je sais pas comment il va le prendre.

Hubert ne sait pas non plus comment il doit prendre ça. D'un côté, Julia l'a contacté en premier, ce qui ressemble à une marque de confiance. De l'autre, elle l'a fait pour ménager le précieux Fergus. Il décide que c'est indécidable.

Mortifié par le fiasco de leur nuit à l'hôtel, Hubert se demande si ses efforts pour rétablir le lien avec son ancienne amante ont encore un sens. Avant l'épisode amnésique, ils avaient déjà connu quelques éclipses de longue durée mais elles avaient toujours été suivies de réjouissantes retrouvailles. Cette fois, elle semble n'avoir aucun souvenir de leur vie intime, ce qui complique singulièrement les choses, sans parler du côté vexant d'une telle situation. Par ailleurs il n'ignore pas que, depuis le lancement du Bond Tour, l'ambassadeur et son attachée de presse ont plus d'une fois outrepassé les limites de la complicité professionnelle. Il se demande si cette relation-là a été reconduite, mais ce n'est probablement pas le moment d'aborder la question. Quant aux amours de Julia et Sophie, il sait par expérience que la plus petite allusion de sa part déclenche aussitôt un intense tir de barrage.

Comme si c'était leur première rencontre, il lui prend à nouveau la main avec toute la douceur dont il est capable. Elle ne le rejette pas et tourne enfin son visage vers lui. Les yeux vert céladon le fixent intensément pendant qu'elle resserre sa prise, jusqu'à le faire crier à son tour.

Point de presse

Langhendries observe la salle avec attention. Assis sagement dans le public, il doit y avoir l'inévitable observateur GRU. Difficile de deviner de qui il peut s'agir, les cent cinquante places assises étant déjà toutes occupées. Tamara a bien travaillé, il faudra penser à lui donner une petite gratification, elle est sensible à ce genre de gestes. Comme à chaque fois qu'il pense à son assistante, des images de sexe surgissent, celles-ci issues de la nuit précédente, plutôt réussie. Puis il se demande si Tamara elle-même n'est pas l'observatrice, si elle ne fait pas son rapport chaque jour au bon Rodgeur et à ses collègues. Parle-t-elle de ses performances au lit ? Il joue quelques instants avec l'idée, la trouvant plutôt excitante. Puis il chasse tout ça de son esprit. Chaque chose en son temps.

La tactique était la bonne. Convoquer les médias deux heures avant le début de l'Ultime conférence de Bond, le plus près possible de l'endroit où elle se tiendra. Il avait prévu que tout journaliste digne de ce nom serait ravi de faire d'une pierre deux coups. En amuse-gueule de la grand-messe du pape de la bienveillance, ne ratez pas les révélations croustillantes de l'opposant qui monte.

Il ignore les deux faire-valoir qui l'entourent à la tribune, un baron de l'AfD notoirement incompétent et la commissaire politique envoyée par l'intergroupe des Patriotes du Parlement. Aucun des deux ne connaît la teneur de ce qu'il s'apprête à rendre public, ce qui explique leurs mines perplexes.

Ici, à quelques centaines de mètres du Bundestag et de la Chancellerie, ils sont au cœur du territoire ennemi. Après les élections fédérales de 2025 et l'effondrement des chrétiens-démocrates, ce pays qui tendait les bras aux Nationaux est devenu le premier à tomber sous la coupe d'une coalition menée par les Terrestres. Ce n'est pas la faute de Langhendries, ces crétins de l'AfD n'ont qu'à s'en prendre à eux-mêmes. Ils avaient un boulevard devant eux, ils ont trouvé le moyen de merder au plus mauvais moment. Mais ce n'est que partie remise. La bombe qu'il s'apprête à lancer va provoquer un tremblement de terre dans toute l'Europe. Avec un peu de chance, on n'aura même plus besoin des élections pour prendre le pouvoir.

Ça continue à se bousculer à l'entrée de la salle, où Tamara discute avec un petit groupe de personnes d'allure sportive, sans doute des militants locaux. Elle fait signe à Langhendries d'attendre un peu avant de commencer. Il décide de passer outre. Autant lancer la fête tout de suite. Il prend son air responsable, tapote son micro et fait entendre une voix qu'il a longuement travaillée pour ce genre d'occasions.

— Merci d'être si nombreux à cette conférence, plus modeste mais combien plus intéressante que celle de qui vous savez. Il sera aussi question d'Europe, mais je ne vous infligerai pas ici la jolie chanson que passent en boucle les médias inféodés à la clique de Bruxelles. De toute façon, vous la connaissez par cœur. En réalité, c'est celle du mépris des identités et des peuples, de l'immigration massive, de l'escroquerie écologiste, de l'hystérie féministe, de la théorie du genre imposée dans les écoles, bref, du politiquement correct érigé en dogme absolu.

Une bonne partie du public réagit déjà par un mélange de vivats, de sifflets et d'applaudissements. Tout en s'efforçant de rester impassible, Langhendries jubile. Il reconnaît sur les blousons les logos de la nouvelle génération identitaire, plus radicale encore que la sienne, mais aussi plus mixte et plus unitaire. Comme s'ils avaient copié certains traits des Terrestres pour mieux les combattre. Apprendre de l'adversaire est une marque d'intelligence politique. Ceux-là sauront peut-être éviter les querelles qui ont miné le mouvement.

Il s'est exprimé en anglais, langue que beaucoup d'auditeurs présents ne parlent pas. Peu importe, car ils ont tout de suite repéré les mots clés, qui se ressemblent dans toutes les langues et qu'il a pris soin de placer en introduction. Ça fait des années qu'il maîtrise cette technique, qui permet en tous lieux de mettre les convaincus dans sa poche en quelques secondes. On se retrouve ensuite en bonne position pour s'adresser au deuxième cercle : tenants de la droite bourgeoise venus s'encanailler, jeunes ambitieux tragiquement dépourvus d'idées, déçus chroniques à la recherche d'un parti qui leur ressemblerait enfin, éternels perdants obsédés par leur soif de revanche, haineux ordinaires en manque de porte-voix. Ça finit par faire du monde, et ça place la formation de Langhendries sur le podium des plus grosses forces militantes du marché.

Alors on peut s'occuper du troisième cercle, celui des plisseurs de nez et des peseurs de pour et de contre, qui avant tout veulent savoir ce qu'ils ont à gagner. L'eurodéputé sait par expérience qu'on peut ranger dans cette catégorie un nombre non négligeable de journalistes. À condition de ne pas trop tarder à leur donner le miel qui leur a été promis. Il est temps d'entrer dans le vif du sujet.

— Merci aussi à vous, représentants des médias, d'avoir compris l'importance de ce rendez-vous. Je suis sûr que l'histoire que je vais vous raconter va passionner vos lecteurs. Bienvenue dans une Europe qui bafoue chaque jour ses principes fondateurs. Bienvenue dans une Europe qui cache la vérité à ses peuples. Bienvenue dans l'Europe selon Fergus Bond.

L'huître et le moineau

Les flics du service de protection des personnalités ne sont pas contents du tout. Sur les écrans de surveillance de la Schützenstrasse, le spot de l'attachée de presse de l'ambassadeur a disparu. Aussitôt, son ange gardien a appelé pour signaler qu'elle venait de lui filer entre les doigts après avoir quitté son hôtel. Les personnalités se montrent généralement ravies de bénéficier d'une protection de haut niveau financée par le contribuable européen – surtout allemand, en fait –, protection la plus respectueuse possible de leur intimité. Mais pas cette personnalité-là, visiblement. Mis au courant, le chef du service se retient *in extremis* d'exprimer son déplaisir par un accès de xénophobie archaïque dirigée contre la France et l'Angleterre, les deux nationalités de l'intéressée.

En réalité, Julia n'a rien contre les gens de la Schützenstrasse. Elle a coupé son téléphone avant la conférence de presse de Langhendries pour ne pas se retrouver harcelée par les questions des journalistes et les réactions affolées des référent-es. Elle n'a pas eu le courage de prévenir Fergus de ce qui l'attend, sachant très bien comment il aurait réagi : par une série de longues phrases à la musique rassurante et à la signification obscure. Peut-être une légère vibration d'inquiétude aurait-elle altéré sa voix, seul signe de l'angoisse qu'il n'aurait pas manqué de ressentir.

Et si elle a faussé compagnie à son garde du corps, c'est qu'elle veut profiter pleinement des deux heures qui la séparent de l'Ultime conférence pour marcher au hasard dans la ville. Avant que l'événement le plus important de sa vie tourne au désastre, personne ne lui enlèvera cette liberté.

Cette fois, elle va éviter les lieux de mémoire. Pas envie d'être obligée de se souvenir à tous les coins de rue. Elle veut de la banalité, du vide. Son regard glisse sur les façades, les jardins, les ponts, les piétons qui traversent, les cyclistes, le flux de bagnoles. Tout ça n'est ni beau ni moche, ne lui rappelle rien, pourrait n'avoir ni passé ni futur. Dans ce décor, on pourrait prétendre échapper à l'Histoire. Ce sont seulement des taches de couleur qui glissent paresseusement sur la rétine, des motifs qui rythment sa lente progression le long du canal.

C'est rassurant, un canal. Ça débouche forcément sur quelque chose et ça trace plutôt droit. Pourtant celui-ci s'amuse à serpenter. Après quelques changements de direction, Julia se sent un peu perdue. C'est ce qu'elle voulait, alors elle continue.

Au bout d'un certain temps, le canal traverse un grand parc. Elle s'enfonce dans les allées, s'assoit sur un banc, observe un oiseau qui s'approche en sautillant. Sort un biscuit de son sac et l'émiette.

Voilà, c'est ça. Des gestes ordinaires. Donner à manger à un moineau et ne penser à rien d'autre. Le regarder picorer avec une attention d'enfant.

Mais il n'est pas si facile de ne penser à rien. Dans cet exercice, Julia manque de pratique. Depuis un moment, un coin de sa conscience cherche comment on dit *moineau* en allemand. Ça commençait comme *sparrow*.

— *Spatz !* crie-t-elle enfin.

(Remarquons ici que les deux mots ont comme racine commune le proto-germanique *sparwô*, lui-même issu de l'indo-européen *spē̆r*, qui ne signifie rien d'autre que *moineau*.)

Surpris, l'oiseau fait un bond en arrière, dresse sa petite tête et fixe Julia une pleine seconde. Elle ne peut s'empêcher d'envier son innocence, qui se traduit par *Unschuld*. Avant-hier, le prof d'allemand a trouvé qu'elle avait fait de gros progrès. Elle ne sera jamais commissaire européenne, mais dans l'aventure elle aura appris une troisième langue.

Sur le banc, le moineau innocent a été rejoint par d'autres *unschuldige Spatzen*. Elle leur abandonne un nouveau biscuit. Poursuivant vers l'est, elle s'étonne d'être régulièrement dépassée par des groupes de gens pressés allant tous dans la même direction, le plus souvent à vélo.

L'explication est pourtant évidente : ils se rendent à l'Ultime conférence. Ce parc n'est autre que le Tiergarten, le *jardin aux animaux*. Julia n'a pas réussi à se perdre, elle a suivi une boucle qui l'a ramenée au bon endroit. Et en retard. Elle n'a plus d'autre choix que suivre le flux.

La voici devant la Kongresshalle, siège de l'événement. C'est une élégante construction en demi-lune qui borde le parc à proximité de la Chancellerie. Détail cocasse, elle abrite la Maison des cultures du monde, qui promeut les arts non européens. En raison de sa forme renflée, les Berlinois l'appellent *Schwangere Auster*, ce qu'on peut traduire par *Huître enceinte*.

De nombreux retardataires convergent vers le bâtiment, leurs conversations excitées électrisent l'air du soir. Des gyrophares clignotent, des flics vont et viennent avec des gestes nerveux, des barrières de sécurité canalisent les files d'attente.

Le temps n'est plus à l'errance ni à l'oubli. L'Histoire sonne à la porte. Le compte à rebours a commencé. L'Huître enceinte est sur le point d'accoucher, et Julia a peur de ce qui va en sortir.

Ordinateur de Hubert >
La vérité sur Fergus Bond >
Fragment 50

Après une longue interruption, je reprends ces fragments aujourd'hui. Je ne sais toujours pas où ils me mèneront.

Mais j'aurais au moins compris ça : il n'y a pas de vérité sur Fergus Bond. Ou alors c'est à chacun de se faire la sienne. Je vais devoir trouver un autre titre. Avec le mot *Europe* dedans, peut-être. En attendant, autant revenir à des choses simples.

Par exemple Lisbonne, automne 2024, une belle salle au bord du Tage. Lors du pot qui suit la conférence, je fends la foule en direction de l'ambassadeur. Une question me trotte dans la tête depuis plusieurs mois. J'ai essayé de la reformuler pour la rendre moins brutale, mais ça ne donne rien. Alors je la pose à Fergus comme ça, sans préliminaires.

— S'il suffisait de parler aux gens pour vaincre la peur et la haine, ça se saurait, non ?

Il pige tout de suite que j'ai bu un peu trop de *vinho verde*. Pourtant il ne m'éconduit pas. Il prend même le temps de réfléchir, demande par gestes le silence au groupe de courtisans qui le serre de près en me faisant la gueule. Puis il se tourne vers moi, avec dans les yeux une gaieté que je ne lui ai jamais vue, et me livre sa réponse.

— C'est exactement ça. Il suffit de leur parler.

L'Ultime conférence

Un organisateur en tenue orange répète d'une voix morne la règle en vigueur : seules les personnes affichant sur leur smartphone un certificat d'immunité à jour seront admises. Les autres pourront toujours suivre la conférence sur l'écran géant extérieur installé de l'autre côté du plan d'eau. Des cris scandalisés fusent dans les files d'attente, certains n'hésitant pas à dénoncer une trahison flagrante des valeurs affichées par le conférencier. Julia n'ose pas vérifier la date de son certificat. Elle s'approche d'un des flics qui barrent l'entrée, sort sa carte professionnelle et prononce la phrase qu'elle a préparée.

— *Ich bin die Pressereferentin des Botschafters.*

Elle espère que sa fonction lui évitera le contrôle sanitaire. À sa grande déception, le flic lui répond en anglais. Il l'avait reconnue avant qu'elle n'ouvre la bouche. Il veut bien lui faire passer les contrôles, à condition qu'elle lui accorde un selfie.

L'Huître enceinte paraît à Julia bien plus grande dedans que dehors, comme si les lois de la géométrie avaient consenti à faire une exception pour la circonstance. Tout autour de la salle, un cercle d'écrans fait défiler le titre de la soirée dans une trentaine de langues européennes. La plupart des versions se ressemblent étonnamment. Tout à sa découverte de l'allemand, Julia a un faible pour *Die ultimative Konferenz*, mais la traduction en finnois, *Lopullinen konferenssi*, gagne le prix de poésie. Une vague d'applaudissements suit le passage de підсумкова конференція, la version ukrainienne.

La lourde rumeur d'impatience du public vient buter contre les épais rideaux noirs qui masquent la scène. En dessous, sur toute la largeur, une phrase est inscrite en grandes lettres blanches.

EUROPA IST DIE BESTE IDEE,
DIE EUROPA JE HATTE

Ce qu'on peut traduire par : *L'Europe est la meilleure idée que l'Europe ait jamais eue*. Julia n'est pas sûre de comprendre ce que ça veut dire. La phrase tourne dangereusement en rond. D'ailleurs, il lui semble que les référent-es avaient voté contre l'affichage de slogans, quels qu'ils soient.

Elle consulte sa montre d'un geste résigné. À cette heure, l'ambassadeur et sa garde rapprochée ont été informés des accusations de Langhendries, ce qui explique le retard. Il lui vient l'image des référent-es sous le choc, tournant en rond dans les coulisses, cherchant désespérément les mots magiques qui empêcheraient la catastrophe d'advenir.

Elle descend une des allées latérales, repère dans l'assistance les drapeaux arc-en-ciel, la couleur verte, les gilets recyclés, les bracelets en bois, les logos No Border, le mot *Unteilbar* pour *Inséparables*. Les habits des fées penchées sur son berceau, signes de reconnaissance des europhiles, des radicaux et des Terrestres, qui croient pouvoir repousser de leurs petits poings rageurs tout ce qui ressemble à une frontière, dans l'espace et dans le temps. Entre les travées, ça rigole bruyamment, ça s'échange des moqueries en plusieurs langues, des burgers sans viande et des baisers langoureux. C'est jeune, vif, cosmopolite, caustique, exaspérant, le public typique des conférences. Qui ne sait pas ce qui l'attend : son héros Fergus Bond compromis avec un vulgaire tueur à gages. Pour beaucoup, ce sera la première vraie désillusion. Quel gâchis.

Et puis un visage retient l'attention de Julia, un visage qui ne devrait pas être là. Elle fait marche arrière mais le visage s'est perdu dans la foule. Pendant une demi-seconde, elle a cru apercevoir l'identitaire de Cracovie parmi les Terrestres, ce qui serait le comble de l'absurde. Elle secoue la tête pour chasser l'accès de paranoïa.

Autour des officiels, un épais rempart de flics en armes et d'individus en civil paraissent n'avoir pour seule activité que d'arroser la salle de regards menaçants. Il y a du beau monde, une dizaine de chefs d'État, la Chancelière allemande, la Première ministre française, un gros contingent d'eurocrates, une palanquée de députés de toutes nationalités, une nuée de chefs à plumes et un nombre impressionnant de stars du showbiz occupées à expliquer devant un micro à quel point il est important pour elles d'être là. Tout sourire, le président de la Commission européenne fait un signe à Julia, l'invitant à entrer dans le périmètre VIP. Elle fait semblant de n'avoir rien remarqué.

Les jeunes témoins appelés à participer au débat sont déjà en pleine discussion. Parmi eux, plusieurs réfugiés venus d'Ukraine, d'Afrique, d'Asie et du Moyen-Orient, qui essuient les plâtres de la nouvelle citoyenneté européenne. Gaia Bubnik et Jon Nog-Maals se tiennent ostensiblement par la main. Il y a huit ans, leurs pères se sont entretués lors de l'incident de frontière entre le Tichodrome et l'Holothurie. Leur enfant naîtra dans quelques semaines. Sur ses papiers d'identité ne figurera aucun drapeau national, seulement un cercle d'étoiles jaunes sur fond bleu.

Les référent-es voulaient une mise en scène sobre, avec des témoins qui émeuvent et des symboles qui restent dans les mémoires. La soirée devait convaincre les médias les plus sceptiques. Son échec n'en sera que plus retentissant.

Alors que Julia se résout à rejoindre la zone des journalistes, une longue silhouette court à sa rencontre. C'est Hubert, tignasse hérissée et mine hagarde, qui l'agrippe comme on rattrape un voleur à l'étalage.

— Je t'ai cherchée partout. T'as pas eu mes messages ? Qu'est-ce que tu fous avec ton putain de téléphone ?

Il ne lui laisse pas le temps de répondre, lui fourre sous le nez sa tablette ouverte sur la page d'accueil du *Démon de l'actu*. Elle doit lire trois fois la manchette avant de la comprendre.

L'EURODÉPUTÉ LANGHENDRIES
PLACÉ EN GARDE À VUE À BERLIN

Dans le torrent confus des propos d'Hubert, il apparaît que l'élu a été arrêté alors qu'il venait de commencer son point presse. Il est soupçonné de liens avec les commanditaires de la tentative d'assassinat sur Bond. D'autres arrestations ont eu lieu, certains des sympathisants présents ayant essayé d'empêcher la police d'intervenir, dans une scène brève mais violente dont les images courent déjà sur les sites d'info et les réseaux sociaux. Surexcité, Hubert pointe sur Julia un index triomphant.

— Quand il t'a reconnue dans la rue, Langhendries n'a pas résisté à la tentation de te narguer en faisant allusion au message de l'Iguane. Et aussi à la façon dont tu as, euh, désarmé Andersen. Sauf que tout ça n'a jamais été rendu public. Il n'était pas censé savoir.

— Mais comment la police l'a-t-elle appris ? Ah oui. Les passants qui nous ont filmés.

— Ils ont tout de suite balancé leurs vidéos sur leurs réseaux sociaux préférés. Faut jamais désespérer des passants.

— Et mon garde du corps n'en a pas perdu une miette.

— Les flics. On aurait dû y penser tout de suite.

— On n'a pas ce genre de réflexes, Hubert.

— On devrait. Vive la délation ! Vive Big Brother !

Le journaliste éclate d'un rire tonitruant et raconte la suite en adoptant le rythme haletant du dernier tube d'un rappeur célèbre dont la tête apparaît justement sur l'écran derrière lui.

— Langhendries a fait valoir son immunité parlementaire mais on lui a répondu qu'elle ne s'appliquait pas aux affaires de terrorisme à la suite d'une directive qu'il avait lui-même votée. La patronne de l'intergroupe patriote a refusé de le soutenir et s'est fait aussitôt traiter de traîtresse par les réseaux identitaires. La division s'installe dans leur camp. Langhendries va probablement essayer de se travestir en lanceur d'alerte qu'on aurait arrêté pour le faire taire. L'ennui c'est qu'une source tichodrome confirme qu'il était bien en relation avec des services étrangers. Sur plusieurs photos on le voit dans un bar chic d'Holothur en train de discuter tranquillement avec un attaché culturel de l'ambassade russe. Il incarnait l'espoir du nationalisme, maintenant il est menacé d'une mise en examen pour complicité d'acte terroriste. Sa parole n'a plus aucune valeur. Politiquement c'est un mort vivant. On n'a pas gagné la guerre mais on est en train de gagner une bataille majeure.

Julia n'arrive pas à y croire. Elle s'était préparée à l'idée de la défaite. Soit elle aurait tout laissé tomber pour aller dans le privé, soit elle serait repartie à zéro au Parlement, comme une brave petite soldate qui traite l'opprobre avec le même mépris que la célébrité. Dans les deux cas, elle vient d'échapper à quelque chose de profondément ennuyeux.

Son soulagement se transforme aussitôt en une vague de gratitude pour Hubert. Hubert inquiet pour elle, galopant à sa rencontre au mépris de sa réputation. Elle se plaque contre lui, manquant de les faire tomber tous les deux sur l'honorable correspondant du *Frankfurter Allgemeine Zeitung* assis en contrebas. Et puis la gratitude se transforme à son tour en une série de sensations plus physiques. Le léger frottement de ses seins sur la poitrine du journaliste ouvre une nouvelle brèche dans le mur de l'amnésie. Le phénomène s'accompagne d'un picotement de l'épiderme, d'une soudaine salivation et de diverses manifestations analogues. Cependant il serait déraisonnable de laisser la réaction en chaîne se poursuivre, à ce moment et à cet endroit. Alors Julia se contente de poser les lèvres sur une autre partie stratégique de l'anatomie de son partenaire, l'oreille. Les quelques mots qu'elle y glisse ont un effet immédiat. Hubert vacille, semblable à un savant fou victime d'une de ses expériences, et répète d'une voix faible :

— Ce soir… minuit… euh… hôtel Kreuzberg… chambre 31…

— Un quatre-étoiles. Ça nous changera de tes hôtels pouraves.

Pour éviter de possibles complications, elle s'arrache à lui comme on arrache un pansement et rejoint le coin des référent-es. Là, c'est à peine si on se rend compte de sa présence. Toutes les têtes sont tournées vers la scène, dont les rideaux restent obstinément fermés.

— On a déjà une heure de retard sur l'horaire, gémit Sécurité.

— Je crois que je vais mourir, déclare Terrain.

— Alors tue-moi avant s'il te plaît, souffle Institutions.

— *Oh my God.*

— *É a merda. É a merda. É a merda.*

— Mais qu'est-ce qu'il fout bordel ?

À ce moment, un son inattendu se fait entendre. Public, organisateurs, officiels, présidents, flics, journalistes, référent-es, Julia, tout le monde sursaute en même temps.

C'est une simple note de piano.

Elle se répète sur un rythme rapide, puissamment amplifiée par les enceintes réparties dans tout l'espace. Puis des instruments à vent rejoignent le piano, jouant de courtes séquences en boucles. En réponse, la clameur de l'assistance fait trembler l'Huître enceinte.

— C'est quoi cette musique ? hurle Culture/Histoire.

— Rappelle-toi, on a décidé d'arrêter avec l'*Hymne à la joie*.

— J'étais d'accord, mais pas pour cette… pour ce…

— Moi je trouve ça intéressant. Un mélange de fanfare amateur, de free-jazz et de disque rayé.

— C'est vous qui m'avez mis en minorité sur ce coup-là, grince Com, alors maintenant vous assumez.

— C'est choix de notre ami Pol, crie Stratégie. Il dit c'est musique répétitive très connue des années 1960. Beaucoup instruments qui jouent mêmes notes pendant des heures, avec résultat imprévisible. Il dit c'est musique qui ressemble à Europe, et aussi à nous, les référents-référentes.

— Jamais rien entendu d'aussi stupide.

— En attendant, Fergus ne se montre toujours pas.

— Julia, tu veux pas aller voir ce qui se passe ?

L'attachée de presse lève son visage comme un sésame, franchit deux barrières policières et bute contre une troisième. Après quelques palabres, un flic accepte de la guider. Elle grimpe une volée de marches et suit un étroit couloir qui mène aux coulisses. Un des gardes du corps de l'ambassadeur surgit du néant et la reconnaît. Fergus finit par apparaître, assis à une table, trois personnes debout à ses côtés. L'une d'elles n'est autre que le référent Politique, béret noir enfoncé jusqu'aux oreilles, peu désireux d'être vu en public. À en juger par leur niveau de nervosité, les deux autres doivent travailler à la régie. Avisant Julia, Bond referme son stylo et ramasse plusieurs feuillets tombés à terre.

— Bonsoir chère amie. J'imagine que la salle s'impatiente. Nous étions justement en train de mettre au point les derniers détails.

On entend toujours la musique et le grondement de la foule, à peine atténués. Sur un signe de Pol, les régisseurs s'éclipsent sans dissimuler leur mauvaise humeur. Bond se lève, fait quelques pas, hoche la tête, revient en arrière pour empoigner l'informe liasse de feuillets sur laquelle est imprimé son discours. Précédé par le garde du corps et suivi de Pol et Julia, il prend un nouveau couloir qui débouche sur la scène, derrière les rideaux toujours fermés. À l'exception de la petite tribune de l'orateur, le plateau est vide. Avec le professionnalisme de l'acteur chevronné, Bond va se placer au fond, éclairé en contrejour d'une lueur bleutée qui lui donne l'allure d'un alien.

Il n'y a pas de signal. Les rideaux s'ouvrent et le public pousse un formidable rugissement, couvrant entièrement la musique, faisant à nouveau vibrer les structures mêmes du bâtiment. Pris dans un faisceau de lumière crue, Bond reste figé pendant plusieurs secondes, agrippant toujours ses feuillets. Puis il avance à pas lents vers la tribune, sous un déluge de cris, de sifflets et d'applaudissements.

La musique s'arrête et Bond s'immobilise à quelques mètres du but.

En réaction, la foule hurle de plus belle, réclamant son champion. On commence à scander *Fer-gus*. Sur tous les écrans, on le voit alors en gros plan lever le doigt, le poser sur ses lèvres et fermer les yeux.

— Il se passe quoi, là ? chuchote Julia.

À son tour, Pol lui fait signe de se taire. La poursuite lumineuse qui ciblait l'ambassadeur s'éteint, plongeant la scène dans la pénombre. Contre toute attente, le public a suivi la consigne de silence. On n'entend plus qu'un bruit de fond fait de milliers de respirations, de quintes de toux, de grincements de fauteuils et du léger bourdonnement de la sono désœuvrée.

Jusqu'à présent, les accueils de rock star ne semblaient pas déplaire à l'ambassadeur. Au début du Bond Tour, il a parfois fait observer une minute de silence en mémoire des victimes des guerres et des frontières. Mais il l'a toujours introduite et expliquée. Dans les réunions préparatoires de l'Ultime conférence, personne n'a parlé d'un discours qui *commence* par du silence.

Julia se retourne vers Pol, qui s'est statufié et a fermé les yeux à son tour. Silence et recueillement, donc. Pourquoi pas ? On ne convoque pas toujours l'Histoire par des clameurs. Elle baisse les paupières, laisse ses pensées s'envoler.

Fergus est peut-être en train de mettre en scène son absence. Après tout, si les Andersen et les Langhendries avaient réussi leur coup, il faudrait se débrouiller sans lui.

Au fait, qui est-il vraiment ?

Une incarnation de la puissance du langage ? Une bombe contenant tous les possibles ? Un voyageur venu du futur pour sauver l'humanité en danger ? Un événement qui avait une chance sur cent milliards d'advenir ?

Ou bien : juste un type exceptionnellement doué pour les langues, qui a rempli un vide. Un usurpateur qui s'est pris au jeu.

Ça expliquerait beaucoup de choses, à commencer par son style. Et cette putain de distance qu'il entretient avec moi.

Mais à quoi ressemblerait aujourd'hui ce continent si l'ambassadeur du Multilinguisme n'avait pas existé ?

Ce silence, comme une invitation à penser par nous-mêmes. À donner notre propre conférence.

Qu'est-ce que je dirais à sa place ? C'est quoi, l'Europe selon Julia Chanéac-White ?

Une collection de jolies villes où on peut parler toutes les langues et faire l'amour avec qui on veut ? Où survivre aux catastrophes que nous avons nous-mêmes provoquées ? Ça me va. L'endroit où nous avons le plus de chances de nous réconcilier avec la planète, de faire reculer l'injustice, de nous libérer un jour de cette foutue domination masculine ? Où la guerre sera devenue impossible ? Tout ça à la fois, bingo, je signe. Et après ?

... il y avait autre chose, mais je me souviens plus très bien...

Justement l'Europe c'est peut-être ça, une phrase en suspens, qui ne se rappelle plus comment elle a commencé et ignore comment elle va finir.

L'Europe est une enfant qui tourne en rond autour des petits cailloux qu'elle a semés sur son territoire, il y a longtemps, pour retrouver son chemin.

L'Europe est une amnésique qui continue à faire des nœuds à son drapeau.

Même quand elle ne se rappelle plus pourquoi.

J'ai reconnu le jeune négationniste d'Auschwitz. Je ne suis pas folle. Il est bien là, dans la salle, avec nous. Quand j'ai cogné ma tête contre la sienne, on a échangé un bout de nos mémoires. Il en a été aussi chamboulé que moi.

Il s'est retrouvé de l'autre côté des barbelés.

Il ne s'est pas glissé parmi les Terrestres pour préparer un nouvel attentat. Il a changé de camp.

Les camps de la mort du siècle précédent ne sont pas une fatalité humaine. Les camps ont été construits sur des discours.

Aujourd'hui, ce sont aussi des discours qui menacent notre siècle d'effondrement.

Il n'y a aucun de ces discours qu'on ne puisse combattre avec d'autres discours.

À condition de ne pas les oublier. À condition de ne jamais renoncer à les prononcer. À condition d'aller partout et de ne pas se taire trop longtemps.

À condition de cogner nos têtes les unes contre les autres.

L'Ultime conférence ne sera pas la dernière. Il faudra recommencer encore et encore.

Jusqu'à quand ? A-t-on raison de faire comme ça ? Pourra-t-on un jour croire que c'est gagné ? Est-ce que c'est ça qui nous motive, la victoire finale ?

L'Europe n'apporte pas de réponse à ces questions. Elle est le lieu où je me les pose.

L'Europe ne sera jamais ma patrie. Elle vaut mieux que ça.

L'Europe est mon royaume d'incertitude.

Oui. L'Europe est la meilleure idée que l'Europe ait jamais eue.

Dans un spasme violent, Julia rouvre les yeux. L'ambassadeur attend toujours, debout devant sa tribune, comme si une barrière invisible l'empêchait de franchir les derniers mètres. Mais lui aussi a relevé les paupières. Il tourne la tête vers son attachée de presse. Par réflexe, elle lui indique la tribune d'un geste sec, comme un chef qui rappelle à l'ordre un ouvrier récalcitrant.

Ou plutôt : comme une mère excédée.

L'échange n'a pas duré deux secondes. Depuis le début de cette entreprise, Fergus n'a jamais donné l'impression de douter. Pourtant, ne vient-il pas de demander son avis à Julia ? A-t-il sérieusement envisagé de retourner dans les coulisses, d'abandonner si près du but ? Et si oui, pourquoi ?

Elle risque un œil vers la salle, essaie de distinguer les visages malgré la pénombre. Une bonne partie du public et la totalité des officiels ont les yeux ouverts. Les journalistes ne les ont probablement jamais fermés. Un murmure inquiet flotte au-dessus des élus terrestres. La Première ministre française est debout, entourée de ses conseillers, prête à lever le camp au cas où ça tournerait en eau de boudin. Stratégie et Planète semblent s'être évanouies, les autres référent-es sont à l'agonie.

Ce discours représente l'aboutissement de leur carrière. Il devait durer plus d'une heure et combiner une demi-douzaine de langues. Il a connu un nombre déraisonnable de versions. L'équipe a passé des nuits blanches sur le style, les formules, le fond, les enjeux, ce qui doit absolument être dit et ce dont on pourrait faire l'économie. S'est déchirée comme jamais sur les délicats équilibres entre justice sociale écologie populaire émancipation des femmes action pour le climat prévention des pandémies développement solidaire revenu universel lutte contre les discriminations culture pour tous respect de l'autre souveraineté alimentaire énergies renouvelables accueil des migrants qualité des biens communs combat contre la pauvreté décolonisation mentale partage des savoirs éducation à la sobriété développement durable société apprenante résolution pacifique des conflits démocratie réelle.

Minés par des conflits internes, les clans des Baroudeuses et des Circonspects ont volé en éclats. Il y a eu des crises de nerfs, des accrochages sanglants et de longues réconciliations humides. L'idée qu'on puisse hésiter à prononcer ce discours-là se situe au-delà de l'imaginable.

Depuis qu'ils ont embarqué pour le Bond Tour, les référent-es ont pourtant compris que leurs gentils catalogues du progressisme ambiant ne suffiront jamais, même transfigurés par un orateur inspiré. Chacune des conférences s'est conclue sur l'urgence de la conférence d'après. Ce que le public applaudissait, ce n'était pas seulement l'instant, c'était la promesse. En préparant l'Ultime conférence autour de la grande table de réunion, l'équipe s'est prise à rêver à un discours plein, rond, comme un point à la fin d'une phrase qui aurait duré huit ans. Et c'est pour ça que la tempête a éclaté. Profitant d'une accalmie, Culture/Histoire s'était levée, les yeux embués, et avait déclaré d'une voix blanche :

— Mes amis, nous avons parcouru un long chemin de mots. Nous aurions pu nous perdre mais nous sommes là, tous et toutes. N'ayons plus peur de notre fragilité ni de nos contradictions. Ce sont elles qui nous ont guidées. Ce que nous sommes en train d'écrire ne sera peut-être qu'un discours de plus. Ou alors, ce sera le premier discours de l'âge du vivant. Nous ne formons nous-mêmes qu'un organisme vivant parmi d'autres, qui voudrait à la fois se reproduire et vivre éternellement, ce qui est impossible. Nous sommes simplement arrivés au point où nous nous étions donné rendez-vous, et nous faisons ce que nous avons à faire. L'Histoire décidera de la suite. Elle est plus forte que nous.

Personne n'avait jugé bon d'ironiser. L'âme des référent-es venait d'être mise à nu, là, sur la table.

Aujourd'hui, dans le ventre de l'Huître en train d'accoucher, les voilà qui tremblent comme des feuilles, au pied de la scène, les yeux rivés sur l'ambassadeur toujours immobile dans la pénombre.

Soudain la lumière revient. Tout le monde se frotte les yeux et plaisante avec ses voisins. Cette fois, il n'y a pas d'ovation mais une nappe d'applaudissements prudents. Le public a compris la leçon. La parenthèse s'est refermée, le temps s'est remis à couler. Plus tard, il sera établi que ce moment a duré environ trois minutes, ce qui est remarquablement long si on considère que les minutes de silence n'atteignent elles-mêmes jamais la minute.

Bond hoche la tête en direction des différentes parties de la salle, tel un illusionniste de cirque qui remercie à la fin de son numéro. Son visage est mangé par un sourire qui le fait paraître vingt ans plus jeune. On voit des traces brillantes sur ses joues.

Enfin, il se remet en mouvement. Avec la grâce fragile du funambule, il franchit la distance qui le sépare de la tribune et pose délicatement les feuillets de son discours sur le lutrin transparent.

Le silence de l'assistance a changé de couleur, il est maintenant rouge vif. Les écrans géants et la sono donnent à chacun-chacune l'impression d'être sur la scène, juste à côté de Bond et de son lutrin. L'orateur se racle plusieurs fois la gorge. Avale un demi-verre d'eau à petites gorgées. Manipule ses feuillets. Règle avec soin le micro qui était pourtant à la bonne hauteur. Il semble bouger au ralenti.

Peut-être qu'il en fait trop.

Tout le monde retient son souffle. Les flics ne savent plus où donner du regard. Les chefs d'État et les ministres déglutissent avec difficulté. Les réseaux sociaux tombent en syncope. Les caméras zooment et dézooment. Les interprètes dressent l'oreille. Les écrans de traduction simultanée frissonnent. Même les journalistes se taisent.

L'ambassadeur du Multilinguisme
va enfin prononcer
son discours.

Caché derrière le rideau aux côtés de Julia, le référent Politique émet le long grincement qui lui tient lieu de rire. Il est redevenu l'Iguane. Fendant sa barbe noire, ses nombreuses petites dents brillent d'un éclat métallique. Il envoie à Julia son clin d'œil d'automate.

Elle lui retourne le clin d'œil. Elle ne sait pas pourquoi.

Elle sait seulement que l'Histoire s'est remise en marche, et que plus rien ne l'arrêtera.

Remerciements

Merci à Olivier Espaze, Hege Roel-Rousson et Swann Cuyalaa d'Actes Sud/Gaïa, ainsi qu'à Annette et Gérard Barral, Hélène Bareau, Claudine Ferran, Agnès Guigue, Pascal Marotte, Christophe Mouche, Pierre Osella, Évelyne et Ghislain de Prémorel, Isabelle Saunier.

OUVRAGE RÉALISÉ
PAR L'ATELIER GRAPHIQUE ACTES SUD
REPRODUIT ET ACHEVÉ D'IMPRIMER
EN MARS 2023
PAR NORMANDIE ROTO IMPRESSION S.A.S.
À LONRAI
POUR LE COMPTE DES ÉDITIONS
ACTES SUD
LE MÉJAN
PLACE NINA-BERBEROVA
13200 ARLES

DÉPÔT LÉGAL
1re ÉDITION : AVRIL 2023
N° impr. : 2300709
(Imprimé en France)